E-Z DICKENS
SUPER-EROU
CĂRȚILE UNU ȘI DOI:
ÎNGERUL TATUAJ; CEI TREI
Cathy McGough

Stratford Living Publishing

Cuprinsul

Dedicație

Pentru Dorothy care a crezut.

CARTEA 1: ÎNGERUL TATUAJ

PROLOGUL

PRIMA CREATURĂ A ZBURAT pe pieptul lui E-Z şi a aterizat, cu bărbia împinsă în faţă şi mâinile în şolduri. S-a întors o dată, în sensul acelor de ceasornic. Învârtindu-se mai repede, din bătaia aripilor sale a emanat un cântec. Cântecul era un geamăt scăzut. Un cântec trist din trecut, în celebrarea unei vieţi care nu mai era. Creatura s-a aplecat pe spate, cu capul sprijinit de pieptul lui E-Z. Învârtirea s-a oprit, dar cântecul a continuat să cânte.

A doua creatură i s-a alăturat, făcând acelaşi ritual, în timp ce se rotea în sens invers acelor de ceasornic. Au creat un nou cântec, fără bip-bip-bip şi zoom-zoom. Pentru că atunci când cântau, onomatopeea nu era necesară. În timp ce în conversaţia de zi cu zi cu oamenii era necesară. Acest cântec s-a suprapus celuilalt şi a devenit o sărbătoare veselă, cu tonuri înalte. O odă pentru lucrurile care vor veni, pentru o viaţă încă neîmplinită. Un cântec pentru viitor.

Un strop de praf de diamant a izbucnit din orbitele aurite ale ochilor lor, în timp ce se întorceau în sincronizare perfectă. Praful de diamant s-a împrăştiat din ochii lor pe corpul adormit al lui E-Z. Schimbul a continuat, până când l-a acoperit cu praf de diamant din cap până în picioare.

Adolescentul a continuat să doarmă adânc. Până când praful de diamant i-a străpuns carnea - atunci a deschis gura pentru a ţipa, dar nu a emanat niciun sunet.

"Se trezeşte, beep-beep".

"Ridică-l, zoom-zoom."

Împreună l-au ridicat în timp ce el îşi deschidea ochii sticloşi.

"Dormi mai mult, beep-beep."

"Nu simţi durere, zoom-zoom."

Legănându-i trupul, cele două creaturi i-au acceptat durerea în ele însele.

"Trezeşte-te, beep-beep", a poruncit el.

Şi scaunul cu rotile, s-a ridicat. Şi, poziţionându-se sub corpul lui E-Z, a aşteptat. Când o picătură de sânge a coborât, scaunul a prins-o. A absorbit-o. A consumat-o - ca şi cum ar fi fost un lucru viu.

Pe măsură ce puterea scaunului creştea, şi el căpăta putere. În curând, scaunul şi-a putut ţine stăpânul în aer. Acest lucru le-a permis celor două creaturi să-şi îndeplinească sarcina. Sarcina lor de a uni scaunul şi omul. Legându-i, pentru eternitate, cu puterea prafului de diamant, a sângelui şi a durerii.

În timp ce trupul adolescentului se zguduia, înţepăturile de pe pielea lui se vindecau. Sarcina a fost îndeplinită. Praful de diamant făcea parte din esenţa lui. Astfel, muzica s-a oprit.

"S-a terminat. Acum este protejat împotriva gloanţelor. Şi are super putere, beep-beep."

"Da, şi este bun, zoom-zoom."

Scaunul cu rotile s-a întors pe podea, iar adolescentul pe patul său.

"Nu-şi va aminti nimic, dar aripile sale reale vor începe să funcţioneze foarte curând bip-bip-bip."

"Cum rămâne cu celelalte efecte secundare? Când vor începe şi vor fi ele vizibile zoom-zoom?"

"Asta nu ştiu. S-ar putea să aibă schimbări fizice... este un risc care merită asumat pentru a reduce durerea, bip-bip-bip."

"De acord, zoom-zoom."

CAUZĂ

TOATE FAMILIILE AU NEÎNȚELEGERI. Unele se ceartă pentru orice lucru mărunt. Familia Dickens a fost de acord cu majoritatea lucrurilor. Muzica nu era unul dintre ele.

"Haide, tată", a spus E-Z, în vârstă de 12 ani. "Mă plictisesc și chiar acum se difuzează un weekend numai de Muse pe satelit".

"Nu ți-ai adus căștile?", l-a întrebat mama lui, Laurel.

"Sunt în rucsacul meu din portbagaj". El a suspinat. "Am putea oricând să ne oprim să le luăm..."

Martin, tatăl băiatului, care conducea, a verificat ora. "Aș vrea să ajungem la cabana din munți înainte să se întunece. Muse e de acord cu mine. În plus, vom ajunge acolo în curând."

Laurel a întors cadranul de pe sistemul de satelit din decapotabila lor roșie nou-nouță. A ezitat o clipă pe Classic Rock. Crainicul a spus: "Urmează imnul Kiss, I Wanna Rock N Roll All Night. Nu atingeți cadranul".

"Stai, ăsta e un cântec bun!", a strigat băiatul.

"Ce, gata cu Muse?" a întrebat Laurel, ținându-și mâna pe cadran.

"După Kiss, bine?"

"Atunci să fie Kiss", a spus Martin, în timp ce dădea drumul la ștergătoarele de parbriz. Încă nu ploua, dar tunetul răsuna. Crengi și alte resturi se băteau în și dinspre vehiculul lor în timp ce se îndreptau spre munte.

Laurel a strănutat și a pus un semn de carte pe pagina ei. Și-a încrucișat brațele tremurând. "Vântul ăsta cu siguranță urlă. Te deranjează dacă punem capota?"

"Eu votez pentru da", a spus E-Z, îndepărtându-și crengile din părul său blond.

THWACK.

Nu a fost timp să țipe - când muzica s-a stins.

Urechile băiatului încă mai țiuiau din cauza sunetului cuplat cu explozia celor patru airbaguri. Sângele i se scurgea pe frunte în timp ce-și atingea lucrul de pe picioare: un copac. Sângele s-a adunat în interiorul și în jurul intrusului de lemn. Și-a trecut degetul de-a lungul trunchiului copacului. Se simțea ca o piele; el era copacul, iar copacul era el.

"Mamă? Tată?", a plâns, cu pieptul bombat. "Mamă? Tată? Te rog, răspunde!"

Trebuia să ceară ajutor. Unde era telefonul lui? Impactul accidentului îl aruncase în gol. Îl putea vedea, dar era prea departe pentru a ajunge la el. Sau era? Era un prinzător, iar unii spuneau că brațul său de aruncare era ca de cauciuc. S-a concentrat, s-a întins și s-a întins până când a reușit.

Semnalul a fost puternic în timp ce degetele lui însângerate au apăsat 9-1-1, apoi s-a deconectat. Pentru ca ei să-l găsească, trebuia să folosească noul serviciu îmbunătățit. A tastat E9-1-1-1. Acest lucru le-a dat autorităților permisiunea de a accesa locația, numărul de telefon și adresa sa.

"Servicii de urgență. Care este urgența dumneavoastră?"

"Ajutor! Avem nevoie de ajutor! Vă rugăm să ne ajutați. Părinții mei!"

"Mai întâi spune-mi, câți ani ai? Cum te cheamă?"

"Am 12 ani. Mi se spune E-Z."

"Vă rog să verificați adresa și numărul de telefon."

Așa a făcut.

"Bună, E-Z. Povestește-mi despre părinții tăi. Poți să-i vezi? Sunt conștienți?"

"Eu, eu nu-i văd. Un copac a căzut pe mașină, pe ei și pe picioarele mele. Ajutor. Vă rog."

"Vă localizăm acum."

E-Z și-a închis ochii.

"E-Z?" Mai tare, "E-Z!"

Băiatul și-a revenit. "Îmi pare rău, eu..."

"Trimitem un elicopter. Încearcă să rămâi treaz. Ajutorul este pe drum."

"Mulțumesc", ochii lui s-au închis, i-a forțat să-i deschidă. "Trebuie să rămân treaz. A spus să rămân treaz". Tot ce voia să facă era să doarmă, să doarmă pentru a pune capăt durerii.

Deasupra lui, două lumini, una verde și una galbenă, pâlpâiau în fața ochilor lui. Pentru o secundă, a crezut că vede aripi mici bătând în timp ce cele două obiecte pluteau.

"E într-o stare proastă", a spus cea verde, apropiindu-se pentru a se uita mai de aproape.

"Să-l ajutăm", a spus cel galben plutind mai sus.

E-Z a ridicat mâna, pentru a lovi luminile pâlpâitoare. Un sunet ascuțit i-a rănit urechile.

"Ești de acord să ne ajuți?", au cântat luminile.

"Da, sunt de acord. Ajută-mă."

Apoi totul s-a făcut negru.

EFECT

S AM, UNCHIUL LUI E-Z era în spital când s-a trezit. Băiatul nu a pus întrebarea - unde se aflau părinții lui - pentru că nu voia să audă răspunsul. Dacă nu știa, putea să se prefacă că erau bine. Că vor intra în camera lui și își vor arunca brațele în jurul lui din clipă în clipă. Dar în adâncul minții sale știa, de fapt credea că sunt morți. Își imagina în mintea lui cum ar fi aruncat pătura la spate și ar fi alergat la ei, iar ei s-ar fi strâns într-o îmbrățișare de grup și ar fi plâns despre cât de norocoși erau. Dar stai puțin, de ce nu putea să-și miște degetele de la picioare? A încercat din nou, concentrându-se din greu, dar nu s-a întâmplat nimic.

Sam, care se uita la el, a spus: "Nu există o modalitate simplă de a-ți spune asta", în timp ce el se împotrivea unui plâns.

"Picioarele mele", a spus E-Z, "eu, eu nu le simt".

Unchiul Sam a strâns mâna nepotului său. "Picioarele tale..."

"Oh, nu. Nu-mi spune. Pur și simplu nu."

Și-a smuls mâna din mâna unchiului său. Și-a acoperit fața, creând o barieră între el și lume, în timp ce lacrimile i se rostogoleau pe obraji.

Unchiul Sam a ezitat. Nepotul său era deja în lacrimi, era deja îndurerat și totuși trebuia să-i spună despre părinții lui. Nu exista o modalitate ușoară de a spune asta, așa că a scăpat din gură: "Părinții tăi. Fratele meu și mama ta... nu au supraviețuit".

A şti şi a auzi cuvintele erau două lucruri diferite. Unul îl făcea un fapt. E-Z şi-a dat capul pe spate şi a urlat ca un animal rănit, tremurând şi dorind să fugă, oriunde. Doar să plece.

"E-Z, sunt aici pentru tine."

"Nu!" Nu este adevărat. Tu minţi. De ce mă minţi?" Se zvârcolea, îşi strângea pumnii şi îi izbea în saltea în timp ce răbufnea şi răbufnea fără să dea semne că se va opri.

Sam a apăsat butonul de lângă pat. A încercat să îl calmeze, dar E-Z îşi pierduse controlul, se zbătea şi înjura. Au sosit două asistente; una a introdus acul în timp ce cealaltă, împreună cu Sam, încerca să-l ţină nemişcat şi îi şoptea încet că totul va fi bine.

Sam a privit, în timp ce nepotul său din ţara viselor sau de oriunde ar fi fost acum - a adunat un zâmbet. A preţuit acel zâmbet, gândindu-se că va mai trece ceva timp până când va mai vedea unul pe faţa nepotului său. Avea să fie un drum lung şi dificil. Nepotul său va trebui să înfrunte cu capul înainte ziua în care viaţa lui se va destrăma. Odată ce ar fi făcut asta, ar fi putut să lupte şi, împreună, i-ar fi putut construi o viaţă nou-nouţă. Nouă - diferită - nu la fel. Nimic nu va mai fi la fel vreodată.

Totul pentru că se aflau în locul nepotrivit la momentul nepotrivit. Victime ale naturii: un copac. Un copac care a devenit arma naturii din cauza neglijenţei oamenilor. Structura de lemn era moartă, cu rădăcinile deasupra pământului cerându-şi atenţia de ani de zile. Iar când i-au spus că fusese marcat cu un X pentru a fi tăiat în primăvară - i-a venit să ţipe.

În schimb, l-a sunat pe cel mai bun avocat pe care îl cunoştea. A vrut ca cineva să plătească - să plătească nota de plată pentru două vieţi curmate prea devreme şi pentru picioarele şi viaţa nepotului său distruse.

Dar care era scopul? Nimic nu putea schimba trecutul - dar în viitor avea să-şi ajute nepotul să-şi găsească drumul. În acel moment, Sam a formulat un plan.

Sam semăna cu o versiune adultă a lui Harry Potter (mai puțin cicatricea.) În calitate de singura rudă în viață a lui E-Z, el avea să se ocupe de nepotul său. Un rol pe care îl neglijase în trecut. Ar încerca să fie ca fratele său mai mare, Martin - nu să-l înlocuiască.

S-a scuturat de scuzele care clocoteau în interior. Încercând să-l determine să se folosească de muncă pentru a-l scuti de responsabilități. Ar pleca, ar șterge toate obligațiile. Atunci ar putea să nu se mai recrimineze. Să se urască pentru tot timpul pierdut.

În timp ce nepotul său dormea, l-a sunat pe directorul general al companiei sale de software. În calitate de programator senior realizat în vârful domeniului său - spera că vor ajunge la un compromis. Le-a spus ce voia să facă.

"Sigur, Sam. Poți să lucrezi de la distanță. Nu se va schimba nimic. Fă ceea ce trebuie să faci. Noi suntem cu tine. Familia pe primul loc - întotdeauna."

Când s-a deconectat, s-a întors la căpătâiul nepotului său. Deocamdată, se va muta în casa familiei, pentru ca E-Z să rămână în apropierea prietenilor și a școlii sale. Împreună aveau să pună din nou piesele laolaltă și să își reconstruiască viața. Asta dacă nu o lua razna de tot. Fiind burlac, nu prea avea experiență cu copiii - cu atât mai puțin cu adolescenții.

DUPĂ CE AU PĂRĂSIT spitalul - constrânşi de soartă - nu au avut de ales decât să creeze o legătură care a mers dincolo de sânge.

E-Z s-a împotrivit, în negare, crezând că poate face totul singur. În cele din urmă, nu a avut de ales decât să accepte ajutorul oferit.

Sam a făcut un pas înainte - a fost acolo pentru el - ca şi cum ar fi ştiut de ce avea nevoie nepotul său înainte ca acesta să i-o ceară.

Şi a fost alături de E-Z în a doua cea mai rea zi din viaţa lui - când i s-a spus că nu va mai merge niciodată.

"Intră", a spus Dr. Hammersmith, unul dintre cei mai buni chirurgi ortopedici neurologi.

În scaunul său cu rotile, E-Z a intrat, urmat de Sam.

Hammersmith era renumit pentru că repara ceea ce nu se putea repara şi avea de gând să-l repare pe el. La consultaţiile anterioare îi promisese tânărului că va juca din nou baseball.

"Îmi pare rău", a spus Hammersmith. După câteva secunde de tăcere incomodă, a umplut-o amestecând nişte hârtii.

"De ce anume îţi pare rău?", a întrebat E-Z, împingând din toate puterile pentru a înainta în scaunul său. Incapabil să îndeplinească sarcina, a rămas acolo unde se afla.

"Ceea ce a întrebat", a spus Sam, mişcându-se fără efort înainte pe scaunul său.

Hammersmith şi-a curăţat gâtul. "Am sperat că, din moment ce totul funcţiona normal, paralizia ar putea fi temporară. De aceea te-am trimis să faci mai multe teste şi ţi-am sugerat nişte terapie fizică. Acum nu mai există niciun dubiu, îmi pare rău să-ţi spun E-Z, dar nu vei mai merge niciodată."

"Cum poţi să-i faci asta?" a întrebat Sam.

Finalitatea cuvintelor lui s-a scufundat. "Scoate-mă de aici, unchiule Sam!"

"Aşteaptă", a spus Hammersmith, incapabil să îi privească în ochi. "Am cerut ajutor, de la colegii din întreaga lume. Concluzia lor a fost aceeaşi."

"Mulţumesc mult."

"E-Z, e timpul să mergi mai departe. Nu vreau să-ţi mai dau speranţe false. "

Sam s-a ridicat în picioare, punându-şi mâinile pe mânerele scaunului cu rotile.

"Vom cere o a doua opinie şi o a treia şi o a patra!"

"Puteţi face asta", a spus Hammersmith, "dar noi am făcut-o deja. Dacă era ceva nou, acolo - ceva la care puteam să apelăm - atunci o făceam. Lucrurile se pot schimba în timpul vieţii tale E-Z. Domeniul cercetării celulelor stem face progrese. Între timp, nu vreau să-ţi trăieşti viaţa pentru "dacă" şi "poate"."

Apoi s-a îndreptat către Sam,

"Nu-l lăsa pe nepotul tău să-şi irosească viaţa. Ajută-l să se reconstruiască şi să se întoarcă pe tărâmul celor vii. Oh, şi nu-mi place să aduc asta în discuţie, dar vom avea nevoie de scaunul cu rotile înapoi în curând - se pare că avem un pic de lipsă. Dacă nu vă deranjează să faceţi alte aranjamente."

"Bine", a spus Sam, în timp ce au părăsit biroul lui Hammersmith fără să vorbească. A pus scaunul cu rotile în portbagaj, și-a pus centurile de siguranță și a pornit mașina.

"O să fie bine."

E-Z, care avea lacrimi care îi curgeau pe obraji, le-a șters. "Îmi pare rău."

"Niciodată nu trebuie să-ți ceri scuze față de mine, puștiule, pentru că îți arăți sentimentele."

Sam și-a trântit pumnii pe volan, apoi a ieșit din locul de parcare scârțâind din cauciucuri.

Au condus fără să vorbească timp de câteva clipe, apoi el s-a întins și a pornit radioul. Acesta a despicat tăcerea dintre cei doi și i-a dat lui E-Z ocazia de a plânge fără să se simtă conștient de sine.

Până când au virat pe aleea de la casă, erau calmi și înfometați. Planul era să se uite la câteva programe și să comande pizza.

Câteva zile mai târziu a sosit un scaun cu rotile nou-nouț.

Două lumini: una galbenă şi una verde au pâlpâit lângă noul scaun cu rotile al lui E-Z.

"Ăsta nu merge, beep-beep."

"Sunt de acord, nu va merge deloc. Are nevoie de ceva mai uşor, mai puternic, rezistent la foc, antiglonţ şi absorbant, zoom-zoom."

"Ştii-tu-cine a spus că nu trebuie să pierdem timpul - aşa că, hai să o facem, înainte ca omul să se trezească, bip-bip."

Luminile au dansat în jurul scaunului cu rotile. Una a înlocuit metalul, iar cealaltă anvelopele. Când au terminat procesul, scaunul arăta la fel ca înainte, dar nu era.

E-Z a şoptit în somn.

"Să plecăm de aici! Beep beep!"

"Chiar în spatele tău! Zoom zoom zoom!"

Şi aşa au făcut, în timp ce tânărul dormea în continuare.

U N AN MAI TÂRZIU, lui E-Z i se părea că Unchiul Sam fusese acolo dintotdeauna. Nu că și-ar fi înlocuit părinții. Nu, nu ar fi fost niciodată în stare să facă asta, de fapt nici nu ar fi încercat - dar se înțelegeau. Erau prieteni. Erau mai mult decât atât, erau o familie. Singura familie pe care tânărul de treisprezece ani o mai avea pe lume.

"Vreau să-ți mulțumesc", a spus el, încercând să nu-i dea lacrimile.

"Nu trebuie să-mi mulțumești, puștiule."

"Dar trebuie, unchiule Sam, fără tine aș fi aruncat prosopul."

"Ești făcut dintr-un material mai puternic decât atât".

"Eu nu sunt. De când cu accidentul mă sperii, adică mă sperii cu adevărat. Am avut coșmaruri."

"Cu toții ne speriem; te ajută dacă vorbești despre asta. Adică dacă vrei să vorbești cu mine despre asta."

"Se întâmplă uneori noaptea - când dormi. Nu vreau să te trezesc."

"Sunt alături și pereții nu sunt atât de groși. Doar strigă după mine și voi fi acolo. Nu mă deranjează."

"Mulțumesc, sper că nu va fi nevoie, dar e bine de știut."

S-au întors să se uite la televizor și nu au mai discutat niciodată despre acest subiect.

Până într-o noapte, când E-Z s-a trezit țipând și Sam, așa cum promisese, era acolo.

A aprins lumina. "Sunt aici. Ești în regulă?"

E-Z se agăța de marginea patului, ca cineva care era pe cale să cadă într-o prăpastie. L-a ajutat să se așeze înapoi pe saltea.

"Te simți mai bine acum?"

"Da, mulțumesc."

"Ai chef să vorbești despre asta? Pot să fac niște cacao".

"Cu bezele?"

"Se înțelege de la sine. Mă întorc imediat."

"Bine." E-Z a închis ochii pentru o secundă, iar zgomotele ascuțite au reînceput. Și-a acoperit urechile și a privit luminile galbene și verzi cum dansau în fața ochilor săi. Și-a scos mâinile, auzind picioarele goale ale unchiului său cum plesneau de-a lungul coridorului.

"Poftim", a spus Sam, punându-i nepotului său o cană de cacao fierbinte în mână. S-a parcat în scaunul cu rotile, unde a sorbit și a suspinat.

Cu mâna stângă, E-Z a lovit aerul, aproape că și-a vărsat băutura.

"Ce faci?"

"Nu-l auzi? Sunetul ăla care îți taie urechile?"

Sam a ascultat cu atenție, nimic. A scuturat din cap. "Dacă auzi ceva ciudat, de ce încerci să-l îndepărtezi?".

E-Z s-a concentrat asupra băuturii sale fierbinți, apoi a înghițit o mini-marshmallow. "Bănuiesc că nu poți vedea luminile atunci?".

"Lumini? Ce fel de lumini?"

"Două lumini: una verde și una galbenă. Cam de mărimea capătului degetului tău. Aici, intermitent - de la accident. Îmi străpung urechile și clipesc în fața ochilor mei. Mă enervează."

Sam s-a dus la căpătâiul patului și a privit din perspectiva nepotului său. Nu se aștepta să vadă nimic - și bineînțeles că nu se aștepta - efortul era pentru a-l liniști. "Nu, dar spune-mi mai multe, ca să înțeleg mai bine cum a început."

"La accident, am văzut două lumini, galbenă şi verde şi, să nu râdeți, dar cred că mi-au vorbit. De aceea am avut coşmaruri."

"Ce fel de lumini? Vrei să spui, ca luminile de Crăciun?"

"Uh, nu, nu ca luminile de Crăciun. Nu e nimic. Au dispărut acum. Probabil o tulburare de stres post-traumatic sau o revenire în trecut."

"Sindromul PTSD sau un flashback sunt două lucruri extrem de diferite. Mă întreb dacă, ar trebui să vorbeşti cu cineva. Adică cu cineva, în afară de mine."

"Adică, cum ar fi prietenii mei?"

"Nu, mă refer la un profesionist."

POP.

POP.

S-au întors din nou. Clipind în fața nasului său şi făcându-l să strâmbe din ochi. S-a abținut. A încercat să nu le alunge. În timp ce Sam îşi lua ceaşca cu o mână şi îşi pipăia fruntea cu cealaltă, a plesnit aerul. "Pleacă de lângă mine!"

Sam a privit cum nepotul său îngheață, ca o sculptură de gheață la Festivalul de Iarnă. Sam a pocnit din degete în fața ochilor, dar nu a avut nicio reacție. E-Z a suspinat şi s-a lăsat pe spate, a respirat adânc şi, în câteva secunde, sforăia ca un soldat. Sam a tras pătura în sus. Şi-a sărutat nepotul pe frunte, apoi s-a întors în camera lui. În cele din urmă a adormit.

A doua zi, Sam i-a sugerat lui E-Z să-şi scrie sentimentele, poate într-un jurnal. Între timp, se interesa de programarea unei întâlniri cu un profesionist.

"Vrei să spui un psihiatru?"

"Sau un psiholog. Şi, între timp, să scrie. Când îi vezi, cum arată - înregistrează aparițiile."

"Un jurnal, adică, cu cine arăt eu, cu Oprah Winfrey?".

"Nu", a spus Sam. "Puştiule, ai coşmaruri, auzi zgomote ascuţite şi vezi lumini. Acestea pot fi un semn de, cum ai spus tu, PTSD sau ceva medical. Trebuie să investighez şi să vorbesc cu medicul tău, să îi cer sfatul. Între timp, să-ţi scrii gândurile, să ţii un jurnal ar putea ajuta. O mulţime de bărbaţi au scris jurnale sau au ţinut un jurnal."

"Spune-mi unul al cărui nume să-l recunosc?".

"Să vedem, Leonardo da Vinci, Marco Polo, Charles Darwin."

"Vreau să spun cineva din acest secol."

"Ai menţionat-o deja pe Oprah."

SĂNĂTATEA MENTALĂ A LUI E-Z s-a îmbunătăţit după câteva
şedinţe cu un terapeut/consilier. Ea a fost drăguţă şi nu l-a judecat pe
adolescent, aşa cum se temea el că o va face. În schimb, ea i-a oferit sugestii
şi strategii specifice pentru a-l calma şi a-l ajuta. Ea, ca şi unchiul său Sam,
i-a sugerat, de asemenea, să scrie totul - într-un jurnal sau într-un jurnal.

În schimb, el a scris o povestire scurtă pentru o temă şcolară inspirată
de pasărea preferată a mamei sale: un porumbel. După ce a primit nota 10
la lucrare, profesorul său a înscris povestea sa într-un concurs de scriere
la nivel provincial. La început, el a fost supărat că i-a înscris povestea fără
să-l întrebe. Dar când a câştigat, a fost incredibil de fericit. De atunci,
profesoara lui a înscris povestea lui într-un concurs la nivel naţional.

În timp ce nepotul său se adâncea în arta scrisului, Sam îşi făcea un
nou hobby: genealogia. Într-o seară, în timp ce luau cina, a răbufnit:

"Acum că ai scris o povestire scurtă şi ai avut ceva succes, poate ar
trebui să încerci să scrii un roman".

"Eu? Un roman? Nici vorbă de aşa ceva."

"Ai sânge de scriitor", a dezvăluit unchiul Sam. "Urmărindu-ne istoria,
am descoperit că noi doi suntem înrudiţi cu unicul Charles Dickens."

"Atunci poate că TU ar trebui să scrii un roman". El a râs.

"Nu eu sunt cel care are o povestire premiată."

Luminile verzi şi galbene au pâlpâit deasupra farfuriei sale. Cel puţin
nu mai auzea zgomotul ăla ascuţit cu Unchiul Sam trăncănind.

".... La urma urmei, tu şi cu mine suntem verişori peste timp cu Charles Dickens. Uită-te la tot ce ai depăşit. Eşti un copil extraordinar - ce ai de pierdut?"

Numele lui este Ezekiel Dickens, iar aceasta este povestea lui.

CAPITOLUL 1

ÎN PRIMII TREISPREZECE ANI ai vieții sale, a fost cunoscut sub mai multe nume. Ezechiel, numele său de naștere. E-Z, porecla sa. Catcher în echipa sa de baseball. Scriitor de povestiri scurte. Fiul părinților săi. Nepot al unchiului său. Cel mai bun prieten. Acum aveau un nou nume pentru el.

Nu că l-ar deranja cuvântul cu "c". De fapt, unele dintre alternative îi plăceau mai puțin. Cum ar fi comentariile pe care le spuneau unii oameni, pentru că se credeau corecți din punct de vedere politic. "Oh, uite-l pe puștiul care e țintuit într-un scaun cu rotile." Spuneau asta în timp ce arătau cu degetul spre el - de parcă ar fi crezut că are și el probleme de auz. Sau spuneau: "Mi-a părut rău să aud că ești în scaun cu rotile, acum". Asta îl făcea să se strâmbe. Dar cea care l-a trimis pe marginea prăpastiei, a fost "Oh, tu ești copilul care folosește un scaun cu rotile acum". Faptul că vedea pe cineva, mai ales o persoană mai tânără într-un scaun cu rotile, îi făcea pe unii oameni să se simtă inconfortabil. Dacă se simțeau așa, de ce trebuiau să spună ceva?

Acest lucru a stârnit o amintire de demult. O amintire a părinților săi, care se uitau la filmul Bambi la televizor într-o sâmbătă după-amiază ploioasă. Mama a făcut faimoasele ei bile de popcorn. Aveau sifon, M&Ms, bezele și Twizzlers, preferatele lui tata. Iepurele Thumper a spus: "Dacă nu poți să spui ceva frumos, nu spune nimic." Când mama lui Bambi a murit, a fost prima dată când și-a văzut mama și tatăl plângând la un film. Pentru că a fost atât de şocat de comportamentul lor, el însuşi nu a vărsat nici măcar o lacrimă.

Unii dintre băieţii de la şcoală îi spuneau "băiatul copac". Câţiva erau colegi atleţi care odată îl admirau când era rege în spatele terenului. Ura referinţa la băiatul din copac. Nu-i părea rău pentru el însuşi (nu de cele mai multe ori) şi nici nu voia ca cineva să-i pară rău pentru el.

Când a venit momentul să se întoarcă la şcoală, în prima zi, a făcut-o cu ajutorul prietenilor săi. PJ (prescurtarea de la Paul Jones) şi Arden l-au sprijinit şi l-au împins, la nevoie. În curând au fost cunoscuţi sub numele de The Tornado Trio. Mai ales pentru că oriunde mergeau se producea haos. Atunci E-Z a învăţat să se aştepte la neprevăzut.

Aşa că, atunci când prietenii lui au apărut într-o dimineaţă pentru a-l lua de la şcoală câteva luni mai târziu - apoi au spus că nu mai merg - nu a fost prea surprins. Când au spus că trebuie să-l lege la ochi - nu s-a aşteptat la asta.

Pe bancheta din spate a întrebat. "Unde mergem?" Nu a primit niciun răspuns. "Oare o să-mi placă?"

"Da", au spus prietenii lui.

"Atunci, de ce să ne ascundem?"

"Pentru că este o surpriză", a spus PJ.

"Şi o vei aprecia şi mai mult, odată ce vom fi acolo".

"Ei bine, nu pot fugi". El a luat-o în derâdere.

Mama lui Arden a parcat. "Mulţumesc, mamă", a spus el.

"Sună-mă când ai nevoie să vin să te iau", a spus ea.

Cei doi prieteni l-au ajutat pe E-Z să se urce în scaunul cu rotile şi au plecat.

"Mi se pare mie, sau scaunul ăsta pare mai uşor de fiecare dată când îl scoatem?". a întrebat Arden.

"Tu eşti de vină!" a răspuns PJ.

În timp ce se îndreptau pe un teren denivelat, E-Z putea simţi mirosul de iarbă proaspăt tăiată. Când prietenii lui şi-au scos legătura de la ochi - se afla la terenul de baseball. Lacrimile i-au curs în ochi când şi-a văzut foştii coechipieri, echipa adversă şi pe antrenorul Ludlow. Erau în uniformă completă, aliniaţi de-a lungul liniei de bază proaspăt cretate cu cretă.

"Bine aţi revenit!", l-au aclamat.

E-Z şi-a îndepărtat lacrimile cu mâneca în timp ce scaunul se apropia de terenul de joc. De când accidentul îi răpise visul de a juca baseball profesionist, evitase jocul. Cu un nod în gât, era atât de cuprins de emoţii încât nu-şi mai putea prinde respiraţia.

"Nu mai are cuvinte", a spus PJ, dându-i lui Arden un ghiont cu cotul.

"Asta e o premieră."

"Mulţumesc, băieţi. Nu v-aţi înşelat când aţi spus că e o surpriză."

"Aşteaptă aici", i-au instruit prietenii lui.

E-Z a fost lăsat singur să admire priveliştea de pe terenul de baseball. Locul care fusese cândva locul lui preferat de pe pământ. A lăcrimat din nou, privind cum iarba verde strălucea în lumina soarelui. Le-a şters când prietenii lui s-au întors cu un sac cu echipament.

Arden s-a aplecat: "Surpriză, amice, azi prinzi mingea!".

"Ce vrei să spui? Nu pot să mă joc în asta!", a spus el, lovindu-se cu mâinile de braţele scaunului cu rotile.

"Poftim, uită-te la asta, în timp ce te echipăm", a spus PJ, în timp ce i-a dat telefonul şi a apăsat play.

E-Z a privit cu uimire cum jucători ca el, îşi făceau loc pe terenul de baseball. S-a uitat mai atent la scaunele lor, care aveau roţi modificate. Un jucător s-a rostogolit până la bază, s-a conectat cu mingea şi a făcut un zoom în jurul bazelor.

"Uau! E minunat!"

"Dacă ei pot face asta, poți și tu!" a spus Arden în timp ce a pus genunchierele pe picioarele prietenului său, în timp ce PJ a fixat protecția toracică. Pe drumul spre teren, prietenii lui i-au aruncat masca de prinzător și mănușa.

"Bătaie!" a strigat antrenorul Ludlow.

Aruncătorul a aruncat prima minge rapidă chiar în zonă și el a prins-o.

A doua aruncare a fost un pop up. E-Z s-a dus să o lovească, a făcut zoom și s-a ridicat. Atingând. S-a surprins chiar și pe el însuși când a prins-o. Ei nu au observat, dar el se ridicase. Fundul îi părăsise scaunul și nu avea idee cum reușise.

"Uau", a spus PJ, "a fost o prindere excelentă".

"Da, probabil că ai fi ratat-o, dacă nu ar fi fost scaunul".

E-Z a zâmbit și a continuat să se joace. Când jocul s-a terminat, s-a simțit bine. Normal. Le-a mulțumit băieților pentru că l-au readus în ritmul normal al lucrurilor.

"Data viitoare, lovește tu", a spus PJ.

E-Z a luat în derâdere în timp ce mama lui Arden i-a dus prin drive through, apoi înapoi la școală. Dacă se grăbeau, ar fi ajuns la timp înainte de începerea următoarei ore. Elevii au înghesuit holurile, în timp ce el se rostogolea spre dulapul său. Colegii lui de clasă au auzit zgomotul de plesnit al cauciucurilor pe podeaua de linoleum - și s-au despărțit.

E-Z fusese primul copil care a avut nevoie de acces în scaun cu rotile la școala sa, dar era deja o legendă înainte de a-și pierde uzul picioarelor. A fost nevoie de multe pentru ca el să ceară ajutor, dar odată ce a făcut-o, l-a primit. Avea deja respectul lor ca atlet, câștigase o sumedenie de trofee singur și ca parte a echipei. Trebuia să le câștige din nou respectul în noua sa calitate.

După meci, s-au întors la şcoală şi au terminat ziua. Cum fusese doar o jumătate de zi, E-Z era destul de obosit când mama lui Arden şi prietenii lui l-au lăsat după şcoală.

După ce le-a mulţumit, a intrat în casă.

"Am ajuns acasă, unchiule Sam".

"Văd asta, ai avut o zi bună", a spus Sam.

"Da, a fost o zi bună". S-a întins şi a căscat.

"Haideţi. Am ceva să-ţi arăt. O surpriză."

"Nu încă una", a spus E-Z, în timp ce-şi urma unchiul pe hol. Trecând mai întâi pe dreapta, camera părinţilor săi - destinată să fie o cameră de oaspeţi într-o zi. Până atunci, era exact aşa cum o lăsaseră - şi aşa va rămâne până când E-Z va decide altfel.

Din când în când, unchiul Sam se oferea să-l ajute să treacă prin cameră, dar nepotul său spunea mereu acelaşi lucru.

"O voi face când voi fi pregătit".

Sam a fost de acord cu reticenţă. Era hotărât ca nepotul său să meargă mai departe. Acesta era primul pas spre acest obiectiv. De atunci, vorbise cu consilierul său, care a spus că Sam ar trebui să-l încurajeze pe E-Z să vorbească mai mult despre părinţii săi. Ea a spus că dacă îi va face parte din viaţa lui de zi cu zi, îl va ajuta să se vindece mai repede. Au continuat pe hol, au trecut de baie şi s-au oprit în dreptul boxei sau a depozitului.

"Ta-dah!" a spus unchiul Sam în timp ce l-a împins înăuntru.

E-Z a rămas fără cuvinte în timp ce privea biroul proaspăt transformat. În centru, poziţionat în faţa ferestrei care dădea spre grădină, se afla un birou. Pe el, totul aranjat, se afla un PC de jocuri nou-nouţ şi un sistem de sunet. Şi-a strecurat scaunul sub birou - potrivire perfectă - trecându-şi degetele de-a lungul tastaturii. În apropiere se afla o imprimantă, stivuită cu hârtii şi o pubelă de gunoi - toate planificate la îndemână.

În stânga lui se afla un raft de cărţi. S-a rostogolit mai aproape. Primul raft conţinea cărţi despre scris şi clasici. A recunoscut câteva dintre preferatele părinţilor săi. Al doilea conţinea trofee, inclusiv premiul pentru scrisul său. Al treilea şi al patrulea conţineau toate cărţile sale preferate din copilărie. Ultimele două rafturi erau goale. Ochii i-au fugit de-a lungul raftului până în partea de sus a acestuia, a trebuit să dea scaunul pe spate ca să vadă ce era acolo sus.

Sam a intrat în cameră lângă el. A pus o mână pe umărul nepotului său.

"Aceştia, nu eram sigur dacă era prea devreme. I..."

Piesa de rezistenţă: o fotografie de familie. O lacrimă i s-a rostogolit pe obraz când şi-a amintit de ziua şedinţei foto. A fost într-un mic studio de fotografie din centrul oraşului. Toţi erau îmbrăcaţi frumos. Tata în costumul lui albastru. Mama în noua ei rochie albastră, cu o eşarfă roşie legată la gât. El în costumul său gri - acelaşi pe care l-a purtat şi la înmormântarea lor.

S-a împotrivit unui plâns, amintindu-şi de aranjamentul de la studioul de fotografie. Studioul conţinea tot ce era de Crăciun - deşi era doar iulie. A zâmbit, gândindu-se la decoraţiunile de Crăciun de prost gust şi la şemineul fals. Săptămâni mai târziu, felicitarea a venit cu poşta, dar pentru părinţii lui acel Crăciun nu a mai sosit niciodată. Şi-a întors scaunul spre ieşire şi s-a îndreptat spre hol, cu unchiul său în urma lui.

"Ştiu că va dura ceva timp. Îmi pare rău dacă am mers prea departe prea devreme, dar a trecut mai bine de un an şi noi, eu şi consilierul tău, am considerat că este timpul."

E-Z şi-a continuat drumul. Voia să plece. Să fugă în camera lui şi să închidă lumea, apoi i-a venit ceva în minte. Ceva crucial. Unchiul lui nu putea să cunoască istoria fotografiei. Dacă ar fi ştiut, nu ar fi pus-o acolo. După tot ce făcuse pentru el, îi datora o explicaţie. S-a oprit.

"Nu am folosit-o niciodată, era destinată felicitării noastre de Crăciun, dar nu au ajuns niciodată până la Crăciun."

"Îmi pare foarte rău. Nu am ştiut."

"Ştiu că nu ai ştiut, dar asta nu face să doară mai puţin."

Epuizat atât fizic, cât şi psihic, s-a apropiat de camera lui. Dialogul său interior a continuat cu întăriri pozitive. Amintindu-i că totul va arăta mai bine dimineaţa. Pentru că aproape întotdeauna aşa era.

"A fost menit să fie un loc în care să scrii. Aminteşte-ţi, acum eşti un autor premiat şi ai sânge de scriitor."

Era aproape de camera lui - de ce nu-l lăsase unchiul său să scape? Temperamentul lui s-a aprins.

"Am scris o nuvelă, dar asta nu înseamnă că pot scrie mai mult sau că vreau să scriu. Tu spui că prin vene îmi curge sângele lui Charles Dickens, dar ceea ce vreau eu este să fiu prinzător la L.A. Dodgers. Doar pentru că mi se spune "băiatul din copac" - nu înseamnă că trebuie să mă mulţumesc. De ce ar trebui să mă mulţumesc?"

"Aş vrea să nu-i laşi să-ţi intre în cap."

"Sunt un băiat de copac! Dacă n-ar fi fost copacul ăla nenorocit!", a exclamat el în timp ce a făcut o întoarcere bruscă şi s-a lovit cu cotul de perete. Osul lui nu prea amuzant şi amuzant îl durea ca naiba.

"Eşti bine?"

E-Z a mârâit un răspuns, apoi şi-a continuat drumul spre camera lui. Plănuia să trântească uşa în urma lui. În schimb, a rămas înghesuit pe jumătate înăuntru şi pe jumătate afară din uşă. Apoi roţile scaunului său s-au blocat.

"FRICK!"

Sam a eliberat scaunul fără să spună un cuvânt. A închis uşa în timp ce ieşea.

E-Z a apucat câteva obiecte incasabile şi le-a aruncat pe perete. Ca să se calmeze, şi-a vizualizat părinţii, spunându-i cât de mândri erau de el. Îi era dor de asta. Dar, dacă tatăl său ar fi fost aici acum, l-ar fi certat pentru că era un puşti. Mama lui l-ar certa şi ea, dar într-un mod mai blând şi mai delicat. Şi-a şters lacrimile. A simţit înţepătura ruşinii şi corpul său s-a prăbuşit de oboseală în scaunul cu rotile.

Unchiul Sam a întrebat prin uşa închisă: "Eşti bine?".

"Lasă-mă în pace!" a răspuns E-Z. Chiar dacă avea nevoie de ajutorul lui. Fără el, nu putea să-şi pună pijamaua sau să se bage în pat. Ar fi trebuit să doarmă în scaun, în hainele lui. În adâncul sufletului său, el ştia întotdeauna adevărul. Dacă lui nu-i mai păsa, atunci şi celorlalţi ar fi încetat să le pese. Atunci ar fi fost cu adevărat singur.

Şi-a rotit scaunul până la fereastră şi a privit cerul nopţii. Muzica. A fost singurul lucru care i-a legat cu adevărat ca familie. Sigur, aveau diferenţele lor în ceea ce priveşte genurile muzicale, dar când la radio se auzea un cântec bun, îl lăsau deoparte.

O pisică neagră şi sâcâitoare a traversat peluza. Mama lui îşi dorise întotdeauna să meargă la New York şi să vadă Cats pe Broadway. Îşi dorea să fi mers împreună. Să fi creat o amintire. Acum nu o vor mai face niciodată. Cântecul ăla, ceva despre amintiri l-a făcut să pună mâna pe telefon. A ales un imn hard rock, a dat volumul mai tare. Şi-a folosit pumnii pentru a bate ritmul pe braţele scaunului în timp ce delira şi striga versurile.

Până când a cântat atât de tare încât s-a rostogolit de pe scaun şi a căzut pe podea. La început, văzându-şi camera de jos în sus, i-a venit să plângă. În schimb, a început să râdă şi nu s-a mai putut opri.

"Eşti bine acolo?" a întrebat Sam.

"Uh, aş avea nevoie de ajutorul tău". Îl durea stomacul de la atâta râs.

Reacția inițială a lui Sam a fost de alarmă - când l-a văzut pe nepotul său pe podea ținându-se de stomac. Când și-a dat seama că îl ținea de râs, s-a prăbușit pe podea lângă el.

Mai târziu, când Sam a plecat, a spus: "Vei fi bine, puștiule".

"Vom fi bine."

Atunci au făcut un pact de a-și face tatuaje.

CAPITOLUL 2

"Îmi pare rău, nu pot juca baseball cu voi astăzi."

"Haide", a spus Arden. "Nu ai fost atât de rău data trecută."

"Dispari", a răspuns E-Z. A prins viteză pentru a se întâlni cu unchiul său şi s-a ciocnit cu Mary Garner, majoreta şefă a majoretelor.

"Oh, îmi pare rău, Mary."

Era prima dată când o vedea de la accident. Şi-a ridicat privirea, când părul ei a căzut ca o perdea peste ochii lui: mirosea a scorţişoară şi miere.

"Idiotule", a spus ea. "Uită-te pe unde mergi".

A dat înapoi şi a plecat. Anturajul ei l-a urmat.

El a zâmbit, şi-a aplecat gâtul ca să o privească. Prietenii lui au venit alături şi au făcut la fel. Arden a fluierat.

A aruncat o privire peste umăr şi a făcut semn cu mâna în direcţia lor.

"Doamne, este fantastică", a spus PJ.

"Este sexy", a spus Arden.

"Foarte."

Părăsind acum şcoala, PJ a întrebat: "Deci, spune-ne de ce nu vrei să joci astăzi".

"Da, ajută-ne, înţelegeţi", a spus Arden, făcând o grimasă şi încrucişându-şi ochii. "Suntem inutili fără tine".

"Uite, unchiul Sam şi cu mine am făcut un pact. Să facem ceva împreună - ceva important - astăzi, după şcoală."

Prietenii lui şi-au încrucişat braţele blocându-i calea spre scaun.

"Încă intenționezi să ne excluzi - și nici măcar nu vrei să ne spui de ce?",
a spus PJ cel cu capul roșu.

"Ești un nesimțit total".

"Nu ți-am face niciodată așa ceva".

S-au îndepărtat, accelerând ritmul.

E-Z a accelerat, dar nu a fost suficient. "Stai! Ne facem tatuaje!"
Prietenii lui s-au oprit din drum.

"Îmi fac un tatuaj în memoria mamei și a tatălui meu - aripi de
porumbel, câte una pe fiecare umăr."

"Noi venim cu tine!"

"M-am gândit că poate credeți că sunt sentimental."

Au continuat să meargă fără să vorbească un pic.

"Unchiul Sam se întâlnește cu mine la locul de tatuaje."

CAPITOLUL 3

Când Sam l-a văzut pe nepotul său împreună cu prietenii săi, a fost surprins.

"Credeam că acest pact este între noi, adică un secret?".

"Băieții au vrut să mă ducă la un meci - a trebuit să le spun."

"Bine, destul de corect. Dar nu am obiceiul de a le ține locul părinților lor sau de a da permisiunea în numele părinților lor." Apoi către PJ și Arden: "Sunt de acord cu prezența voastră aici, dar numai părinții voștri pot aproba tatuajele voastre".

"Așteptați!" a spus PJ. "Nici măcar nu m-am gândit vreodată la faptul că ne vom face tatuaje".

"Ai mei cu siguranță vor spune nu", a spus Arden. Părinții lui aveau probleme, de care el a profitat din plin. Se purta ca și cum certurile lor constante nu-l deranjau în cea mai mare parte a timpului. Din când în când, când nu mai putea suporta, se refugia în casa unui prieten.

"Și al meu." PJ era cel mai mare și avea două surori de cinci și șapte ani. Părinții lui l-au încurajat să dea un exemplu bun și, de cele mai multe ori, așa făcea. Concentrându-se pe un viitor în sport, s-a menținut pe drumul cel bun.

Împărtășind un moment de iluminare, adolescenții au bătut palma.

"Ce?" a întrebat Sam.

"O să le spunem de ce face E-Z și că vrem tatuaje pentru a-l susține", a spus PJ.

Arden a dat din cap.

"Stai puțin. Deci, voi doi, cretinilor, vreți să folosiți moartea părinților mei ca scuză pentru a vă tatua?".

Sam a deschis gura, dar cuvintele i-au scăpat.

PJ și Arden erau roșii la față, uitându-se la trotuar.

E-Z i-a lăsat să scape. "Mie îmi convine."

Sam și-a închis gura în timp ce el și cei doi băieți formau un semicerc în jurul scaunului cu rotile.

"Promite-mi totuși un lucru - nu ai voie cu fluturi."

"Hei, ce aveți voi împotriva fluturilor?". a întrebat Sam.

CAPITOLUL 4

P E SCURT, PJ şi Arden şi-au convins părinţii să îi lase să îşi facă tatuaje.

"Vin imediat", a spus tatuatorul, aruncându-le o privire celor patru. În faţa oglinzii se afla un client de sex masculin voinic, care adăuga un alt tatuaj la colecţia lui de multe altele. Acesta nou era între degetul mare şi arătător. "Tu eşti Sam?", a întrebat bărbatul care făcea tatuajul.

Stomacul lui Sam s-a simţit un pic ameţit, deoarece citise că mâna era unul dintre cele mai dureroase locuri în care se poate face un tatuaj. "Da, am vorbit cu tine la telefon. El este nepotul meu E-Z, şi prietenii lui PJ şi Arden".

"Toţi patru vreţi să vă faceţi tatuaje, astăzi? Pentru că eu mă aşteptam doar la doi dintre voi".

"Îmi pare rău pentru asta. Putem reprograma, dacă este necesar, sau pot să mi-l fac pe al meu în altă zi", a spus Sam cu dorinţă.

"Din fericire, fiica mea vine să mă ajute în curând. Aşadar, bine aţi venit la Tattoos-R-Us. Poţi să aştepţi acolo. Serveşte-te cu un pahar de apă. Sunt şi nişte broşuri pe care poate vrei să le consulţi. Te-ar putea ajuta să te decizi unde vrei să-ţi faci tatuajul. Fiecare zonă a corpului are un prag al durerii." Tipul voinic care se tatua a chicotit.

"Mulţumesc", a răspuns Sam în timp ce se îndreptau spre sala de aşteptare. Odată aşezat pe o canapea, genunchiul lui săltăreţ le-a dat fiori lui PJ şi Arden. Au traversat încăperea şi s-au uitat la avizier. Pentru a-şi liniști nervii, Sam a trăncănit. "I-am verificat pe internet, sunt în afaceri de douăzeci și cinci de ani, iar omul cu care am vorbit este proprietarul. Au o reputație excelentă la Better Business Bureau. În plus, o mulțime de recenzii de cinci stele pe site-ul lor."

Toate privirile s-au întors când o femeie izbitoare, îmbrăcată într-o ținută gothică, a intrat în local. Avea treizeci și ceva de ani și, judecând după trăsăturile ei, era fiica proprietarului. Avea tatuaje pe fiecare bucățică de carne expusă și piercinguri sporadice peste tot în rest.

"Îmi pare rău că am întârziat", a spus ea, atingându-și tatăl pe umăr. A aruncat o privire spre sala de așteptare și i-a șoptit ceva. A afișat un zâmbet cu dinți și s-a întors spre clienți.

"Bună, eu sunt Josie." A întins mâna și a dat mâna cu fiecare dintre ei. "Acela de acolo este Rocky. El este proprietarul, iar eu sunt fiica lui."

"Eu sunt Sam, iar el este nepotul meu E-Z și cei doi prieteni ai lui, PJ și Arden." A căzut în loc să se așeze din nou.

Josie s-a dus să-i aducă un pahar cu apă.

E-Z se gândea la cât de mult trebuie să fi durut piercingul de pe limbă, apoi i-a spus unchiului său: "Nu trebuie să o faci".

"Mă faci găină?", a spus el, cu tot corpul tremurând în timp ce Josie îi punea paharul în mână. Când l-a ridicat spre buze, a vărsat puțină apă.

"Voi sunteți virgini la tatuaje, nu-i așa?". a întrebat Josie.

Lui E-Z i s-a părut că avea o voce dulce, ca Stevie Nicks, vocalista preferată a tatălui său de la Fleetwood Mac, care cânta despre vrăjitoarea Rhiannon.

Nu a fost nevoie să răspundă, căci tăcerea lor spunea totul.

"Ei bine, sunteți pe mâini excelente cu Rocky. Este cel mai bun artist tatuator din oraș. O să vă doară, băieți. Da, o să doară. Dar ca genul ăla de durere despre care cântă John Cougar. Știi tu - "Doare atât de bine".

Sam a făcut o grimasă. "Cât de mult doare de fapt?"

"Depinde de pragul tău de durere - și de locul în care alegi să o primești. Există o broșură acolo, care cartografiază diversele zone ale corpului, oferind o clasificare a durerii."

E-Z a simțit cum i se înfierbântă fața, iar tenul prietenilor săi avea o nuanță similară. A aruncat o privire în direcția lui Sam, observând tenul său care se modificase într-o nuanță verzuie.

Josie a continuat. "După primul tău tatuaj, s-ar putea să-ți placă și să-ți dorești mai multe."

Sam s-a ridicat în picioare, corpul său tremurând de frică.

"S-ar putea să aibă nevoie de puțin aer proaspăt", a spus E-Z, încolonându-l pe unchiul său spre ușă.

Odată ieșit afară, Sam s-a plimbat în sus și în jos pe trotuar, cu inima bătându-i de parcă ar fi vrut să-i sară din piept. "Mi-aș dori din tot sufletul să fi fumat".

"Apreciez că ai venit aici cu mine, chiar apreciez, dar, sincer, nu trebuie să mergi până la capăt cu asta. Știu că am făcut un pact și că asta e ceva ce vreau să fac - în memoria mamei și a tatălui meu - dar nu-mi datorezi nimic. Ce-ar fi să mergem la o plimbare, să luăm o cafea și îți trimitem un mesaj când terminăm, bine?"

"Am spus că voi fi acolo pentru tine, întotdeauna. Sunt aici pentru tine acum. Urăsc acele. Și burghiele. Credeam că pot s-o fac, dar acum îmi dau seama că frica e mai puternică decât mine. Sunt așa o lașă."

"Întotdeauna ai fost alături de mine, unchiule Sam. Nu trebuie să mi-o dovedești mie, nimănui, făcându-ți un tatuaj pe care nici măcar nu ți-l dorești. Acum, pleacă de aici. Te sun când terminăm." S-a întors cu rotile pe rampă, prietenii lui căzând în rând în urma lui. A aruncat o privire peste umăr la Sam. Bietul de el era țeapăn ca o statuie.

"O să fiu bine. Acum, pleacă."

Sam a râs. "Dar înainte de a pleca, ar fi bine să-mi dai scrisoarea pe care am scris-o aseară, ca să pot adăuga numele lui PJ şi Arden. Pentru că fără permisiunea mea - niciunul dintre voi nu-şi face tatuaje."

"Bine gândit", a spus E-Z, în timp ce înmâna biletul pe linie. Acum a semnat că a revenit din nou. L-a pus în buzunar şi au intrat înăuntru, unde Josie îi aştepta.

"Bine, tu urmezi. Dacă ai de gând să te pişi pe tine, îţi voi arăta unde este toaleta acum".

"Muşcă-mă", a spus E-Z în timp ce îşi punea scaunul în poziţie.

Î N TIMP CE ROCKY termina la tejghea, Josie i-a înmânat lui E-Z o
carte cu tatuaje.

"Ştiu deja fără să mă uit. Aş vrea o aripă de porumbel, pe fiecare
umăr." Iarăşi erau acolo, luminile verzi şi galbene. Voia atât de mult să
le îndepărteze cu bâta, dar nu voia ca Josie să creadă că şi el e nebun.

Josie a răsfoit cartea. "La astea te-ai gândit?"

El a dat din cap, apoi a privit-o în oglindă în timp ce se spăla pe mâini,
apoi şi-a pus o pereche de mănuşi negre. A scos cupele de cerneală din
ambalajul steril şi le-a aşezat pe masă.

"Aveţi un bilet, de la părinte sau tutorele dumneavoastră? Presupun că
nu ai optsprezece ani?".

E-Z a zâmbit şi i-a înmânat biletul.

"Totul pare în regulă. Acum să trecem la chestiuni mai importante.
Ai spatele păros?". Ea a zâmbit. "Dacă da, va trebui să o curăţăm şi să o
radem mai întâi. Mă refer la tot spatele tău."

"Categoric nu."

Sunetul prietenilor lui chicotind din sala de aşteptare l-a făcut să
zâmbească şi el. Între timp, Josie a dispărut în camera din spate şi s-a
auzit muzică. Pentru o secundă, "Another Brick in the Wall", apoi nici
o muzică.

"Hei, de ce ai făcut asta?", a întrebat el.

"Detest orice lucru de Pink Floyd". Ea a continuat să aranjeze lucrurile.

"Nu poți să spui asta, decât dacă nu ai ascultat niciodată Dark Side of the Moon".

"Am ascultat, a fost o porcărie", a spus ea în timp ce îi trăgea cămașa peste cap. "Oh!"

POP.

POP.

Și cele două lumini au dispărut.

Rocky s-a apropiat și a stat lângă ea. "Ce naiba?"

"Ce naiba, într-adevăr", a spus Josie.

Ceea ce i-a adus pe PJ și pe Arden aici.

"Nu înțeleg, E-Z. De ce ai minți?"

"Bineînțeles că nu ar minți - E-Z nu minte niciodată", a spus Arden.

"CE!?" a întrebat E-Z, încercând să își manevreze scaunul astfel încât să poată vedea ce vedeau ei. "Să mintă? În legătură cu ce? Spune-mi, orice ar fi. Pot să suport."

Josie a întrebat: "De ce ai mințit că ești virgină la tatuaje?".

"**N**U AM FĂCUT-O!" a bâiguit E-Z, neavând nici cea mai mică idee despre ce voia să spună.

"Stai puţin", a spus Arden. "Haide, amice, dacă ai minţit, trebuie să ai un motiv întemeiat".

"S-a terminat cu gluma!" a spus PJ. "Deşi, nu putea să le obţină fără permisiunea unui adult".

Rocky a luat o oglindă de mână şi a poziţionat-o astfel încât E-Z să poată vedea ce vedeau. Două tatuaje, unul pe umărul drept şi celălalt pe cel stâng. Aripile.

"Ce naiba?"

"Mi-a spus că vrea aripi", a spus Josie. "Am crezut că eşti un copil drăguţ".

"Sunt! Sincer, habar nu am cum au ajuns acolo şi nu sunt genul de aripi pe care mi le doream. Am vrut aripi de porumbel. Acestea arată mai degrabă ca nişte aripi de înger."

"Haide, amice", a spus Rocky. "Acestea au fost făcute de un profesionist. Cu ceva timp în urmă. Şi sunt nişte aripi de înger cu totul excepţionale. Complimentele mele pentru cel care le-a făcut. Spune-le că dacă vor căuta vreodată o slujbă, să mă vadă."

"Pe cuvântul meu de onoare, nu mi-am făcut tatuaje. Este prima dată când intru într-un local de tatuaje. Întrebaţi-l pe unchiul meu. El mă va susţine. El ştie."

"Nimic din toate astea nu are sens", a spus Arden.

Rocky a clătinat din cap. "Cel puţin recunoaşte, puştiule."

"Voi doi vreţi tatuaje?" Josie a întrebat cu mâinile în şolduri.

"Nu", au răspuns ei.

"Bărbaţii sunt nişte mincinoşi", a spus Josie în timp ce închideau uşa în urma lor.

"Nu contează, iubire, oricum e timpul să luăm cina", apoi a pus semnul ÎNCHIS pe uşă.

S AM S-A ÎNTORS şi i-a văzut pe cei trei băieţi aşteptând în faţa studioului. Limbajul lor corporal era ciudat. Roşcatul PJ avea braţele încrucişate, în timp ce Arden, cu pielea măslinie, avea mâinile în şolduri. Între timp, nepotul său era aproape de lacrimi.

"Slavă Domnului, unchiule Sam, slavă Domnului că te-ai întors".

S-a grăbit să se apropie. "Oh, nu, a fost teribil de dureros? Se va uşura în câteva zile. O să fie bine. Acum lasă-mă să arunc o privire". A fluierat în timp ce nepotul său s-a aplecat în faţă ca să-i poată ridica cămaşa. "La naiba, trebuie să fi durut."

"Probabil că da", a spus PJ.

"Când le-a primit prima dată."

"Prima dată? Ce?"

"Le avea deja când ea i-a dat jos cămaşa."

"Ceea ce nu ne putem da seama este cum?"

"Ce vrei să spui? Pot să vă asigur că nu le avea ieri."

"Vezi, ţi-am spus că Unchiul Sam mă va susţine." Dacă nu-l credeau pe el, îl credeau pe unchiul lui, dar de ce ar fi crezut că ar fi minţit în legătură cu asta? Ştiau că nu era un mincinos.

"După spusele lui Rocky, are aceste lucruri de ceva vreme."

"Vezi cum s-au vindecat toate?" a spus PJ. "Rocky şi Josie erau supăraţi, şi aveau tot dreptul să fie, din moment ce E-Z părea la fel de surprins ca şi noi să le vadă."

"Și voi doi", a întrebat Sam, "cum au mers tatuajele voastre?".

"Am decis să nu mergem mai departe", a spus PJ.

"Nu ni s-a părut corect".

Sam a spus: "Spune-ne ce s-a întâmplat. Explică-te omule, pentru că eu nu pot să fac nici cap, nici poveste".

"Eu nu pot. Unchiule Sam, știi că nu au fost acolo ieri. Nu am nicio explicație. Tot ce vreau, este să mă duc acasă." A început să se miște, zdrăngănind roțile scaunului, mai repede, tot mai repede. Voia să plece, oriunde. Dacă nu-l credeau, atunci la naiba cu ei.

Pe măsură ce se apropia de capătul străzii, semaforul s-a schimbat din verde în roșu. O fetiță singură era deja în avânt să traverseze. A coborât de pe bordură, în timp ce o rulotă de rulote dădea colțul. Scaunul cu rotile s-a ridicat de la sol și a pornit spre ea. A întins mâna și a apucat-o. Exact la timp pentru a o salva să nu ajungă sub roțile vehiculului.

Aflat acum în afara pericolului, scaunul cu rotile a atins din nou solul, iar el a dus-o în siguranță. În fața lui, se afla o lebădă albă mai mare decât în mod normal. I-a făcut un semn cu degetul în sus cu aripa, apoi a zburat.

"Lebăda", a spus fetița, în timp ce se uita în jur după părinții ei.

E-Z a profitat de ocazie pentru a se amesteca în mulțime și a dispărut după colț, apoi a zdrăngănit spițele roților mai tare decât o făcuse vreodată și în curând a ajuns la câteva străzi distanță.

"Ați văzut asta?" a exclamat Arden, oprindu-se la colț. "Ouch", a spus el, în timp ce femeia din spatele lui s-a lovit de el. "Ouch" a auzit în spatele lui, alți pietoni din spatele lui s-au ciocnit.

PJ s-a ținut pe loc, în timp ce tipul din spate a intrat în el în bară. Lui Arden i-a spus: "Da, am văzut... dar nu sunt sigur ce am văzut. Aripile tatuate erau un lucru, asta era... ce? Un miracol?"

"A fost o iluzie optică", a spus Sam, în timp ce îi vibra telefonul. Era un mesaj de la E-Z care îi cerea să îl ia cât mai repede lângă parcarea magazinului de feronerie. "E-Z are nevoie de mine, voi doi veți putea să vă întoarceți din nou acasă?".

"Sigur, nicio problemă, Sam."

"Sper că e bine."

Sam s-a întors spre mașină, încercând să-și păstreze calmul în timp ce încerca să înțeleagă logic ce tocmai se întâmplase.

Nici unul dintre băieți nu voia să vorbească despre ceea ce văzuseră - scaunul cu rotile al lui E-Z în zbor.

"Ați văzut asta?", au șoptit alții în spatele lor, în timp ce o mulțime se aduna.

"Aș fi vrut să am telefonul pregătit", a spus o femeie.

O a doua femeie cu un microfon și o cameră de filmat s-a împins în față. Când semaforul s-a schimbat, ea a traversat strada, urmată de un cuplu, în lacrimi - părinții fetițelor. În spatele lor se afla șoferul rulotei.

"Slavă Domnului, ați fost acolo", a strigat el. "Nu am văzut-o. Ești un copil erou. Mulțumesc".

"Mami!", a strigat copila, în timp ce mama ei o trăgea în brațe. Ea și soțul ei au îmbrățișat-o strâns, în timp ce reporterul s-a deplasat, iar operatorul de cameră a înregistrat momentul.

În apropiere, plângând, se afla bărbatul care aproape o lovise. Reporterul și fotograful au vorbit cu el. "A salvat-o pe ea și pe mine. Băiatul, băiatul din scaunul cu rotile".

Au încercat să îl găsească, dar dispăruse. Se ascundea, ca un infractor. Așteptând ca Unchiul Sam să vină să-l salveze. Încercând să înțeleagă ce s-a întâmplat. Încercând să nu se sperie.

Înapoi la locul faptei, două lumini, una verde și una galbenă, au șters mințile tuturor celor aflați în apropiere. Apoi au distrus toate imaginile înregistrate.

"Ce facem aici?", a întrebat reporterul.

"Habar n-am", a răspuns cameramanul.

Pe drumul spre casă, E-Z s-a simțit, într-un fel, ca un erou. Dar știa că adevăratul erou era scaunul; scaunul său cu rotile care își luase zborul.

E-Z Dickens era un înger tatuat.

"A M ZBURAT CU UNCHIUL Sam. Am zburat cu adevărat."

Sam a tras pe alee şi a parcat.

"Ai văzut, nu-i aşa? M-ai văzut cum am salvat-o pe fetiţa aia. Nu puteam să ajung la timp, iar scaunul meu cu rotile a ştiut asta şi s-a ridicat de la sol şi a accelerat spre ea."

"Da, am văzut. A fost excepţional. Mă refer la modul în care ai salvat-o pe fetiţa aceea de la rău. Dar scaunul tău nu s-a ridicat de pe sol. A fost impulsul, care te-a propulsat înainte. Cu adrenalina şi cu cât de repede a trebuit să te mişti ca să ajungi acolo, ai simţit că zbori - dar nu era aşa."

"Am zburat. Scaunul a părăsit pământul."

"E-Z, haide. Tu ştii şi eu ştiu că nu ai zburat. Trebuie să ştii asta. Adică, ce te crezi? Un nenorocit de înger?"

Sam a ieşit din maşină, a scos scaunul cu rotile din portbagaj şi a venit să-l ajute pe nepotul său să se urce în el. În timp ce o făcea, umărul drept al lui E-Z s-a zgâriat de marginea uşii şi a strigat de durere.

"Apă!", a strigat el. "Mă simt de parcă aş lua foc".

Sam a fugit la bucătărie şi s-a întors cu o sticlă de apă.

E-Z i-a aruncat-o pe umăr. S-a mai liniştit puţin, apoi celălalt umăr a simţit ca şi cum ar fi luat foc. A turnat restul sticlei pe el. Sam l-a împins în casă, în timp ce E-Z încerca să îi smulgă cămaşa. Sam l-a ajutat să i-o tragă pe cap.

"Oh, nu!" a strigat Sam, acoperindu-și nasul. Omoplații nepotului său arătau și miroseau acum a carne carbonizată la grătar. S-a repezit în bucătărie după mai multă apă.

Pe drum, E-Z a țipat și a continuat să țipe, până când a leșinat.

CAPITOLUL 5

ERA ÎNTUNERIC ŞI EL era singur, cu doar umbra lunii care se întindea deasupra lui pe cer.

Avea braţele încrucişate pe piept, aşa cum văzuse cadavrele poziţionate la o înmormântare cu sicriul deschis. Şi le-a scuturat. Acum relaxat, le-a depus pe cotierele scaunului său cu rotile, doar pentru a descoperi că nu se afla în el. Speriat că se va răsturna; şi-a încrucişat din nou braţele pe piept. Dar staţi puţin, nu s-a prăbuşit când le-a descrucişat mai înainte - a făcut-o din nou şi a rămas în picioare.

E-Z îşi ţinea un braţ ferm pe piept, în timp ce celălalt, cel drept, se întindea cât mai mult. Vârfurile degetelor sale s-au conectat cu ceva rece şi metalic. Cu braţul stâng a făcut acelaşi lucru, găsind din nou metal. Aplecându-se în faţă, a atins peretele din faţa lui şi a făcut acelaşi lucru în spatele lui. Pe măsură ce se mişca, scaunul de sub el se mişca, cu o mişcare de du-te-vino, ca un sistem de suspensie. Acest sistem era cel care îl ţinea în poziţie verticală, sau nu?

PFFT.

Sunetul ceţii, care se ridică în aer. Caldă, i-a intensificat simţul olfactiv, scăldându-l într-un buchet de lavandă şi citrice.

A coborât într-un somn adânc, în care a visat vise care nu erau vise, căci erau amintiri. Accidentul - se întâmpla din nou - se repeta în buclă. Şi-a dat capul pe spate şi a urlat.

"O clipă, vă rog", a spus o voce de femeie.

Era o voce robotizată, ca una care se aude pe o înregistrare când nu este niciun om prin preajmă.

Prea speriat să nu adoarmă din nou, a întrebat: "Cine e acolo? Vă rog. Unde mă aflu?"

"Sunteți aici", a spus vocea, apoi a chicotit. Râsul a răsunat în containerul asemănător unui siloz, bătându-i urechile în timp ce venea și pleca.

Când s-a oprit, s-a hotărât să iasă singur afară. Folosindu-și fiecare bucățică de putere, și-a întins brațele și a împins. S-a simțit bine. Să faci ceva, orice - la început - până când claustrofobia a avut câștig de cauză.

PFFT.

Spray-ul, mai aproape de data aceasta, a intrat direct în ochii lui. Acidul citric a înțepat, iar lacrimile au curs ca și cum ar fi tăiat o ceapă, iar el s-a ridicat în picioare.

Stai puțin...

A căzut din nou la pământ. Și-a clătinat degetele de la picioare. A făcut-o din nou. Și-a întins piciorul drept. Apoi piciorul stâng. Au lucrat. Picioarele lui au funcționat. S-a ridicat...

O voce, de data aceasta masculină, a spus: "Vă rugăm să rămâneți jos."

S-a ciupit de coapsa dreaptă, apoi de cea stângă. Cine ar fi crezut că o ciupitură sau două se poate simți atât de bine? Nimeni nu l-a putut opri. Cât timp își folosea picioarele, avea să se ridice din nou în picioare.

Se auzea un zgomot deasupra lui, ca un lift în mișcare. Sunetul a devenit din ce în ce mai puternic. S-a uitat în sus. Tavanul silozului se prăbușea. Din ce în ce mai mare. În cele din urmă, s-a oprit complet.

"Luați loc", a cerut vocea masculină.

E-Z s-a ridicat, dar tavanul a coborât - până când nu a mai putut sta în picioare. S-a așezat cu răbdare, așteptând ca lucrul să se retragă ca un lift care se ridică spre vârf - dar nu s-a mișcat.

PFFT.

"Lăsați-mă să ies!"

"Adaugă laudanum", a spus vocea femeii.

Pereții au făcut o pauză, apoi au pulverizat o doză extra-lungă.

PPPFFFTTT.

A fost ultimul sunet pe care l-a auzit.

ÎNAPOI ÎN PATUL LUI - se întreba dacă nu cumva își pierduse mințile și își imaginase întregul incident de la siloz era E-Z. Se simțea real, mirosea real. Și cele două voci - de ce nu se arătau? S-a scărpinat în cap, văzând două lumini în fața ochilor săi. Ca și înainte, una era verde, iar cealaltă galbenă.

"Alo?", a șoptit el, în timp ce un vuiet ascuțit, ca un flagel de țânțari, l-a asaltat. Și-a lansat mâna dreaptă înapoi, lovind cu o lovitură puternică. Dar înainte de a se conecta, a înghețat, cu mâna în aer. Ochii îi erau sticloși, ca ai unui pui hipnotizat.

POP.

POP.

Luminile s-au transformat în două creaturi. Fiecare a împins un umăr, iar E-Z a căzut pe pernă, unde a închis ochii și a adormit.

"Ar trebui să o facem acum, bip-bip-bip", a spus fosta lumină galbenă.

"Să ne asigurăm că doarme, mai întâi, zoom-zoom", a spus fosta lumină verde.

"Bine, să trecem la treabă, beep-beep".

"Avem acordul lui, zoom-zoom?"

"A spus că da, dar nu-și amintește. Sunt îngrijorat că nu este un acord obligatoriu. Ar putea fi doar parțial, iar tu știi cine urăște părțile parțiale. Ca să nu mai vorbim de faptul că parțiale umane ar fi prinse între bip-bip-bip."

"Da, îmi place prea mult de el ca să-l las să devină un între două şi între două zoom-zoom."

"Simpatia nu are nimic de-a face cu asta. Nu uita ce s-a întâmplat cu lebăda. Ca să nu mai vorbim - de ce spun oamenii ce nu trebuie să menţioneze înainte de a menţiona ceea ce nu vor să spună?" Fără să aştepte un răspuns. "Am fi într-o încurcătură şi ştii-tu-cine ar fi foarte supărat beep-beep."

"Dar omul are deja aripile tatuate. Procesele nu încep, până când subiectul nu este de acord." A pocnit din degete şi a apărut o carte. Şi-a fluturat aripile creând o briză care a întors paginile. "Vezi aici, scrie că aripile se instalează doar DUPĂ ce subiectul a fost aprobat. Aşa că, atunci când a spus da, asta trebuie să fi pecetluit afacerea zoom-zoom." Şi-a ridicat braţele, iar cartea a zburat în sus, de parcă ar fi vrut să lovească tavanul, dar în schimb a dispărut prin el.

Au zburat, una a aterizat pe umărul lui E-Z şi una pe capul lui.

"Nu am făcut-o eu", a spus el, fără să deschidă ochii.

"Mai dormi, zoom-zoom", a spus ea atingându-i ochii.

"Shhhh, beep-beep".

"Mamă, vino înapoi. Te rog să te întorci!"

"E foarte agitat, zoom-zoom".

"Visează, beep-beep."

E-Z a deschis gura şi a sforăit ca un pui de elefant. Briza îi ţinea în aer - nu era nevoie să bată din aripi. Au chicotit, până când el şi-a închis gura. Trimiţându-i în cădere liberă. Bătând furios din aripi, şi-au revenit rapid.

"O, nu, scrâşneşte din dinţi, beep-beep."

"Oamenii au obiceiuri ciudate, zoom-zoom."

"Acest copil uman a trecut prin destule. Administrându-i aceste drepturi, va simţi mai puţină durere, beep-beep."

Prima creatură a zburat pe pieptul lui E-Z și a aterizat, cu bărbia împinsă în față și mâinile pe șolduri. Creatura s-a întors o dată, în sensul acelor de ceasornic. Învârtindu-se mai repede, din bătaia aripilor sale a emanat un cântec. Cântecul era un geamăt scăzut. Un cântec trist din trecut, în celebrarea unei vieți care nu mai era. Creatura s-a aplecat pe spate, cu capul sprijinit de pieptul lui E-Z. Învârtirea s-a oprit, dar cântecul a continuat să cânte.

A doua creatură i s-a alăturat, făcând același ritual, în timp ce se rotea în sens invers acelor de ceasornic. Au creat un nou cântec, fără bip-bip-bip și zoom-zoom. Pentru că atunci când cântau, onomatopeea nu era necesară. În timp ce în conversația de zi cu zi cu oamenii era necesară. Acest cântec s-a suprapus celuilalt și a devenit o sărbătoare veselă, cu tonuri înalte. O odă pentru lucrurile care vor veni, pentru o viață încă neîmplinită. Un cântec pentru viitor.

Un strop de praf de diamant a izbucnit din orbitele lor aurite. S-au întors în sincronizare perfectă. Praful de diamant s-a împrăștiat din ochii lor pe corpul adormit al lui E-Z. Schimbul a continuat, până când l-a acoperit cu praf de diamant din cap până în picioare.

Adolescentul a continuat să doarmă adânc. Până când praful de diamant i-a străpuns carnea - atunci a deschis gura ca să țipe, dar nu a emanat niciun sunet.

"Se trezește, beep-beep".

"Ridică-l, zoom-zoom."

Împreună l-au ridicat în timp ce el își deschidea ochii sticloși.

"Dormi mai mult, beep-beep."

"Nu simți durere, zoom-zoom."

Legănându-i trupul, cele două creaturi i-au acceptat durerea în ele însele.

"Trezește-te, beep-beep", a poruncit el.

Şi scaunul cu rotile, s-a ridicat. Şi, poziţionându-se sub corpul lui E-Z, a aşteptat. Când o picătură de sânge a coborât, scaunul a prins-o. A absorbit-o. A consumat-o - ca şi cum ar fi fost un lucru viu.

Pe măsură ce puterea scaunului creştea, şi el căpăta putere. În curând, scaunul şi-a putut ţine stăpânul în aer. Acest lucru le-a permis celor două creaturi să-şi îndeplinească sarcina. Sarcina lor de a uni scaunul şi omul. Legându-i, pentru eternitate, cu puterea prafului de diamant, a sângelui şi a durerii.

În timp ce trupul adolescentului se zguduia, înţepăturile de pe pielea lui se vindecau. Sarcina a fost îndeplinită. Praful de diamant făcea parte din esenţa lui. Astfel, muzica s-a oprit.

"S-a terminat. Acum este protejat împotriva gloanţelor. Şi are super putere, beep-beep."

"Da, şi este bun, zoom-zoom."

Scaunul cu rotile s-a întors pe podea, iar adolescentul pe patul său.

"Nu-şi va aminti nimic, dar aripile sale reale vor începe să funcţioneze foarte curând bip-bip-bip."

"Cum rămâne cu celelalte efecte secundare? Când vor începe şi vor fi ele vizibile zoom-zoom?"

"Asta nu ştiu. S-ar putea să aibă schimbări fizice... este un risc care merită asumat pentru a reduce durerea, bip-bip-bip."

"De acord, zoom-zoom."

Extenuate, cele două creaturi s-au ghemuit în pieptul lui E-Z şi au adormit. Fără să ştie că erau acolo, când s-a întins dimineaţa - au căzut pe podea.

"Oops, scuze", le-a spus el creaturilor înaripate înainte de a se întoarce şi a adormit din nou.

✳✳✳

"Eşti treaz?" a întrebat Sam, înainte de a deschide uşa o fărâmă. Nepotul lui sforăia în continuare, dar scaunul nu era acolo unde îl lăsase când îl ajutase să se culce. A ridicat din umeri şi s-a întors în camera lui, unde a citit câteva capitole din David Copperfield. Câteva ore mai târziu, s-a întors în camera nepotului său.

"Cioc, cioc."

"Uh, bună dimineaţa", a spus E-Z.

"Pot să intru?"

"Sigur."

"Ai dormit bine?"

"Cred că da." S-a întins, apoi s-a sprijinit de căpătâiul patului.

"Cum a ajuns scaunul tău aici? Credeam că l-am parcat lângă perete."

A ridicat din umeri.

"Şi uită-te la cotiere - le-ai vopsit?".

S-a aplecat, a văzut nuanţa roşie, iar a ridicat din nou din umeri. "Ce s-a întâmplat cu mine?"

"Ai leşinat. Ceea ce nu înţeleg este de ce. Ai spus că te-ai simţit de parcă ţi-ar fi luat foc umerii. Am căutat pe internet folosind descrierea ta şi a apărut un remediu homeopatic. E uimitor ce poţi găsi acolo. Am amestecat nişte ulei de levănţică cu apă şi aloe într-o sticlă cu pulverizator, apoi l-am pompat direct pe pielea ta. Au spus că îţi va da o uşurare imediată. Nu glumeau, pentru că te-ai relaxat şi ai adormit."

"Mulţumesc, mă simt mult mai bine acum." A încercat să se ridice din pat, dar zbuciumul îi zbura în cap de parcă ar fi fost Wile E. Coyote. "Cred că voi mai sta în pat încă o vreme."

"Bună idee. Pot să-ţi aduc ceva?"

"Nişte pâine prăjită? Cu gem de căpşuni?"

"Sigur, puştiule." A ieşit din cameră, spunând că se va întoarce în scurt timp. Când s-a întors cu mâncarea pe o tavă, nepotul său a încercat să mănânce, dar nu putea să ţină nimic în jos.

"Poate doar nişte apă".

Sam a adus o sticlă, din care E-Z a încercat să bea, chiar şi aşa nu a putut să ţină pe gât.

"Cred că voi continua să mă odihnesc." Ochii lui au rămas deschişi, uitându-se în faţă la nimic. "Cât e ceasul?"

"Este ora 5 dimineaţa, iar astăzi este sâmbătă. Eşti inconştient de douăsprezece ore. M-ai speriat."

Legătura, lavandă în ambele locuri i s-a părut lui E-Z ciudată. Oare experimentase o încrucişare în viaţa reală? Era o coincidenţă prea mare, asta dacă silozul exista cu adevărat. Sau fusese un vis? Mai degrabă un coşmar. Dar picioarele lui funcţionau în interiorul acelui container metalic. S-ar fi întors într-un minut - şi-ar fi asumat orice risc - pentru a-şi recăpăta folosinţa picioarelor.

"E-Z?"

"Uh, ce? Eu. Sincer, cred că aş vrea să închid ochii şi să mă mai odihnesc puţin."

Sam a ieşit din cameră, închizând uşa în urma lui.

E-Z a intrat şi a ieşit din conştiinţă, în timp ce accidentul se derula în buclă. Purtând aripi albe, Stevie Nicks a furnizat coloana sonoră de acompaniament. În timp ce în fundal, două lumini - una verde şi una galbenă - săreau în sus şi în jos.

În următoarele câteva zile, a încercat să pună cap la cap piesele în mintea sa, făcând o listă de puncte comune:

Aripi albe - aripi albe tatuate pe umerii lui. Stevie Nicks avea aripi albe în visul său.

Levănţică - Unchiul Sam a folosit levănţică şi aloe pentru a calma arsurile. În siloz, lavanda stropea aerul pentru a-l calma.

Lumini galbene şi verzi. Le-a văzut după accident şi în camera lui.

Scaun cu rotile - zburase ca să poată salva fetiţa. Când era prinzător, fundul lui părăsise scaunul pentru a putea prinde mingea.

Cotierele - erau acum roşii. Niciun incident similar. Nici o explicaţie.

Senzaţie de arsură pe umeri/ apariţia de tatuaje pe umeri. Nicio explicaţie.

Nu mai credea în Dumnezeu, nu mai credea de la accident. Nici un zeu nu ar fi permis ca un copac să-i strivească părinţii. Erau oameni buni, nu făceau rău nimănui. Ce s-a întâmplat cu picioarele lui nu avea nicio legătură cu asta. Orice zeu care ar fi meritat ceva, ar fi ajuns şi ar fi oprit totul înainte să se întâmple.

Doar dacă nu cumva, dacă ar fi existat un zeu, ar fi ieşit la masă. Da, aşa e.

Se întâmplau schimbări în corpul lui şi el voia răspunsuri. În adâncul sufletului său ştia că singura cale de a le obţine era să se întoarcă în silozul blestemat - dacă acesta exista.

CAPITOLUL 6

ÎN DIMINEAŢA URMĂTOARE, E-Z plutea în aer deasupra patului său, deoarece îi răsăriseră aripile. În drum spre a se uita la noile sale apendice în oglinda din dulap, aproape că s-a izbit de perete.

"E totul în regulă acolo?" a strigat Sam din camera lui de alături.

"Da", a spus el, zburând în lateral, în timp ce-şi admira noua sa putere de zbor descoperită. Penajul de pene îl fascina. Mai ales felul în care îl propulsau înainte, ca şi cum ar fi fost una cu corpul lui. Simţindu-se mai mult ca o pasăre decât ca un înger, a încercat să-şi amintească ce învăţase la şcoală despre ornitologie. Ştia că majoritatea păsărilor aveau pene primare, eventual zece. Fără cele primare, nu puteau zbura. El avea mai mult de zece pene primare pe aripi, şi mai multe pene secundare de asemenea. A încercat să vireze la stânga, apoi la dreapta, evaluându-şi capacitatea de manevră. Simţindu-se fără greutate, a zburat prin cameră. A plutit deasupra scaunului cu rotile - de care nu mai avea nevoie. Cu aceste aripi putea să zboare peste tot în lume. Punându-şi mâinile în şolduri, ca Superman, s-a îndreptat în direcţia uşii. A ajuns acolo în timp ce Sam o deschidea.

"M-ai speriat de moarte!" a spus Sam, aproape că a sărit din pielea lui.

Luat prins cu garda jos, adolescentul a încercat să păstreze controlul situaţiei. Şi-a schimbat direcţia, intenţionând să se ducă spre pat. Tranziţia însă nu a fost atât de uşoară pe cât spera, iar el a intrat în cădere liberă.

Sam a alergat spre scaunul cu rotile, mişcându-l înainte şi înapoi pentru a-l menţine sub nepotul său.

E-Z şi-a revenit şi a urcat din nou.

"Coboară aici, chiar acum!" a strigat Sam; fluturându-şi pumnii în aer.

A zburat spre pat şi a aterizat în siguranţă. Aripile i s-au închis ca un acordeon fără muzică. "A fost atât de amuzant. Abia aştept să zbor la şcoală."

Sam a căzut în scaunul nepotului său. "Despre ce a fost vorba? Şi chiar crezi că poţi zbura cu chestiile alea la şcoală? Ai fi de râsul lumii".

"S-ar obişnui şi în loc să-mi spună "băiatul copac" - mi-ar putea spune băiatul zburător. Da, îmi place asta."

"Din ce am văzut, a fost o încercare ineptă. Iar "băiatul muscă" sună ridicol."

"A fost prima mea încercare. O să mă obişnuiesc."

Sam a clătinat din cap, în timp ce curiozitatea a pus stăpânire pe el şi i-a depăşit emoţiile pentru a fugi.

"Pot să mă uit mai de aproape? Vreau să spun fără ca tu să pleci?", a întrebat ridicându-se în picioare în timp ce E-Z îşi întorcea corpul spre el. "Au plecat. Complet. Mă refer la tatuaje. Au fost înlocuite de aripi adevărate - şi poţi zbura. Oh, Doamne!" S-a aşezat înainte de a cădea.

"M-am trezit, aripile mi-au ieşit şi următorul lucru pe care îl ştiu este că zburam."

"Este magie. Trebuie să fie. Sau poate că visăm, tu eşti în visul meu sau eu în al tău şi în curând ne vom trezi şi..." Sam încerca să-şi păstreze calmul de dragul nepotului său, dar în interior inima îi bătea cu putere.

"Nu este un vis."

"Cum au apărut? A trebuit să spui ceva? Adică, există cuvinte magice pe care trebuie să le spui?"

"Nu-mi amintesc să fi spus ceva. Cred că aș putea încerca totuși."
S-a gândit câteva secunde, luând o poziție asemănătoare cu cea a gânditorului lui Rodin. "Stai puțin, lasă-mă să încerc ceva." A fluturat aerul într-o mișcare fără baghetă: "Autem!"

"Când ai învățat latina?"

"Există o aplicație gratuită pe telefonul meu."

"Și eu, învăț franceza. Încearcă en haut."

"En haut!" Tot nimic. "Ridică-mă! Qui exaltas me!" Supărat, și-a încrucișat brațele. "Cred că e un lucru bun că ai intrat și m-ai văzut zburând, altfel nu m-ai fi crezut!" S-a întrebat ce făceau PJ și Arden - nu-i mai văzuse de câteva zile. Următorul lucru pe care l-a știut aripile i s-au deschis și plutea deasupra patului său.

"Ro-ro", a spus Sam, în timp ce aripile se retrăgeau, iar E-Z a căzut pe podea.

"Ar fi fost un moment mișto să te apuci de scaunul meu".

Sam a zâmbit. "Mai ușor de spus decât de făcut. Îmi pare rău. Ești bine?"

"Nu sunt rănită. Adică fizic, dar mental, cine știe?" El a râs. "Te superi dacă mă ajuți să mă urc pe scaun?"

Sam l-a ridicat și l-a depus în siguranță în scaun. Când s-a aplecat pe spate, aripile, în loc să se retragă până la capăt, au sărit înapoi cu toată forța. E-Z s-a ridicat, zburând ca Tinkerbell.

"Deci, așa stau lucrurile, nu?" a spus Sam.

"Trebuie să mă obișnuiesc cu ea - nu știu sigur de ce - dar..."

"Ei bine, când ești gata, coboară și vom ieși la micul dejun. O să-mi aduc laptopul și putem face niște cercetări."

"Uh, asta e o idee inteligentă. Am putea merge la Ann's Cafe. Și aș veni și eu - dacă aș putea". Aripile s-au retras când E-Z a ajuns direct deasupra scaunului său cu rotile. "Asta numesc eu serviciu", a spus el în timp ce se lăsa uşor în scaun.

Au stat de vorbă, în timp ce el se îmbrăca. Apoi, E-Z s-a dus la baie, în timp ce Sam se pregătea.

În timp ce ieşeau din casă şi se îndreptau spre Ann's Café, E-Z avea două păreri. Prima, că îi era dor să meargă acolo şi a doua, "Nu am mai fost acolo de mult timp. Nu de când..."

"Ştiu, puştiule. Eşti sigur că nu e prea devreme?".

Micul dejun la Ann's Café fusese o tradiţie pentru familia lui. Pe lângă faptul că se deschidea devreme, la 6 dimineaţa, era la distanţă de mers pe jos. Înăuntru erau cabine private, împodobite în piele artificială cu feţe de masă în carouri roşii. Tatăl său spunea mereu că localul avea o temă "de departe". La tonomatele cu muzică din anii '60 se asculta muzică din anii '60 - erau aranjate astfel încât oamenii nu trebuiau să plătească. Iar posterele cu Marilyn Monroe, James Dean şi Marlon Brando umpleau pereţii. Meniul era uriaş, cu de toate, de la Club Sandwiches la Cheeseburgeri şi Fondues. Dar preferatele lui personale erau shake-urile extra groase şi clătitele cu mere.

De îndată ce i-a văzut, proprietara Ann a venit imediat. "Mi-a fost dor de voi." Şi-a aruncat braţele în jurul lui.

"El este unchiul meu Sam, Ann." Şi-au strâns mâinile. "Apropo, mulţumesc pentru felicitare şi flori, a fost foarte frumos din partea ta."

Ochii ei s-au umplut de lacrimi. "Acum, vino aici. Am masa perfectă pentru tine."

Era într-un colţ liniştit, aşa că nu trebuia să-şi facă griji că scaunul lui va încurca personalul de la bucătărie sau clienţii.

"O să pun imediat la gătit felul tău obişnuit de mâncare. Ştii ce doreşti, Sam, sau trebuie să mă întorc?"

"Ce vrei să mănânci?"

"Clătite cu mere a la mode. Sunt cele mai bune de pe planetă, iar Ann aduce întotdeauna sirop și scorțișoară în plus."

"Sună bine, dar cred că o să aleg plictisitoarele ouă cu șuncă și ouă, cu o garnitură de ciuperci."

"Am înțeles", a spus Ann. "Și tu vrei un shake gros de ciocolată?". El a dat din cap. "Cafea pentru tine, Sam? "

"Neagră", a răspuns el. "Și mulțumesc că m-ai primit cu drag".

"Orice unchi al lui E-Z este binevenit aici."

După ce Ann s-a dus să aducă băuturile, el a spus: "Unchiule Sam, cred că mă transform într-un înger."

"Ar trebui să mori mai întâi", a spus el, în timp ce Ann a pus băuturile pe masă și s-a întors spre bucătărie.

"Poate că am murit, în accidentul de mașină. Pentru câteva minute. Cine știe cât durează să devii un înger? În filme, dacă ajungi la Porțile Perlate, marele om poate să întoarcă lucrurile și să te trimită din nou aici jos. Asta dacă crezi în astfel de lucruri - ceea ce eu nu cred."

"Nici eu nu cred. Nu există îngeri. Și nici diavoli. În afară de cei din interiorul fiecăruia dintre noi. Vreau să spun că toți avem bine și toți avem rău în noi. Este ceea ce ne face oameni. În ceea ce privește moartea, mi-ar fi spus dacă ar fi trebuit să te resusciteze. Nu mi-au spus nimic de genul ăsta."

"Atunci, cum se explică apariția bruscă a tatuajelor, iar acum s-au transformat în aripi adevărate? Ieri nu le aveam. Deci, ce s-a întâmplat între ieri și azi? Nimic care să justifice creșterea unor noi apendice."

"Nu din câte te poți gândi", a spus Sam. El a râs.

E-Z a înjunghiat o clătită și a băgat-o în gură, lăsând siropul să-i curgă pe bărbie. Ann s-a făcut nevăzută.

"Ei bine, cu siguranță nu arăți foarte angelică în acest moment", a spus Sam, luând o furculiță de ouă amestecate. "Mm, astea sunt foarte bune."

După alte câteva îmbucături, a băgat mâna în servietă şi şi-a scos laptopul. L-a pornit şi a tastat "defineşte înger". A întors ecranul astfel încât să poată citi informaţiile în timp ce mânca.

"Un mesager, în special al lui Dumnezeu", a citit Sam, "o persoană care îndeplineşte o misiune a lui Dumnezeu sau care acţionează ca şi cum ar fi trimis de Dumnezeu".

"Acţionează ca şi cum ar fi", a repetat E-Z în timp ce-şi îndesa mai multe clătite în gură.

Sam a citit: "O persoană informală, în special o femeie, care este bună, pură sau frumoasă. Eşti destul de drăguţă, cu părul tău blond şi ochii albaştri".

"Taci din gură."

"O reprezentare convenţională", a făcut o pauză. "A oricăreia dintre aceste fiinţe reprezentate în formă umană cu aripi." Sam a mai luat o înghiţitură de cafea, la timp pentru ca Ann să-i umple din nou ceaşca.

"O să faceţi indigestie, citind şi mâncând în acelaşi timp."

E-Z a râs.

Sam a spus: "Nu, sunt în I.T., aşa că mă pricep destul de bine la multitasking."

Ann a chicotit şi a plecat.

"Ce vor să spună prin "aceste fiinţe"?". a întrebat E-Z.

"Se spune că în angelologia medievală, îngerii erau împărţiţi în rânduri. Nouă ordine: serafimi, heruvimi, tronuri, dominaţii (cunoscute şi sub numele de stăpâniri)", a făcut o pauză, a luat o înghiţitură de apă. Apoi a continuat: "Virtuţile, principatele (cunoscute şi sub numele de prinţipate), arhanghelii şi îngerii".

"Uau! Încearcă să spui astea de zece ori repede". El a zâmbit.

"Habar nu aveam că există atât de multe feluri de îngeri."

"Nici eu. Mâncarea asta este atât de bună, încât mă tot întreb dacă noi doi visăm."

"Vrei să spui că ți-ai dori să visăm - și aripile mele să dispară?"

"Ar putea pleca la fel de repede cum au venit." A mutat laptopul mai aproape și a tastat "Omului îi cresc aripi de înger." E-Z a luat în derâdere, dar s-a aplecat mai aproape pentru a vedea ce a apărut. Sam a dat click pe un articol științific.

"După cum am spus, nu există nicio dovadă de aripi de înger în arhivă. Nici nu credeam. Cred că incidentul acela, știi, când am salvat-o pe fetiță - a avut legătură cu apariția lor. A fost un factor declanșator, pentru că arderea a început imediat după ce am ajuns acasă și apoi, ei bine, știți restul."

"Ce faceți voi doi aici?" a întrebat Ann.

"Ți-am mai comandat două clătite, E-Z, ca de obicei. Dacă nu cumva poți mânca mai mult?"

"Perfect."

"Și tu, Sam?"

"Doar o reumplere", a spus el, oferindu-i cana goală, pe care ea a luat-o și s-a întors cu ea plină până la refuz. Un clopoțel a sunat în bucătărie, iar ea s-a dus să recupereze clătitele.

E-Z a turnat sirop de arțar pe ele, urmat de o porție de unt. "Ești cea mai tare", i-a spus el lui Ann. Ea a zâmbit și i-a lăsat să își termine masa.

Unchiul Sam și-a privit nepotul cu atenție. Și-ar fi dorit să fi comandat clătite cu mere, dar era deja sătul.

"Ce?"

"Nu știu, parcă atunci când guști mâncarea, fața ți se luminează ca un înger în pomul de Crăciun."

E-Z și-a lăsat furculița jos. "Foarte amuzant. Ești un comediant obișnuit."

Când au terminat de mâncat, Sam a întrebat: "Deci, după ce ai citit despre îngeri, te-ai răzgândit? Adică mai crezi că te transformi într-unul. Şi dacă da, ce ai de gând să faci în privinţa asta?".

"Ce vrei să spui, DO? Am aripi, aş putea la fel de bine să le folosesc".

"După părerea mea, dacă nu le foloseşti, dacă le negi existenţa - atunci ele vor dispărea."

E-Z a clătinat din cap. "Nu este o opţiune. Aţi văzut ce s-a întâmplat. Au ieşit, fără ca eu să fac nimic şi ţi-am spus, când m-am trezit în această dimineaţă zburam deasupra patului meu. Eram în aer."

"E-Z, mă gândesc la viitor. Poate că trebuie să vorbeşti cu cineva, trebuie să vorbim cu cineva despre asta."

"Accidentul a avut loc acum mai bine de un an, consilierul a spus că sunt bine. În plus, totul este nou."

"Ar putea fi amânat. S-ar putea ca ceva să o fi declanşat."

"Să trecem în revistă faptele. În primul rând, am avut tatuaje când nu aveam tatuaje. Numărul doi, scaunul meu s-a ridicat de la pământ şi am salvat o fetiţă - în plus, m-am ridicat de pe scaun ca să prind o minge la un meci. Am negat acest lucru până de curând... Numărul trei tatuajele ardeau ca naiba. Numărul patru, au apărut aripi adevărate. Numărul cinci, pot zbura. Îţi sună cunoscut ceva din toate astea? Adică în alte cazuri."

"Asta e ceea ce nu înţeleg. Cum s-a putut întâmpla aşa ceva, dar mintea este un computer extrem de puternic. Este ceea ce ne separă de regnul animal şi motivul pentru care omul a supravieţuit atât de mult timp. Am auzit poveşti, în care o persoană era în pericol extrem şi a sosit ajutorul. Sau, în care o persoană a fost prinsă sub un vehicul - iar un trecător a reuşit să ridice maşina pentru a-i salva viaţa."

"Am citit despre asta; se numeşte putere isterică - dar nu am auzit niciodată de un caz în care aripile să fi crescut."

"Poate că aripile, au apărut, pentru a te salva."

"De la ce? De prea mult somn?", a râs el. "Ar fi fost drăguțe la accident. Aș fi putut zbura cu mama și cu tata să cer ajutor, în loc să aștept acolo cu un buștean însângerat pe mine. Ținându-mă la pământ. Nu e un miracol. Eu, nu știu ce este Unchiule Sam, tot ce știu este că este."

"Noi stăm de vorbă. Evaluăm. Schimbăm idei. Încercăm să găsim răspunsuri."

"Ar fi frumos să avem răspunsuri, dar... cine ar fi un expert pe care l-am putea întreba în această situație?".

"Ce ziceți de un preot sau un pastor?"

E-Z a clătinat din cap. Nu mai fusese într-o biserică de la înmormântarea părinților săi.

"Ce avem de pierdut?"

"Cred că merită să încercăm, dar. Oh, oh."

"Ce este?"

"Simt că mă împinge pe omoplați. Trebuie să plec, și nu am venit cu mașina până aici. Îmi pare rău că trebuie să mă grăbesc. Ne vedem acasă." A ieșit în viteză din cafenea și a continuat să meargă, până când aripile i-au ieșit din hanorac și s-a ridicat de la sol. Acasă și-a dat seama că nu avea cheie, dar nu putea rămâne pe veranda din față - nu cu aripile scoase. A încercat în latină să le facă să intre la loc - dar nimic nu a funcționat. Așa că a zburat și a reușit să intre pe fereastra dormitorului său fără să fie văzut de nimeni.

"E-Z!" a strigat Sam când a ajuns acasă. "E-Z!"

"Sunt aici sus."

"Ești bine? Am ajuns aici cât de repede am putut."

"Intră, ia un loc. Niciun semn de retragere - încă."

Văzând fereastra deschisă. "Să înțeleg că ai zburat până aici?"

"Da, ce bine că am uitat să încui fereastra aseară. Am putea la fel de bine să ne continuăm discuția, până când voi putea ieși din nou."

"Cunosc un preot. Dacă cineva mă poate ajuta, el este acela."

Două ore mai târziu, cu melodii care răsunau la radio, erau în drum spre preot. Take Me to Church a lui Hozier a umplut undele de radio. Coincidență? Au crezut că nu și au cântat pe versurile cântecului în vârful vocii lor. Din fericire, cu geamurile închise, nimeni nu i-a auzit.

L A BISERICĂ NU EXISTA acces pentru scaune cu rotile şi erau multe scări de urcat.

"Tu du-te la umbra stejarului mare, iar eu mă duc să-l caut pe părintele Hopper", a sugerat Sam.

"Ăsta e numele lui adevărat?" E-Z a râs.

"Din câte ştiu eu. Tu rămâi pe loc şi eu mă întorc imediat."

"Aşa o să fac."

Adolescentul şi-a scos telefonul. Deşi se bucura de umbra oferită de copac - aceasta făcea imposibilă vizualizarea ecranului său. Şi-a repoziţionat scaunul, observând un zumzet neobişnuit în aer. Un zgomot, care părea să provină chiar din copac.

Şi-a ridicat privirea, încercând să distingă dacă era o pasăre, când tonul a crescut, iar volumul a crescut. Şi-a dezactivat telefonul. Sunetul s-a încheiat, iar un nou sunet a început. Acesta era melodic; hipnotizant şi a căzut într-o stare de visare.

Capul i s-a lăsat în faţă, până când un nou sunet l-a trezit. Şoapte, venind de deasupra capului său. Voci care curgeau din frunzişul copacului. Şi-a încrucişat braţele, în timp ce un fior l-a străbătut, făcându-i aripile să se elibereze. Înainte de a-şi da seama, scaunul său s-a ridicat de la sol. S-a ferit de crengi în timp ce se ridica în inima stejarului masiv.

"Lasă-mă jos!", a poruncit el.

A continuat să se ridice. În timp ce membrele sale se conectau cu copacul, sângele i s-a scurs pe antebrațe și pe cap.

"Oprește-te, prostule..."

"Nu e prea frumos, bip-bip-bip", a spus o voce mică și ascuțită.

"Parcă spuneai că era drăguț când era treaz zoom-zoom", a spus o a doua voce.

"Whoa!" a spus E-Z, încercând să-și revină și să evite să se sperie complet. A respirat adânc de câteva ori. S-a calmat. "Cine, ce și unde ești?".

"Cine suntem, într-adevăr, beep-beep".

Încă o dată, aceleași lumini, una verde și una galbenă dansau în fața ochilor lui.

Curios, a spus: "Bună."

Lumina galbenă a dispărut.

Un țipăt.

Apoi, cea verde a dispărut.

"Ce naiba? Voi doi, orice ați fi, terminați cu asta. Îmi datorați o explicație. Știu că m-ați urmărit. Ieșiți afară și înfruntați-mă!"

POP.

Un lucru micuț verde ca un înger a aterizat pe nasul lui. O duhoare ciudată și neplăcută, aproape asemănătoare cu cea a limburgeriilor, s-a răspândit în direcția lui. Și-a acoperit nasul.

"Bună ziua, E-Z, bip-bip-bip", a spus chestia, cu o plecăciune.

Când i-a rostit numele, și-a pierdut controlul aripilor. S-a clătinat și s-a legănat în aer ca o pasăre care învață să zboare. Și-a dorit ca aripile să iasă din nou la suprafață, dar acestea l-au ignorat. S-a agățat de brațele scaunului său în timp ce se prăbușea.

POP!

Acum erau în număr de doi. Fiecare i-a apucat câte o ureche și l-au coborât pe el și scaunul său în siguranță la pământ.

"Ouch", a spus E-Z frecându-și urechile în timp ce preotul și unchiul său veneau după colț. "Uh, mulțumesc, cred."

POP.

POP.

Cele două creaturi au dispărut.

"E-Z, acesta este părintele Bradley Hopper și este dornic să ne ajute."

Hopper i-a întins mâna, E-Z a făcut același lucru. Când carnea lor s-a conectat, adolescentul a dispărut.

Hopper și Sam au rămas unul lângă altul, cu ochii sticloși. Amândoi priveau în neant, ca două manechine într-o vitrină.

CAPITOLUL 7

PICIOARELE LUI E-Z AU atins pământul şi, la început, a fost orbit de alb. A pus un picior în faţa celuilalt, mai întâi mergând, apoi alergând pe loc, după care a rupt-o la fugă. S-a aruncat în perete, ţopăind, ca şi cum ar fi fost într-un castel de sărituri.

POP

POP

Nu mai era singur. În faţa lui se aflau două lucruri cu mai multe aripi, în flori. Una era verde, cealaltă galbenă. Pe măsură ce se apropia, aripile lor, se transformau ca un caleidoscop în jurul unor ochi aurii.

A atins mai întâi aripile-petale ale florii verzi. Nu mai văzuse niciodată o floare complet verde, cu atât mai puţin una cu ochi. Ochii pe care i-a recunoscut de la întâlnirea lor de mai înainte. Aripile i-au gâdilat degetul şi floarea verde a râs. A evitat să se apropie prea mult cu nasul, aşteptându-se ca un miros de brânză să se abată înainte - dar nu a fost aşa.

A doua floare, galbenă, avea mai multe aripi cu petale decât cealaltă. Petalele răspundeau la atingerea lui, ca un coral care se mişcă în ocean. Ochii aurii de pe aceasta, aveau genele definite. S-a aplecat să se uite mai de aproape.

În timp ce continua să îi observe pe cei doi, un PFFT a umplut aerul. Odată cu el a ieşit un miros puternic şi foarte dulce-mirositor, făcându-l să se simtă ameţit. S-a dat înapoi, acoperindu-şi nasul şi ştergându-şi înţepătura din ochi.

Floarea galbenă a vorbit. "Numele meu este Reiki şi te-am adus aici beep-beep."

"Unde anume este aici? Şi de ce îmi funcţionează picioarele?"

"Nu contează unde, E-Z Dickens, şi nici de ce eşti aşa cum eşti beep-beep."

A traversat camera şi a luat floarea galbenă cu mâna dreaptă şi pe cea verde cu mâna stângă. WHOOSH! De data aceasta, o ceaţă înţepătoare l-a lovit, iar el a început să strănute şi a continuat să strănute.

"Vă rog să ne puneţi jos, înainte de a ne scăpa, bip-bip-bip."

"Este o cutie de şerveţele, acolo, zoom-zoom."

"Oh, scuze." Le-a pus jos, a luat un şerveţel - dar nu mai avea nevoie de el. A păstrat distanţa, sprijinindu-se cu spatele de un perete alb.

"Te-am adus aici acum, bip-bip-bip."

"Eu sunt Hadz, apropo, zoom-zoom."

"Pentru că aveai nevoie să ştii beep-beep."

"Că nu trebuie să vorbeşti cu preotul, despre aripile tale zoom-zoom."

"De fapt, nu trebuie să vorbeşti cu nimeni despre nimic beep-beep."

Punându-şi mâna pe perete, a mers, gândindu-se în timp ce o făcea. "În primul rând, de ce spui beep-beep şi zoom-zoom?".

Reiki şi Hadz şi-au dat ochii peste cap. "N-aţi auzit de onomatopee?".

"Bineînţeles că am auzit."

"Atunci ar trebui să ştii, beep-beep."

"Că adaugă emoţie, acţiune şi interes, zoom-zoom."

"Pentru a te asigura că cititorul aude şi îşi aminteşte, bip-bip."

"Ce vrei să ştie, zoom-zoom."

A râs. "Asta este adevărat dacă citeşti ceva, dar nu este necesar în conversaţie. Îmi amintesc ce spune Reiki pentru că spune el şi îmi amintesc ce spune Hadz pentru că spune ea. Presupun că unul dintre voi este fată şi unul este băiat - este corect?"

"Da", a confirmat Hadz. "Eu sunt o fată. Uf, mă bucur că nu trebuie să tot spun zoom-zoom."

"Iar eu sunt băiat. O să-mi lipsească să spun beep-beep."

"Poţi să le spui dacă vrei, dar este puţin enervant, iar în timpul conversaţiei repetiţia poate fi plictisitoare."

"Nu vrem să fim plictisitori!"

"Ar fi înfrânt scopul nostru, de a vă aduce aici."

"Bine", a spus E-Z. "Deci, acum să ne întoarcem la ceea ce ai spus înainte de a începe să vorbim despre un dispozitiv literar." Ei au dat din cap. "Dacă nu pot spune nimănui despre ceea ce mi se întâmplă, atunci sunt singur în chestia asta - orice ar fi. Am salvat o fetiţă. Presupun că are legătură cu tine?".

"Da, ai dreptate în această presupunere bip, ups, scuze."

"Vreau să ştiu ce este asta şi de ce mi se întâmplă mie?"

"Închide ochii", a spus Hadz.

"O voi face, dar fără glume".

Florile au chicotit.

Picioarele lui au părăsit pământul şi a aterizat într-o altă cameră. În această cameră, ca şi înainte, la început a fost orbit de alb. Pe măsură ce ochii i se obişnuiau cu mediul înconjurător, a observat cărţile. Rafturi şi rafturi stivuite cu volume până la cer.

"Nu-ţi fie teamă", a spus Hadz.

Nu-i era frică. De fapt, era extaziat. Pentru că în această cameră, nu numai că îşi putea folosi picioarele, dar putea să simtă sângele pulsând prin ele. Simţurile i se intensificau; mirosul de carte veche plutea în direcţia lui. A adulmecat parfumul dulce de prunus dulcis (migdale dulci). Amestecat cu planifolia (vanilie) a creat un anisol perfect. Inima îi bătea, sângele îi pompa - nu s-a simțit niciodată mai viu. A vrut să rămână, pentru totdeauna.

În interiorul pantofilor săi, mișcarea fiecărui deget de la picior îi dădea plăcere. Și-a amintit de un joc cu care se juca când era mic. Și-a scos pantofii și șosetele și a atins fiecare deget de la picior spunând rima: "Acest purceluș s-a dus la piață".

"Și-a pierdut minţile", a spus Reiki, în timp ce E-Z a exclamat: "Wee!".

"Lăsaţi-l o clipă. Acesta este un loc destul de uimitor".

E-Z și-a pus șosetele la loc. A alunecat prin cameră pe podelele albe care străluceau ca o foaie de gheață. A râs, în timp ce se propulsa în primul, apoi în al doilea perete, ricoșând și aterizând pe podea. Nu se putea opri din râs, până când a observat că se întâmpla ceva ciudat cu cărțile de deasupra lui. A clătinat din cap când una a zburat de pe raft în mâna lui. Era o carte a strămoșului său, Charles Dickens. Cartea s-a deschis singură, a răsfoit-o de la început până la sfârșit, apoi a zburat înapoi în sus, de unde a venit.

"Bine aţi venit în biblioteca îngerilor", a spus Reiki.

"Uau, pur și simplu uau! Așadar, voi doi sunteți îngeri?".

"Aveţi dreptate", a spus Hadz. "Și vă aflaţi aici, pentru că am fost numiţi mentorii voștri."

"Numiţi? Numiţi de către cine? Dumnezeu?", a râs el.

Hadz și Reiki s-au uitat unul la celălalt, clătinând din capetele lor florale.

"Scopul nostru."

"Este de a vă explica misiunea voastră."

"De asemenea, să vă arătăm calea. Pentru a vă ajuta", au spus împreună.

"Misiune? Ce misiune?" Mintea lui a rămas în derivă. În capul lui auzea tema din "Misiune imposibilă". L-a văzut pe Tom Cruise fiind aruncat prin cablu într-o sală de calculatoare. "Hei. Stai puţin! Voi doi aţi fost în camera mea, nu-i aşa? Şi mă urmăriţi de la accident."

"Aşteptam momentul potrivit să ne prezentăm", a spus Reiki. "Am sperat să o facem într-un mod mai puţin formal, dar când ai fost...."

"...mergeţi să vorbiţi cu preotul, a trebuit să ne grăbim."

"Ei bine, cu siguranţă nu v-aţi grăbit. Am crezut că am halucinaţii", a spus el mai tare decât ar fi vrut.

POP.

Reiki a dispărut.

"Acum uite ce ai făcut!" a spus Hadz.

POP.

În timp ce ei plecaseră şi nu avea nicio idee unde, când sau dacă se vor întoarce. Totuşi, nu avea de gând să piardă nici un minut. S-a aruncat la podea şi a făcut douăzeci de flotări, urmate de acelaşi număr de sărituri. Ochii îl usturau din cauza strălucirii şi îşi dorea să aibă nişte ochelari de soare.

TICK-TOCK.

O pereche de ochelari de soare a apărut din senin. Şi i-a pus, în timp ce stomacul îi mârâia. Şi-a făcut un selfie, apoi a verificat ora. Ceva ciudat se întâmpla cu ceasul. O luase razna. Iar numerele nu se mai opreau din a se schimba. Stomacul lui a mârâit din nou.

TICK-TOCK.

A apărut un cheeseburger şi cartofi prăjiţi, acum avea mâinile pline. S-a gândit la un shake gros de ciocolată cu o cireaşă maraschino deasupra.

TICK-TOCK.

Un shake foarte mare, cu o cireaşă în vârf, a sosit pe o masă albă care nu fusese acolo înainte. Sau fusese? Poate că nu observase, din moment ce amândouă erau albe.

Înainte de a începe să mănânce, a savurat mirosul, apoi, cu fiecare înghiţitură, gustul. Era ca şi cum nu mai mâncase niciodată un cheeseburger sau cartofi prăjiţi. Iar cireaşa, avea un gust atât de dulce, urmat de cel de ciocolată. Şi-a devorat mâncarea în picioare. Mâncarea avea întotdeauna un gust mai bun atunci când era consumată în picioare. Comanda asta avea un gust atât de bun; era ridicol.

Când a terminat, nu a mulţumit nimănui pentru masă. Apoi şi-a îndreptat atenţia spre bibliotecă şi, o scară albă pe care nu o observase până atunci. Doar gândul la ea a fost suficient pentru a face ca scara să se apropie de el, ca şi cum ar fi vrut să-i fie de folos. A urcat pe ea, iar aceasta s-a mişcat, ca un disc pe o tablă Ouija, trecând pe lângă rafturi după rafturi de cărţi. Apoi, s-a oprit.

În timp ce urca, a citit titlurile de pe coperţi. Cele aflate chiar în faţa lui erau de Charles Dickens, fiecare volum avea propria pereche de aripi.

Una a zburat spre el, Un colind de Crăciun. A răsfoit câteva pagini, pentru a-i arăta că era o primă ediţie, publicată pe 19 decembrie 1843. În timp ce continua să mute paginile, el s-a minunat de ilustraţii. Cât de detaliate erau şi în culori. Iar în fundal, în spatele lui Tiny Tim şi al familiei sale, pe unul dintre desene, ceva s-a mişcat. Ochii. Două perechi. Hadz şi Reiki! Aproape că a scăpat cartea. Cum avea aripi, s-a întors în locul unde locuia pe raft. Între timp, şi-a pierdut echilibrul, a căzut pe scară şi s-a agăţat de ea pentru a-şi salva viaţa. Când s-a stabilizat din nou, a coborât treptat şi şi-a înfipt picioarele bine pe pământ. S-a întrebat de ce aripile sale nu au răsărit pentru a-l ajuta. Orice altceva avea aripi aici care funcţionau, de fapt, îngerii aveau mai multe perechi de aripi. În lumea de afară, picioarele lui nu funcţionau, iar el avea aripi, care funcţionau. Aici, oriunde s-ar fi aflat, picioarele lui funcţionau, dar aripile lui erau acum defuncte.

S-a scărpinat în cap. Dacă ar fi fost Unchiul Sam aici. Şi totuşi, nu putea vorbi cu el. Era interzis. Dar de ce? Ce puteau să-i facă? Îngerii îl urmăreau încă de la accident. A presupus că erau îngeri buni, din moment ce nu-i făcuseră rău - încă. Dorul de casă s-a năpustit asupra lui ca un val uriaş, ameninţând să îl ia pe sub apă.

"Vreau să mă duc acasă!", a strigat el, în timp ce telefonul îi vibra. Înainte de a avea şansa de a-l debloca...

POP.

Reiki l-a apucat şi l-a aruncat spre...

POP.

Hadz care l-a aruncat împotriva celui mai îndepărtat perete alb. A ricoşat, a lovit podeaua şi s-a spart în bucăţi.

"Îmi datorezi patru sute de dolari pentru un telefon nou! Sper că voi, îngerii, aveţi bani lichizi".

Hadz s-a întins şi l-a plesnit pe E-Z peste faţă cu aripa sa. Penele l-au gâdilat, în loc să-l rănească. "Acum tu, E-Z Dickens, stai jos aici." Un scaun alb l-a apăsat pe spatele picioarelor sale, forţându-l să se aşeze.

"Şi nu te mai purta ca un nemernic", a spus Reiki.

"Uau! Pot îngerii să spună asta? Ce fel de îngeri sunteţi voi, oricum? Îngeri în formare? Sunt eu cel care vă va ajuta să vă câştigaţi aripile?".

Şi-a dat seama că aveau deja aripi. De fapt, mai multe perechi de ele. Aşadar, ideea pe care încerca să o exprime părea discutabilă în timp ce pluteau deasupra lui.

"Sunt eu cel care te va ajuta sau tu ar trebui să mă ajuţi pe mine? Pentru că dacă da, ceea ce ai spus că eşti, atunci faci o treabă groaznică. Nu voi pune o vorbă bună pentru niciunul dintre voi prea curând."

"Aşteptăm scuze".

"Ei bine, o veţi aştepta, pentru mult timp. Pentru că mie mi-e sete."

TICK-TOCK.

A apărut o cană de bere de rădăcină într-un pahar mat. A dat-o pe gât dintr-o înghițitură. "Pentru că m-ai adus aici, fără consimțământul meu. Și..."

"TĂCEȚI!", a spus o voce impunătoare, în timp ce se înfășura de pe unul dintre pereții albi.

Era la fel de înaltă ca tavanul. De fapt, mai înaltă. Era strâmbă, dar imensă ca mărime și statură. Aripile ei se frecau de pereți și de tavan.

"Ține-ți limba!", a cerut îngerul supradimensionat, trăgându-și aripile spre E-Z cu un SWOOSH până când a ajuns chiar în fața lui.

"E-Z DICKENS, AI FOST chemat aici, în faţa mea", a spus îngerul uriaş. "Eu sunt Ophaniel, conducătorul lunii şi al stelelor. Iar aceştia, sunt subalternii mei. NU TREBUIE să-i tratezi cu insolenţă. TREBUIE să-i tratezi cu bunătate şi respect, căci ei sunt OCHII şi URECHILE mele pentru tine. Fără ei nu sunteţi NIMIC."

A bâlbâit o propoziţie neinteligibilă luptându-se cu dorinţa de a fugi.

"NU mă întrerupeţi până nu termin de vorbit", a poruncit Ophaniel. El a dat din cap, cu trupul tremurând, prea speriat să spună un cuvânt.

"E-Z", a tunat vocea lui. "Ai fost salvat. Te-am salvat, cu un scop."

Reiki şi Hadz au zburat mai aproape şi s-au aşezat pe umerii lui Ophaniel.

"Stai liniştit", a poruncit Ophaniel.

Şi-au pliat aripile, aplecându-se pentru a nu pierde niciun cuvânt.

E-Z şi-a făcut o notă mentală să îi întrebe cum să-şi împăturească aripile la fel de eficient cum o făceau ele. Asta dacă îşi primea aripile înapoi.

Ophaniel a continuat. "Când părinţii tăi au murit, E-Z Dickens, şi tu, de asemenea, ar fi trebuit să mori. Acesta a fost destinul tău. Unul pe care noi l-am modificat pentru scopul nostru. Am pledat cu succes pentru cazul tău. Ţi-am promis că vei face lucruri remarcabile. Că îi vei ajuta pe alţii. Te-am salvat, şi aveai o datorie. O datorie pe care ai plătit-o în mare parte prin predarea picioarelor."

Renunțat? Asta suna ca și cum ar fi avut de ales. Că ar fi luat decizia finală de a nu mai merge niciodată, ceea ce era o minciună. Și-a deschis gura să vorbească, dar vocea lui Ophaniel a tunat mai departe. "Încă mai există o datorie, o datorie pe care ne-o datorezi." E-Z a luat o înghițitură mare de aer. A vrut să vorbească, dar nu a putut. Buzele i se mișcau, dar nu ieșea niciun sunet. Cum îndrăznea acest înger să ia decizii în locul lui și să-i spună că are o datorie?

"Noi ți-am dat instrumente - un scaun puternic. Asta pentru a te ajuta. Pentru ca, într-o zi, să fii aici, alături de părinții tăi și să mergi cu noi, cu ei, în veșnicie." Ophaniel a ezitat câteva secunde, ca să lase să înțeleagă asta. "Poți să-mi pui o întrebare astăzi, dar numai una. Să fie una bună."

În loc să-și contemple întrebarea, E-Z a răbufnit: "Când îmi voi putea revedea părinții?".

"Când îți vei fi plătit datoria în întregime."

"Încă o întrebare, te rog."

"Va fi timp pentru întrebări și va fi timp pentru răspunsuri. Deocamdată, ești în grija subalternilor mei. Le puteți pune întrebări și ei pot alege să vă răspundă. Sau pot alege să nu o facă. Va fi alegerea lor să răspundă da sau nu. În același mod, veți avea posibilitatea de a alege dacă să le răspundeți sau nu atunci când vă vor pune întrebări. Tratați-i așa cum v-ar plăcea să fiți tratați și nu dezvăluiți detalii despre acest loc sau despre întâlnirea noastră. Nu vorbiți despre asta, despre nimic din toate acestea, cu niciun om. Repet, păstrează aceste chestiuni doar pentru tine."

Încă nu putea să vorbească. Fără să-l întrebe, Ophaniel a trecut la următoarea întrebare.

"Dacă îți încalci această promisiune, aripile tale vor fi ca pasta - slabe - și nu vei putea niciodată să-ți plătești datoria."

S-a gândit la o altă întrebare.

"Da, când ai salvat-o pe fetiţa aceea - arderea - a fost o parte a procesului. Aripile tale trebuie să ardă, să se întărească, să se lege de tine, astfel, vei fi pregătit pentru următoarea provocare."

S-a gândit, şi dacă nu vreau.

Ophaniel a râs şi a zburat spre cea mai înaltă parte a camerei. Apoi a dispărut prin tavan.

CAPITOLUL 8

U RMĂTORUL LUCRU PE CARE îl ştia, era din nou în scaunul său cu rotile, cu faţa la preot.

"Unchiule Sam, trebuie să plecăm. ACUM."

"Oh", a spus Sam, în timp ce îşi privea nepotul cum se îndepărta pe roată. "Îmi cer scuze că v-am irosit timpul, el uh, trebuie să meargă acasă."

Sam s-a grăbit, în timp ce Hopper a mers în urma lui. A accelerat ritmul, l-a ajuns din urmă pe nepotul său şi, preluând controlul mânerelor, a împins scaunul cu rotile. Hopper a alergat şi în curând mergea alături de ei, deşi fără suflare.

"Înţeleg, atunci chiar nu ai aripi, E-Z."

A aruncat o privire peste umăr, ridicând un pahar prefăcut la buze, apoi şi-a dat ochii peste cap.

"Nu am o problemă cu băutura", a spus Sam sfidător.

Din nou, adolescentul şi-a dat ochii peste cap, în timp ce se apropiau de parcare. Preotul nu i-a urmat.

Odată ce au ajuns la maşină, Sam a spus, în timp ce încerca să-şi tragă sufletul: "Ce naiba a fost asta?", în timp ce a deschis portiera şi şi-a ajutat nepotul să intre.

"Hai să plecăm de aici mai întâi". Tragea de timp pentru că nu putea să-i spună ce s-a întâmplat. Trebuia să se gândească la o minciună convingătoare - şi el nu fusese niciodată un bun mincinos. Mama lui îl prindea întotdeauna pentru că i se înroşeau urechile când minţea.

"Aştept o explicaţie", a spus Sam, strângându-şi mai tare strânsoarea pe volan.

Don't Look Back, de Boston, răsuna în difuzoarele maşinii.

"Îmi pare rău, a trebuit să plec. Nu cred că Hopper ar putea să mă ajute şi nu am vrut ca el să ştie mai mult decât i-ai spus deja."

"Încă nu mi-ai explicat de ce ai insinuat că am o problemă cu băutura."

"Oh, asta. Mi-a venit în minte şi am spus-o fără să mă gândesc. Îmi pare rău."

"Mă mândresc cu faptul că nu iau parte la alcool. Sigur, mai beau câte o bere din când în când. Ca să fiu sociabil la un eveniment de la serviciu. Dar nu sunt ca ceilalţi beţivi de la I.T.. Şi nu voi fi niciodată."

E-Z nu se gândea la ceea ce spunea unchiul Sam. În schimb, trecea în revistă informaţiile pe care i le spusese Ophaniel. Era dator, faţă de îngeri, pentru că îl salvase şi îşi schimbase picioarele pentru viaţă. Înţelegerea făcută de îngeri, a fost pentru propriul lor scop - şi acum se aşteptau ca el să plătească datoria - dar cum?

Tot ce ştia cu siguranţă era că trebuia să câştige. Indiferent de sarcinile pe care i le aruncau în cale, el trebuia să le depăşească. Cu ajutorul lui Reiki şi al lui Hadz - oricât de mici ar fi fost, el avea să plătească ceea ce era dator. Apoi, dacă nu era altceva, îşi va vedea din nou părinţii. Presupunea că asta însemna că va muri, iar ei se vor întâlni în rai, dacă exista un astfel de loc. Avea să afle destul de curând.

CAPITOLUL 9

A JUNS DIN NOU ACASĂ, adolescentul s-a dus direct în camera sa.

"Dacă ai nevoie de ajutorul meu", a fost tot ce a reușit Sam să scoată înainte ca nepotul său să trântească ușa.

E-Z și-a acoperit fața cu mâinile. Fusese ceva, să aibă din nou picioarele înapoi. Și-a trântit pumnii pe cotiere, în timp ce aripile sale au ieșit și au zburat până la pat. "Mulțumesc", le-a spus, ca și cum ar fi fost separate și nu făceau parte din el.

"Ai grijă", a spus Hadz, care se odihnea pe pernă. Îngerul a zburat până la corpul de iluminat și a spus: "Trezește-te, a venit acasă".

E-Z era acum întins confortabil pe patul lui, cu ochii închiși, aproape adormit.

"În seara asta, tu zbori", au cântat îngerii.

"Uite, am avut o zi obositoare, după cum știi, și tot ce vreau să fac este să dorm."

"Poți să tragi un pui de somn de cinci minute", a spus Reiki.

"Apoi, va fi sus și la ei!"

Era aproape adormit din nou când Sam a dat buzna înăuntru. "Îmi pare rău că te deranjez, dar PJ și Arden spun că au încercat să te prindă toată ziua. Ți s-a descărcat bateria?".

"Uh, nu, mi-am pierdut telefonul", a spus el, uitându-se încruntat la cei doi ajutoare ai săi.

"Mincinosule, mincinosule, pantalonii în flăcări", i-au reproşat aceştia.

Sam, dată fiind lipsa lui de reacţie, nu le-a auzit vocile ascuţite. E-Z i-a alungat.

"De aceea cumpăr întotdeauna o asigurare cu planul meu. Nu-ţi face griji, îţi vom face rost mâine de un înlocuitor. Oricum, era şi timpul să faci un upgrade. Puteţi păstra acelaşi număr de telefon. O să le spun băieţilor că o să ţinem legătura atunci."

"Mulţumesc, unchiule Sam. Noapte bună."

"Noapte bună, E-Z."

CAPITOLUL 10

ÎN VISUL SĂU, SE afla într-o excursie la schi cu părinții săi. Era de fapt o amintire, dar el o retrăia ca pe un vis.

E-Z avea șase ani. El și mama sa erau învățați toate mișcările de către un instructor de schi. Între timp, tatăl său - care nu era un începător ca ei - își croia drum pe dealul plin de zăpadă.

Au învățat cum să schieze pe dealul pentru copii - așa se numesc dealurile de testare.

"Sunteți pregătiți?", a spus instructorul, "pentru a ajunge pe unul dintre dealurile mari?".

Ei au spus că sunt. Au crezut că sunt. Dar a spune și a face sunt două lucruri diferite.

La prima încercare, nu au ajuns prea departe înainte ca unul dintre ei să cadă. Era mama lui, iar când s-a prăbușit, s-a așezat pe zăpada rece râzând. El a ajutat-o să se ridice și au pornit din nou.

De data aceasta, E-Z a fost cel care s-a prăbușit, plantându-și fața în albul rece. S-a scuturat, a fost ajutat să se ridice de instructor, în timp ce mama lui a trecut pulverizând zăpadă pe drum. A luat-o ca pe o provocare și a accelerat, trecând pe lângă ea cu un zâmbet.

Următorul lucru pe care îl știa, ea venea în spatele lui. Ea a ajuns pe niște zăpadă compactă - și l-a lăsat în praf - regăsindu-și pasul. Cu toate astea, el a dat tot ce avea mai bun și a ajuns-o din urmă. Au coborât, unul lângă altul, apoi s-au despărţit, apoi din nou împreună. În tot acest timp râdeau ca doi copii mici. La poalele dealului, îmbrăcat din cap până în picioare în albastru cer era tatăl său. Ieşea în evidenţă; o fărâmă de albastru înconjurată de zăpadă virgină - cu un scaun cu rotile în mâini.

"Zăpada", a spus E-Z, inhalând încă o bezea. Avea un gust şi mai bun toată topită. Apoi a simţit un frig de îngheaţă apele şi s-a trezit înconjurat de gheaţă în cadă. Unchiul Sam era acolo, stând lângă el.

"E-Z, chiar m-ai speriat de data asta."

"Ce? Ce s-a întâmplat?

"Am auzit nişte zgomote, aşa că am intrat să văd ce faci. Fereastra ta era larg deschisă, cu perdelele fluturând. Ţi-am pipăit fruntea şi erai arzând. Mi-a fost teamă că o să faci o criză de epilepsie. Chiar şi aripile tale păreau ofilite.

"M-am gândit să sun la 911, apoi m-am hotărât să nu o fac. Adică, nu puteam să te duc la urgenţe, nu cu aripile alea. A trebuit să te pun în scaunul cu rotile şi să umplu cada cu gheaţă şi să văd dacă pot să-ţi scad temperatura. Am ieşit să fac rost de gheaţă, am cerut donaţii de la prietenii din cartier. Au fost extrem de utili."

"Mă simt mai bine acum, mulţumesc", a spus el încercând să se ridice în picioare. Nu a ajuns prea departe, înainte de a se prăbuşi din nou.

"Trebuie să-mi spui ce se întâmplă".

"Nu pot, unchiule Sam. Trebuie să ai încredere în mine".

Adolescentul a încercat să se ridice din nou în picioare. "Aşteaptă aici", a spus Sam, în timp ce ieşea din baie şi se întorcea cu scaunul cu rotile. "Poftim", a pus termometrul în gura nepotului său. "Dacă este normal, te poţi urca în scaun".

Era normal, aşa că, cu un halat înfăşurat în jurul lui, E-Z a fost ridicat din baie şi urcat în scaun. Aripile i s-au extins, apoi s-au relaxat la locul lor şi nu mai simţeau că ar fi luat foc.

În timp ce trecea prin sufragerie, a zărit ştirile.

"Aseară, un avion prăbuşit a fost deviat", a spus purtătorul de cuvânt. "Ei spun că a fost o aterizare miraculoasă, dar iată câteva imagini brute, filmate de unul dintre telespectatorii noştri în timp ce se întâmpla."

El a urmărit clipul, care arăta aterizarea avionului, dar nu mai era nimic altceva - nicio imagine cu el. S-a simţit uşurat şi s-a întors în camera sa.

"Mă întorc imediat să te ajut să te îmbraci."

Şi-ar fi dorit atât de mult să-i poată spune unchiului său totul - dar nu putea. "Mulţumesc", a spus el după ce s-a îmbrăcat.

"Întotdeauna te voi acoperi."

"La fel şi eu", a spus adolescentul. "Cred că mă voi duce în biroul meu să scriu ceva."

"Bună idee, am treburi prin casă pe lista mea de făcut pe care aş vrea să le termin astăzi." A început să plece, apoi s-a întors. "Ştii puştiule, nu trebuie să redactezi un roman imediat. Ai putea să ţii un jurnal, sau un jurnal. Să scrii lucrurile pe care ai putea să le uiţi într-o zi. Cum ar fi amintirile preţioase."

"Mă gândeam să scriu ceva şi să-l numesc Tattoo Angel."

"Îmi place asta."

Odată ajuns în biroul său, a stat un moment gândindu-se la avion - întrebându-se cum a reuşit să facă ceea ce i s-a cerut. Nu ar fi putut să o realizeze, fără ajutorul lebedei şi al prietenilor săi păsări, sau fără ajutorul scaunului său. Chiar şi acei doi aspiranţi-îngeri îl ajutaseră în felul lor, încurajându-l pe fundal.

S-a concentrat asupra scrisului şi a tastat titlul: Tattoo Angel.

Degetele lui voiau să tasteze mai mult, dar mintea lui voia să rătăcească. S-a lăsat pe spate în scaun şi a privit ecranul gol. Avea nevoie de o primă propoziţie fantastică, aşa cum scrisese strămoşul său Charles Dickens - "M-am născut".

Când, ceva mai târziu, nu a mai putut suporta vederea ecranului alb, a tastat -

Mi-aş fi dorit să nu mă fi născut niciodată.

Şi a continuat să tasteze.

Nu mai pot să merg.

Nu voi juca niciodată baseball sau hochei profesionist sau nu voi primi o bursă sportivă.

Nu mai pot să alerg.

Nu pot sări.

Sunt atâtea lucruri pe care nu le pot face.

Pe care nu le voi face niciodată.

S-a oprit din tastatură, văzând ceva în partea dreaptă sus a ecranului care se mişca în jos. Curgea.

Lacrimi. Lacrimi mici şi mărunte.

Se uneau. Crescând din ce în ce mai mult.

Coborând în cascadă pe ecran.

I s-a părut că aude ceva - a dat volumul mai tare.

"WAH! WAH! WAH!", a cântat o voce ascuţită.

O a doua voce i s-a alăturat.

"WAH-WAH!

WAH-WAH!

WAH-WAH!"

E-Z a oprit calculatorul.

Fusese doar o vociferare şi se simţea mai bine pentru asta. Toată lumea avea nevoie de o petrecere de milă din când în când. Îi ieşise din sistem.

Știa un lucru cu siguranță - ca scriitor nu era Charles Dickens.

Charles Dickens nu putea zbura, totuși.

"TREZEŞTE-TE, E TIMPUL SĂ plecăm!" a spus Reiki, zburând spre fereastră.

Hadz aştepta la fereastra deschisă. "Gata?"

Aşadar, se aşteptau să sară, de la etajul trei al casei sale. "Nu mă duc acolo! Uite cât de sus suntem!".

"Uiţi că ai aripi."

"Şi dacă vei cădea, îţi vei da seama."

Măcar era încă îmbrăcat, când l-au lăsat în scaunul cu rotile. A tremurat, uitându-se în jos, întrebându-se cum de aripile lui erau menite să-l ţină atât pe el, cât şi scaunul în aer.

"Cum rămâne cu scaunul meu cu rotile?"

"Îţi aminteşti ce a spus Ophaniel? Acum - ieşi afară!"

După ce a ieşit afară, aripile sale s-au extins complet. Deasupra umerilor săi, putea să vadă aripile în acţiune.

Creaturile mici, dar puternice, îl ridicau, din ce în ce mai sus, conducându-l pe adolescent pe cerul nopţii, în timp ce ochii luminoşi şi înstelaţi îl priveau de sus. Când au crezut că este pregătit, i-au dat drumul.

"Pot să zbor", a spus el. "Chiar pot să zbor!"

"Nu te mai da mare", a spus Reiki, "şi treci la program".

"Aş face-o dacă aş şti ce este", a chicotit el.

Hadz a zburat înainte. E-Z şi Reiki s-au înălţat deasupra şcolii, lângă terenul de baseball. Mai departe, spre centrul oraşului. Luminile de pe pista de aterizare de lângă aeroport erau în competiţie directă cu stelele de deasupra lui.

"Te descurci foarte bine", a spus Reiki.

"Mulţumesc."

Sunetul unui motor care ceda, într-un avion jumbo din faţa lor, i-a atras atenţia.

"Uite acolo, avionul acela are probleme. Mi-aş fi dorit să am telefonul meu ca să chem ajutoare". Motorul a scuipat şi avionul a coborât puţin, apoi s-a stabilizat.

"Nu ai nevoie de un telefon. Bine ai venit la a doua ta încercare".

"Te aştepţi ca eu să, ce? Să car avionul în spate? Nu pot salva un avion; nu am suficientă forţă. Nu pot s-o fac."

"Bine, atunci", a spus Hadz, pe care îl ajunseseră acum din urmă.

"Un lucru trebuie să ştii totuşi, dacă nu-i salvezi - toţi cei de la bord vor pieri."

"Toţi cei 293 de pasageri. Bărbaţi, femei şi copii."

"Plus, doi câini şi o pisică", a adăugat Reiki.

Capul i s-a umplut de ţipete, de la oamenii din avion. Cum reuşea să le audă, prin pereţii groşi de metal? Câinii lătrau şi o pisică miauna. Un bebeluş plângea.

"Opreşte-te, opreşte-l şi o voi face eu".

"N-o să-l oprim."

"Dar se va termina, odată ce veţi ateriza avionul în siguranţă la aeroport, acolo."

"Noi credem în tine", a spus Hadz.

"Dar ei nu mă vor vedea? Dacă mă vor vedea, se va termina jocul, vreau să spun cu condiţiile lui Ophaniel - nu voi mai apuca să-mi văd părinţii."

"Să te vadă?"

"Asta e cea mai mică dintre grijile tale!"

"Acum pleacă", a spus Hadz. "Oh, şi s-ar putea să ai nevoie de asta."

Acum avea o centură de siguranţă, care să-l ţină în scaunul cu rotile, în timp ce gonea pe cer spre avionul care se prăbuşea.

"Vom fi cu ochii pe el", au strigat.

"Mă veţi ajuta, dacă voi avea nevoie de voi?"

"Acestea sunt încercările tale, atribuite ţie şi numai ţie. Noi suntem aici pentru a te încuraja. Mult noroc."

"Staţi puţin, nu aveţi de gând să-mi daţi nişte lecţii ca lumea? Să-mi arătaţi ce trebuie să fac?"

POP.

POP.

"Mulţumesc pentru nimic!", a strigat el.

La aeroport, în turnul de control al traficului aerian, un controlor a observat că avionul avea probleme. Nereușind să ia legătura cu pilotul, acesta a observat pe radarul său un obiect zburător neidentificat. Folosindu-se de Superman și Mighty Mouse ca sursă de inspirație, E-Z și-a ridicat brațele. S-a poziționat sub corpul puternicei bestii metalice și și-a adunat toată puterea.

"M-am gândit că ți-ar prinde bine un pic de ajutor", a spus o lebădă mai mare decât în mod normal. El a dat din cap, iar păsările au zburat din mai multe direcții. În momentul în care jumbojetul s-a conectat cu el, păsările reale s-au aliniat. Ajutându-l să țină avionul stabil. Pentru a-l stabiliza, astfel încât el și scaunul său să poată prelua toată greutatea acestuia.

Înăuntru lucrurile se rostogoleau ca niște bile. Trebuia să se grăbească și își dorea să aibă un alt set de aripi, sau aripi mai puternice. Dacă ar fi fost în camera albă. S-a concentrat asupra sarcinii pe care o avea de îndeplinit și s-a pregătit mental pentru coborâre. Aruncând o privire în jos, a observat că și scaunul său avea aripi, pe suporturile pentru picioare și pe roți. "Mulțumesc", a șoptit el nimănui. Apoi către păsări: "Acum mă descurc, vă mulțumesc pentru ajutor".

Gata acum, a coborât jumbo-ul, menținându-l stabil și la nivel. A atins partea din față a avionului pe pistă. Apoi, cum trenul de aterizare nu coborâse, trebuia să se dea la o parte. Și-a întins brațul drept cât mai mult posibil și și-a poziționat scaunul departe de mijlocul avionului. A coborât centrul avionului, apoi coada. A reușit! Da! S-a îndepărtat spre sunetele înspăimântătoare ale sirenelor țipătoare care se apropiau din toate direcțiile sub forma unor mașini de pompieri, ambulanțe și mașini de poliție.

Înainte ca aceștia să-l zărească, a zburat. Pasagerii recunoscători din interior l-au aclamat, au făcut fotografii și l-au înregistrat pe telefoanele lor. În curând s-a întors cu Hadz și Reiki.

"Te-ai descurcat foarte bine. Suntem mândri de tine, protejatule".

A zâmbit, până când aripile lui s-au simțit de parcă cineva le-ar fi dat foc. Următorul lucru pe care l-a știut a fost că ardea, și a durut atât de tare, încât a vrut să moară. Și-a dorit să moară. A tânjit după ea. Acum în cădere liberă, cu scaunul în jos, și-a ținut ochii larg deschiși și a așteptat ca buzele lui să sărute pământul. Apoi a fost luat de cei doi îngeri, care l-au dus acasă și l-au culcat.

Durerea nu s-a atenuat, dar E-Z știa că astăzi nu va muri. Va fi în siguranță pentru încă o zi. O altă încercare. Tot ce trebuia să facă era să supraviețuiască acesteia.

"**C**ÂND VA ÎNCEPE SĂ funcţioneze praful de diamant?" a întrebat Hadz. "Încă are dureri enorme".

"A fost un tratament nou, aşa că nu pot spune când - dar îşi va face efectul - în cele din urmă."

"Sper că va rezista atât de mult!"

"Cu ajutorul Unchiului Sam, va trece peste asta. Odată ce îşi va face efectul, vom vedea semne. Unele schimbări fizice."

E-Z a continuat să sforăie

POP.

POP.

Şi din nou au dispărut.

CAPITOLUL 11

O ZI MAI TÂRZIU, E-Z îşi planificase ziua. Mai întâi, trebuia să-şi pregătească rucsacul pentru excursia de sâmbătă în parc. Urma să ia micul dejun, să scrie puţin, apoi să plece. În timp ce-şi pregătea rucsacul, a auzit vocile înalte ale lui Hadz şi Reiki înainte de a-i vedea.

"Vă pot auzi", a spus el.

POP.

Hadz a apărut prima.

POP.

Apoi Reiki - amândoi în splendoarea lor angelică complet transformată.

"Bună dimineaţa", au cântat la unison, într-un dulce şi bolnăvicios.

E-Z a îndesat un caiet în rucsac şi câteva pixuri ignorându-le. Spera să găsească în parc ceva inspiraţional despre care să scrie. S-a aplecat să-şi închidă fermoarul rucsacului când a observat că cei doi îngeri stăteau pe fermoar.

"Oh, îmi pare rău. Era cât pe ce să nu vă văd acolo".

"Uf, a fost cât pe ce", a spus Reiki.

Hadz tremura prea tare pentru a rosti un singur cuvânt.

Îi zburau pe umeri în timp ce-şi îndrepta scaunul spre uşa închisă.

"Trebuie să vorbim cu tine", a spus Hadz.

"Este... important. Am făcut ceva..."

"Cu mine?"

Au plutit în fața ochilor lui.

"Da. În timp ce dormeai, acum câteva săptămâni."

"Acum câteva săptămâni! Bine, te ascult..." În realitate, încerca să nu-și dea drumul la cap. Gândul că ei îi făceau ceva. În timp ce dormea. Fără permisiunea lui. Era o încălcare teribilă a încrederii. Și-a încleștat pumnii. Liniște. Și-a încrucișat brațele. Nu avea de gând să le ușureze situația.

Sam a bătut la ușă: "Micul dejun E-Z, ai nevoie de ajutor?".

"Nu, sunt bine. Vin în câteva minute". Liniștea bară sunetele din afară de Sam care se întorcea în bucătărie.

"În primul rând", a spus Hadz, "am făcut ceea ce am făcut doar ca să te ajutăm".

"Cu încercările. Am făcut ceva ca să vă ajutăm să vă atingeți obiectivele."

"Vrei să spui că ați fi putut să mă ajutați, cu avionul? Sigur că mi-ar fi fost de folos ajutorul vostru. Din fericire, am reușit datorită lebedei și păsărilor."

"Uh, da, în legătură cu asta, ajutorul nu este permis - nici de la prieteni, nici de la păsări. Am raportat incidentul în cauză autorităților competente."

E-Z a clătinat din cap, nu-i venea să creadă ce auzea. "Să nu-mi spui că cineva a rănit lebăda sau păsările? Ar fi bine să nu-mi spui asta... A, și de ce anume mi-a vorbit lebăda aceea, în engleză. A făcut-o știi tu."

"Chestiunea asta e confidențială", a spus Hadz, fluturând aproape de fața lui cu mâinile în șolduri. Reiki a luat aceeași poziție, iar aripile lor i-au atins pleoapele.

"Hei, termină", a spus el, mai tare decât intenționa.

"E totul în regulă acolo?" a întrebat Sam prin ușa închisă.

"Sunt bine", a spus el, fluturându-și mâna în fața feței, aruncând creaturile prin cameră. Reiki s-a lovit de perete și a alunecat în jos. Hadz, aflat deja mai jos, a încercat să-l prindă pe Reiki, dar prea târziu. Ambii îngeri au plonjat şi au aterizat pe podea.

"Îmi pare rău", a spus adolescentul. Şi-a mutat scaunul cu rotile mai aproape de ei. S-a întrebat dacă nu cumva aveau stele care se învârteau în cap ca personajele din desenele animate de pe vremuri. Îi plăcea asta când i se întâmpla lui Wile E. Coyote. S-au clătinat un pic, aşa că i-a pus pe pat. Când îngerii şi-au revenit, a spus: "Îmi pare rău din nou. Nu am vrut să vă lovesc. Aripile voastre m-au gâdilat la ochi".

"Ba da, ai făcut-o!" a spus Reiki.

"Şi noi, nu vom uita asta".

Se simţea prost. Erau atât de mici; nu-şi dăduse seama că o simplă zvâcnire îi putea trimite în zbor aşa. Era ca şi cum i-ar fi lovit din parc, şi abia îi atinsese.

"În legătură cu asta..." a spus Reiki.

Hadz a intervenit: "În timp ce dormeai, am efectuat un ritual asupra ta."

E-Z şi-a păstrat din nou calmul, dar cu greu. "Un ritual spuneţi?" S-au uitat la el, vinovaţi ca un păcat. "Dacă aţi fi fost oameni, v-ar fi aruncat cartea pe cap pentru că mi-aţi făcut ceva fără permisiunea mea. Este agresiune asupra unui minor. Ai fi în închisoare..."

Îngerii tremurau şi se ţineau unul de celălalt.

"Nu am avut de ales."

"Am făcut-o pentru binele vostru."

"Înţeleg asta, dar în acest moment scuzele voastre NU sunt acceptate."

"Destul de corect", au spus îngerii. "Deocamdată." Ei au cântat: "Am invocat puteri, marile şi iluzoriile puteri de deasupra şi din jurul vostru. Le-am cerut să vă ajute, sporindu-vă puterea, curajul şi înţelepciunea. Pentru a spune mai simplu, am crezut că ai nevoie de mai mult şi aşa că am invocat pentru tine."

"Înțeleg. Scuzele tot NU sunt acceptate."

"Am făcut-o cu cât mai puțin disconfort pentru tine", a spus Hadz.

E-Z a luat în considerare această ultimă informație. În timp ce, în același timp, se uita la scaunul său cu rotile. Părea diferit acum, în afară de schimbarea evidentă a culorii cotierelor.

"Ce se întâmplă cu scaunul meu în ultima vreme?", a întrebat el. "Parcă ar avea o minte proprie".

Îngerii tremurau din nou.

"Ce ați făcut? Mai exact? Pentru că bănuiesc că nu numai că m-ați agresat pe mine, dar mi-ați agresat și scaunul."

În cele din urmă, îngerii au explicat totul despre praful de diamant și despre sânge. Despre puterile cu care fusese înzestrat el și scaunul.

"Pe măsură ce dificultățile sarcinii cresc, va trebui să te intensifici."

"Știu deja, de aceea aripile mele au ars. Creșterea temperaturii după fiecare sarcină. Dar îmi tot spun că totul va merita când îmi voi revedea părinții."

"Dacă termini probele în perioada alocată. Și urmezi întocmai instrucțiunile", a spus Hadz.

"Stai puțin", a spus E-Z, trântindu-și brațele pe cotiere. "Nimeni nu a spus că există un termen limită. Nici în Camera Albă. Nici în orice moment. Și dacă există o carte de reguli, pe care ar trebui să o urmez, atunci dă-mi-o, ca să o pot citi. De asemenea, nu a existat niciun angajament din partea niciuneia dintre părți. Nimeni nu a spus câte procese finalizate sunt necesare pentru a încheia afacerea. Trebuie să punem totul în scris? Există un avocat înger sau mai bine zis un ajutor juridic înger?".

Hadz a râs. "Bineînțeles, avem avocați înger, dar trebuie să fii un Înger pentru a te califica pentru a avea unul."

Reiki a spus: "Ai îndeplinit prima sarcină fără ajutorul nimănui. Ai salvat viața acelei fetițe cu inițiativa scaunului tău, voința și norocul. Aceste trei lucruri nu te pot duce departe, așa că ți-am adus mai multă putere de foc. Cel mai mult ne puteam dori."

"Cel mai mult am putea risca să vă dăm."

"Hei, ce vrei să spui prin risc? Vrei să spui că acest ritual ar putea să-mi facă rău?"

"Ți-am făcut o favoare. Ne-am pus în pericol ca să te ajutăm. Dacă nu ne poți ierta acum, atunci ne vei ierta într-o zi."

"Vorbești despre cum să-mi eludezi întrebarea! Te-ai gândit vreodată să intri în politica îngerilor - dacă există așa ceva?"

a spus Hadz. "Oamenii din jurul tău ar putea observa anumite schimbări în aspectul tău fizic."

"Da, s-ar putea", a spus Reiki cu un zâmbet.

"Cum adică schimbări fizice?", a strigat el.

POP.

POP.

Și au dispărut.

E-Z era din nou singur. În timp ce se îndrepta spre ușă, s-a întrebat la ce se refereau. Orice ar fi fost, avea să afle destul de curând. Între timp, s-a gândit la faptul că scaunul lui avea acum sângele lui. Cum scaunul era o extensie a lui însuși. S-a îndreptat spre bucătărie, unde îl aștepta unchiul Sam.

"**E**I BINE, ASTA NU a ieşit exact cum am plănuit", a spus Reiki. "A fost destul de supărat pe noi. Nu cred că va mai avea vreodată încredere în noi."

"Are nevoie de noi mai mult decât avem noi nevoie de el."

"Am putea să-i ştergem mintea, aşa cum am făcut cu ceilalţi."

"Dacă nu ne iartă, nu putem face nimic în privinţa asta. Să-i ştergem mintea nu este o opţiune. Fără acordul lui şi dacă, nu când va afla, îl vom înstrăina pentru totdeauna. Şi ştii cui nu i-ar plăcea asta."

"Ai dreptate ca întotdeauna", a spus Hadz.

"Crezi că va observa cineva schimbările de astăzi în înfăţişarea lui?".

"Noi am observat, nu-i aşa!"

"Poate că ar fi trebuit să-i spunem, cel puţin în legătură cu părul său. poate că ne-ar fi fost mai simpatic. Dacă i-am fi explicat".

"Cred că schimbările ar fi mai bune dacă ar veni de la altcineva în afară de noi."

"Oamenii sunt foarte ciudaţi", a spus Reiki.

"Asta sunt. Dar a lucra cu ei este singurul mod în care putem fi promovaţi ca îngeri adevăraţi."

"Din fericire pentru noi, el este destul de drăguţ."

CAPITOLUL 12

E-Z ȘI-A ÎNFIPT FURCULIȚA în farfuria plină cu clătite. Era înfometat, de parcă nu mai mâncase de câteva zile. Și însetat. A aruncat înapoi pahar după pahar de suc de portocale. Și-a umplut din nou farfuria cu clătite, a continuat să mănânce până când s-au terminat toate.

Sam a râs când l-a văzut pe nepotul său, apoi a continuat să-și înmoaie o felie de pâine prăjită cu unt în cafea.

"Ce e așa de amuzant?" a întrebat E-Z.

"Uh, cred că nimic."

Singurele sunete din bucătărie erau de sorbit, tăiat și mestecat. În afară de ceasul care ticăia pe peretele din spatele lor.

"Ce?" a întrebat E-Z, observând că unchiul său avea un zâmbet pe care îl ascundea după mână.

"Este ceva diferit la tine, ei bine, știi tu, în această dimineață. Vrei să-mi spui ceva? Cum ar fi de ce?"

Cele două creaturi au apărut și s-au așezat fiecare pe unul dintre umerii lui E-Z. Trăgeau cu urechea, iar lui nu-i plăcea deloc intruziunea lor neinvitată, așa că le-a îndepărtat cu o zvâcnire.

POP.

POP.

Au dispărut.

"Nu sunt sigur ce vrei să spui."

Sam și-a mai turnat o ceașcă de cafea. "Este pentru o fată? Pentru că orice fată, ar trebui să te accepte așa cum ești."

E-Z a râs. "Nici o fată. Ești departe de adevăr."

Amândoi au mai tăcut câteva clipe bară ceasul care ticăia.

"Mi-am făcut bagajul și am de gând să merg în parc după ce voi scrie puțin în această dimineață. Iau un carnețel și câteva pixuri în caz că parcul mă inspiră."

"Sună ca un plan, dar mai întâi mă ajuți să fac ordine", a spus Sam ridicându-se de la masă.

Adolescentul și-a împins scaunul pe spate și împreună au făcut curățenie rapid. E-Z s-a dus în biroul său și a închis ușa în urma lui, în timp ce soneria de la ușa de la intrare a sunat.

Sam i-a lăsat să intre pe Arden și PJ. "Este în biroul lui și lucrează. Vă așteaptă? Dacă da, nu mi-a spus nimic despre asta".

"I-am trimis un mesaj, dar nu a răspuns", a spus PJ.

"Așa că ne-am gândit să trecem pe la el și să-l scoatem în oraș astăzi. Să ne asigurăm că se distrează puțin. Tipul ăla muncește prea mult. Mama a spus că ne va duce acolo. Trebuie doar să verificăm cu E-Z și apoi să o sunăm."

"Nepotul meu este foarte interesat de cartea pe care o scrie. S-ar putea să se opună."

"Într-un fel sau altul îl vom scoate de aici astăzi", a spus PJ.

"Avea de gând să meargă în parc, după ce va scrie puțin. Dar du-te jos, se poate întâlni cu tine acolo mai târziu?". Sam s-a întors în bucătărie, scoțând din congelator niște carne tocată de vită. A verificat dulapul pentru sos, spaghete, ouă, ceapă, pesmet și spanac. Avea tot ce-i trebuia pentru a face mai târziu spaghete și chiftele.

Cei doi băieți s-au îndreptat pe coridor după ce și-au agățat hainele.

Sam şi-a pus haina pe el. Amânase de ceva vreme tăierea gazonului. Astăzi era ziua în care avea să se ocupe de ea.

E-Z încerca să scrie, dar creativitatea nu-i curgea. Când au sosit prietenii lui - s-a bucurat pentru întrerupere. A deschis Facebook, prefăcându-se că verifică actualizările. "Bună, băieţi." Şi-a întors scaunul spre ei.

"Whoa omule, ce naiba s-a întâmplat cu părul tău? Aţi fost la salonul de înfrumuseţare fără noi?".

"Le-ai arătat o poză şi le-ai cerut un look inversat Pepe Le Pew?".

"Şi sprâncenele tale, de asemenea! Nici măcar nu ştiam că se pot vopsi?"

E-Z şi-a trecut degetele prin păr, neavând nicio idee despre ce vorbeau. Stai puţin - oare la asta se referise Sam?

"Şi ochii lui, sunt şi ei diferiţi."

Arden s-a aplecat: "Da, au pete aurii în ei. Minunat!"

"Hei, omule, dă-te la o parte, vrei?", a spus E-Z. "Voi doi mă speriaţi. Să-mi invadaţi spaţiul nu e frumos".

"Cel puţin nu miroase ca Pepe", a spus Arden dându-se înapoi. PJ i s-a alăturat în cealaltă parte a camerei, unde au şoptit între ei.

"Te superi dacă facem o poză?"

E-Z a zâmbit şi a spus: "Mozzarella".

PJ i-a arătat fotografia pe care o făcuse lui Arden. "Vezi!", au spus făcând marea dezvăluire.

Lui E-Z nu-i venea să creadă ce vedea. Părul lui blond avea o dungă neagră pe mijloc şi pete gri pe tâmple. Gri! A mărit imaginea, aveau dreptate, ochii lui aveau pete aurii în ei. Mintea lui s-a întors la praful de diamant, oare aşa arăta praful de diamant? Acei doi îngeri idioţi au făcut asta! Şi ar fi bine să ştie cum să o repare! Data viitoare când îi va vedea, îi va face să plătească. Între timp, a încercat să dezamorseze situaţia.

"Mare scofală. Am avut o noapte grea."

Arden a întrebat: "Ce nu ne spui?".

PJ a adăugat: "Părul tău devine grizonant și ești încă în liceu. Crezi că e normal?".

"Cred că are dreptate; facem mare caz din nimic. Ce a spus unchiul tău despre asta?"

"Nu a observat - sau dacă a observat, nu a spus nimic."

"Ce? Vrei să-mi spui că Sam, nici măcar nu a observat?"

"Avea ochii deschiși?"

E-Z a încercat să-și amintească. Mai întâi, unchiul Sam îl întrebase dacă avea ceva să-i spună. Oare la asta se referea?

"Doar o secundă", a spus E-Z, în timp ce se îndrepta spre baie. S-a folosit de mărirea de zece ori a oglinzii pentru a se uita mai atent. A tresărit. Stelele sau petele din ochii lui erau diferite. Nu erau dăunătoare, de fapt, îl făceau să arate bine. Și-a examinat firele de păr cărunt de-a lungul tâmplelor.

Și ce dacă? Trecuse prin multe cu moartea părinților săi. Plus presiunile zilnice ale liceului. Și obișnuirea cu scaunul cu rotile. Ca să nu mai vorbim de confruntarea cu arhanghelii și cu procesele.

Faptul că părul său devenise prematur grizonat nu era o problemă. A mutat oglinda, trecându-și degetele prin păr. Textura era diferită atunci când atingea dunga neagră. Se simțea aspră, ca niște peri. Nu era o problemă, își dădea cu niște gel pe el și...

Afară, mașina de tuns iarba a intrat în viteză. Sam făcea, în sfârșit, temuta faptă. Înainte de accident, tunsul gazonului fusese cea mai detestată corvoadă a lui E-Z.

"YEOW!" a strigat Sam în timp ce mașina de tuns iarba a tușit până s-a oprit.

Scaunul lui E-Z s-a trântit spre uşa din faţă, care s-a deschis singură. A luat-o la fugă, ratând treptele şi aterizând pe gazon în spatele lui Sam.

"Fir-ar să fie!" a exclamat Sam. Lovise o piatră cu maşina de tuns iarba, iar aceasta a zburat în sus şi l-a lovit lângă ochi. Picături de sânge i s-au scurs pe obraz şi s-au adunat pe iarbă.

Scaunul cu rotile s-a deplasat spre locul unde era sângele, sorbindu-l cu roţile.

"Eşti bine?"

"Sunt bine", a spus Sam. A săpat în buzunar, a scos o batistă şi a ţinut-o la rana lui.

Arden şi PJ au sosit. "Am auzit ţipătul".

"Sunt bine, serios", a spus Sam. "Un mic accident. Nu e nevoie de griji sau îngrijorare. Să ne întoarcem înăuntru."

A apucat mânerele scaunului cu rotile şi a împins. Era extrem de dificil să îl manevreze pe iarbă.

Între timp, Arden a adus maşina de tuns iarba şi a depozitat-o în magazie.

"Te-ai îngrăşat?" a întrebat PJ observând dificultatea pe care o avea Sam.

"Am mâncat vreo douăzeci de clătite în dimineaţa asta".

"Poate că dunga neagră este mai grea decât părul tău normal?". a spus Arden revenind la ei cu un zâmbet.

"Oh, au observat", a spus Sam.

"Da, m-au tot bătut la cap cu asta de când au sosit. De ce nu ai spus nimic?"

Acum, înăuntru, E-Z a scos un plasture şi l-a pus pe rana unchiului său.

"A fost o schimbare subtilă", a spus Sam. "Nu!", a zâmbit el. "Oh, și te-ai gândit vreodată să te apuci de meseria de asistent medical? Ai o atingere delicată".

PJ și Arden au luat-o în derâdere.

CAPITOLUL 13

E-Z ȘI PRIETENII SĂI s-au întors în biroul său. A decis să rămână aproape de casă în caz că Sam avea nevoie de el. Sam era prea ocupat să pregătească cina ca să se gândească la ce s-ar fi putut întâmpla cu mașina de tuns iarba.

"Cina e gata", a sunat el câteva ore mai târziu. "Vino să o iei".

E-Z i-a deschis drumul: "Miroase delicios!".

S-au așezat și au împărțit mâncarea și condimentele.

"Deja ai un chiștoc pe cinste acolo", i-a spus Arden lui Sam.

Sam, care până acum nu știa că are o rană vizibilă și acum o purta cu mândrie. A înjunghiat o altă chiftea și a pus-o în farfurie.

"Oricum, ce s-a întâmplat acolo", a întrebat PJ.

"A fost o piatră. S-a prins în mașina de tuns iarba și m-a lovit." A continuat să-și împingă mâncarea în jurul farfuriei. "Cum merge cu scrisul?", și-a întrebat nepotul întorcând atenția de la el însuși.

"Nu am avut timp să mă apuc de scris în dimineața asta".

Sam a schimbat subiectul și l-a întrebat dacă se întâmpla ceva la școală sau în echipă.

"Avem un antrenament în această seară", a spus PJ.

"Și sperăm ca E-Z să prindă în meciul de mâine".

E-Z a dat din cap, pentru un nu categoric și a continuat să mănânce.

"O singură repriză, doar una și dacă nu vrei să continui să joci, pentru noi e în regulă", a spus Arden.

"Grozavă idee", a spus unchiul Sam. "Înmoaie-ţi degetul de la picior. Dacă nu te simţi bine, ieşi. Ce ai de pierdut?"

PJ a deschis gura să spună ceva, dar a decis să nu o facă. Şi-a înfipt o chiftea în gură. A mestecat, a băut un pahar. "Când eşti acolo, E-Z, le ridici moralul tuturor. Băieţii au o părere bună despre tine. Întotdeauna a fost aşa, întotdeauna va fi aşa."

"Bine", a spus E-Z. "O să stau pe bancă dacă crezi că te ajută. După cină, hai să mergem în parc şi să ne antrenăm puţin. Să vedem cum merg lucrurile."

"Destul de corect", a spus PJ.

I-au mulţumit lui Sam pentru o cină grozavă.

"Tu ai gătit, aşa că vom face noi curăţenie", s-a oferit Arden.

E-Z şi PJ au făcut un schimb de priviri.

Când Sam a dispărut din raza lor de atenţie, PJ a spus: "Eşti aşa de pupincurist".

Arden a stropit puţină apă în direcţia lui PJ, dar E-Z a prins cea mai mare parte din ea în faţă.

PJ a întors un strop care s-a împrăştiat pe podeaua bucătăriei, lovind pantofii lui Sam.

"Mopul şi găleata sunt în dulap", a spus el, luându-şi haina la ieşire.

Au terminat de curăţat, până atunci erau în mare parte uscaţi, în afară de E-Z care şi-a schimbat cămaşa. În cele din urmă, au ajuns la terenul de baseball, iar acesta era deja ocupat.

"Grozav", a spus E-Z. "Să mergem."

Pe margine, se aflau câteva fete din echipa de majorete a echipei adverse. Una dintre ele, o fată roşcată, a aruncat o privire în direcţia lui E-Z. A făcut o roată şi a aterizat cu uşurinţă.

"Cred că am putea să mai stăm puţin", a spus E-Z.

Au traversat terenul până la bănci. Trebuiau măcar să salute, altfel ar fi arătat ca niște nesimțiți.

Fetița roșcată i-a șoptit ceva prietenei ei, iar ele au chicotit.

E-Z era sigur că râdeau de el.

"Avem musafiri", a spus fetița roșcată.

"Da, un tip în scaun cu rotile cu părul de zebră și doi tocilari", a strigat al treilea jucător de bază. Se aștepta ca toată lumea să râdă la gluma lui penibilă, dar nimeni nu a râs.

"Nu-l băgați în seamă", a spus prietena fetei roșcate. "Este patetic".

"Dispari", a strigat fundașul stânga. "Nu e loc aici pentru un infirm."

E-Z a ignorat toate comentariile. Scaunul său, însă, nu a făcut-o. Se împingea, se învârtea ca un taur care încearcă să iasă din țarc. "Whoa!", a spus el, în timp ce scaunul se balota, ca un cal sălbatic.

Arden a apucat mânerele scaunului, iar scaunul și-a reluat funcția normală.

În spatele plăcii, prinzătorul a scăpat o muscă și a bâjbâit o aruncare.

"Văd că aveți nevoie de un prinzător decent", a spus E-Z.

Majoretele au chicotit.

"Dați-mi cinci minute în spatele plăcii, doar cinci minute. Dacă reușesc să prind fiecare aruncare pe care o trimiteți în direcția mea, atunci vă facem o favoare și rămânem."

"Și dacă nu reușești?", a întrebat aruncătorul.

Prinzătorul și-a scos masca. "Ne faci cinste cu burgeri și cartofi prăjiți".

"Și shake-uri", a adăugat jucătorul de la prima bază.

"S-a făcut", a spus E-Z, în timp ce scaunul său se împingea înainte.

S-a așezat răbdător în timp ce Arden și-a pus centura la genunchiere. PJ și-a tras protectorul toracic peste cap și și-a aplicat masca de prinzător pe față. E-Z și-a înghesuit pumnul în mănușa de prinzător.

"Bine, aruncă-mi mingea", a ordonat E-Z.

"Sper că știi ce faci, amice", au spus Arden și PJ.

"Ai încredere în mine", a spus E-Z. S-a rotit în poziția din spatele plăcii.

"Bătaie!" Aruncătorul i-a făcut semn lui Arden să lovească. El a ales o bâtă și a pășit la bază.

E-Z i-a făcut semn aruncătorului să arunce o minge rapidă înaltă. În schimb, aruncătorul a aruncat o minge curbă, iar aceasta era chiar în zonă. Arden a ratat lovitura, dar nu în totalitate, deoarece a atins mingea cu o tic și aceasta a făcut fault înapoi. E-Z s-a ridicat de pe scaun și a apucat-o.

"Whoa!", a strigat aruncătorul. "Frumoasă salvare".

"Noroc", a spus jucătorul de la prima bază.

Majoretele s-au apropiat.

A doua aruncare către Arden, acesta a aruncat în dreapta.

PJ a ieșit la bătaie și a fost eliminat. E-Z a prins toate mingile cu ușurință, dar ultima aruncare a fost sălbatică și aproape că a pierdut-o. PJ s-a îndreptat spre prima bază, dar E-Z a aruncat mingea jos și a fost eliminat.

Au jucat până când a fost prea întuneric pentru a mai vedea mingea.

După joc, au decis că a fost o remiză. Au mers la un restaurant din apropiere și fiecare și-a plătit mâncarea.

"O să vă omorâm în meciul de mâine", s-a lăudat Brad Whipper, căpitanul echipei.

"Jucați E-Z?" a întrebat Larry Fox, jucătorul de la prima bază.

"Oh, cu siguranță va juca", au spus Arden și PJ.

"Categoric".

Fata cu părul roșu era Sally Swoon și i-a șoptit ceva lui Arden, care a dat din cap. "Întreabă-l chiar tu", a spus el.

"Ce să mă întrebi?"

Obrajii ei s-au înroşit.

"Vrei să ştii ce s-a întâmplat, nu-i aşa?".

Ea a dat din cap. "L-ai rugat pe coaforul tău să o facă, sau ei..."

"A făcut o greşeală?", a spus el.

Ea a dat din cap.

"M-am trezit în această dimineaţă şi era aşa. Sfârşitul poveştii."

"Trage-l pe celălalt", a spus un jucător. "Acum spune-ne de ce eşti într-un scaun cu rotile".

E-Z şi-a spus povestea. Toată lumea a rămas tăcută în timp ce o făcea. Nimeni nu a mâncat sau a băut. Când a terminat, era îngrijorat că toată lumea îl va trata diferit, dar nu a fost aşa.

Au vorbit despre viitorul campionat mondial şi despre alte discuţii legate de sport.

Mai târziu, când prietenii lui l-au condus acasă, toţi erau tăcuţi. Le-a spus noapte bună băieţilor şi s-a întors în camera lui. A încercat să se uite la televizor, să scrie un pic, dar indiferent ce făcea, se gândea mereu la tot ce pierduse. A căzut înapoi pe pat şi s-a uitat la tavan, iar în cele din urmă a adormit.

CAPITOLUL 14

E-Z DORMEA, VISA.

"Trezeşte-te E-Z! Trezeşte-te!" a spus Reiki, sărind în sus şi în jos pe pieptul lui.

"Termină!", a exclamat el.

Hadz i-a pulverizat nişte apă pe faţă.

El a scuturat-o. "Voi doi aveţi de dat nişte explicaţii şi de reparat. Puneţi-mi părul la loc aşa cum era. Şi ochii mei de asemenea!"

"Nu mai e timp!", au spus ei, în timp ce scaunul lui s-a rostogolit, l-a aruncat în el, apoi a zburat pe fereastra deja deschisă.

"Nici măcar nu sunt îmbrăcat!" a exclamat E-Z.

Reiki şi Hadz au chicotit şi i-au spus lui E-Z să îşi dorească ce vrea să poarte. Când s-a uitat din nou în jos, purta blugi, o curea şi un tricou. S-a uitat la picioarele sale, unde pantofii de alergare îşi legau singuri şireturile. În timp ce zburau pe cer, E-Z le-a mulţumit.

"Deci, ne ierţi?". a întrebat Hadz.

"Daţi-i timp", a spus Reiki.

E-Z a dat din cap, în timp ce scaunul său se ridica din ce în ce mai sus. Deasupra unui avion, trecând pe lângă avion. Evident, nu destinaţia lor. Au zburat mai departe, până când scaunul lui cu rotile s-a oprit brusc, apoi s-a îndreptat în jos.

"Iată-l", a spus Reiki.

Jos, un grup de oameni stăteau în faţa unei clădiri înalte de birouri, în grup.

"Simţiţi asta?" a întrebat E-Z, observând că aerul din jurul incidentului era diferit. Vibra cu energie.

"Da", a spus Hadz.

"Bravo ţie că ai observat de data aceasta", a spus Reiki.

"Vrei să spui că au existat vibraţii şi celelalte dăţi?".

"Da, dar pe măsură ce puterile tale cresc, vei putea să te concentrezi asupra locurilor."

"Şi nu doar tu, ci şi scaunul tău le poate recepţiona."

"Vrei să spui că am un scaun super deştept? Ştiam că e modificat, dar asta e minunat!"

Îngerii au râs.

Scaunul a accelerat în timp ce sub ei se auzeau împuşcături. Au văzut oameni alergând, ţipând, căzând.

Spre haos, E-Z şi scaunul său au zburat, în jetul de gloanţe care se apropia. A tresărit, în timp ce scaunul cu rotile le devia. S-a întrebat ce s-ar întâmpla dacă scaunul ar rata unul.

"Suntem destul de siguri că eşti protejat împotriva gloanţelor", a spus Reiki fără ca el să întrebe. "Făcea parte din ritual".

"Şi praful de diamant ar trebui să funcţioneze."

"Destul de sigur?", a spus el, sperând că aveau dreptate. "Dacă funcţionează, atunci este un bun compromis pentru situaţia mea capilară!"

Doritorii de îngeri au râs.

CAPITOLUL 15

S CAUNUL SĂU CU ROTILE a coborât mai departe, fixând un bărbat pe acoperişul clădirii. Trăgea în mulţimea de jos şi în ei, pe măsură ce se apropiau de el. Scaunul cu rotile s-a împins în faţă, E-Z a auzit un sunet ciudat, ca un avion care îşi cobora trenul de aterizare. Venea dinspre scaunul cu rotile, în timp ce o carcasă metalică a coborât şi a aterizat deasupra tipului. Pistolul i-a zburat din mână, traversând acoperişul înainte ca invenţia să se prindă. Bărbatul a încercat să se dea jos de pe E-Z şi de pe scaunul cu rotile, dar nimic nu a funcţionat.

O sirenă a răsunat în depărtare, apoi a devenit din ce în ce mai puternică pe măsură ce se apropia.

"Dacă te las să te ridici", a întrebat E-Z, "te vei purta frumos?".

Deşi bărbatul a dat din cap în semn de acord, scaunul cu rotile a refuzat să se mişte.

E-Z trebuia să dezactiveze arma şi să plece naibii de acolo înainte de sosirea poliţiei. S-a întrebat dacă cineva de jos era rănit. Se aştepta ca ambulanţele să fie pe drum. Cu toate acestea, el şi scaunul său puteau să zboare mult mai repede pe cei grav răniţi la spital.

S-a uitat fix la arma de pe cealaltă parte a acoperişului. S-a concentrat, apoi a întins mâna. Ca şi cum mâna lui ar fi fost un magnet, arma a zburat în ea, iar el a dezactivat arma făcând un nod.

E-Z şi-a scos centura şi folosit-o pentru a-i lega mâinile trăgătorului la spate.

Scaunul s-a ridicat şi a zburat ca o rachetă, în timp ce uşile de pe acoperiş s-au deschis. Aparatul modificat s-a ridicat, suspendat în aer, în timp ce E-Z privea cum o echipă SWAT se îndrepta spre atacator şi îl lua în custodie. Privirea ofiţerului care a găsit arma legată în nod a fost nepreţuită.

Pentru o secundă sau două, a ezitat, gândindu-se la mandatul său, dar erau oameni răniţi jos şi el îi putea ajuta mai repede decât oricine altcineva şi asta a făcut. Îşi făcea griji pentru consecinţe mai târziu şi spera ca ei să înţeleagă.

E-Z a aterizat lângă mulţime. I-a adunat pe cei patru care erau cei mai grav răniţi şi, cum erau inconştienţi, şi-a folosit o parte din aripă pentru a-i ţine în siguranţă pe scaunul său în timp ce zburau pe cer.

Scaunul a absorbit sângele pasagerilor răniţi pe măsură ce acesta se scurgea din rănile lor. Sângele lor a fost combinat cu sângele lui E-Z şi al lui Sam Dickens. Acest amalgam a împins gloanţele din corpurile lor, iar rănile lor au început să se vindece.

Le-a luat câteva minute să ajungă la spital. Când au ajuns, toţi pacienţii erau vindecaţi, ca şi cum rănile lor nu s-ar fi întâmplat niciodată. Şi-au aruncat braţele în jurul lui E-Z şi i-au mulţumit.

În parcarea spitalului, fiecare a sărit din scaunul cu rotile.

Asistenţii se aflau la intrare cu targă pregătită.

E-Z a aruncat o privire în direcţia lor. Le-a făcut cu mâna, apoi a zburat spre cer. Sub el, cei pe care îi salvase i-au întors salutul. Spera ca însoţitorii care aşteptau să fie prea supăraţi că nu era nevoie de ei până la urmă.

"Mulţumesc", a strigat un tânăr, făcând cu mâna.

"Sper să ne revedem", a exclamat o femeie de vârstă mijlocie.

"Sunteţi un adevărat erou!", a spus un bărbat care îi amintea de Unchiul Sam.

"Îmi amintești de nepotul meu - cu excepția dungii ciudate din părul tău!", a spus o femeie în vârstă.

Însoțitorii s-au apropiat de cei patru întrebând: "Are cineva nevoie de ajutor?".

Tânărul a spus: "Nu o să vă vină să credeți, dar am fost împușcat - de două ori cu puțin timp în urmă. Cred că am leșinat. Când m-am trezit", și-a ridicat partea din față a cămășii care era pătată de sânge, "rănile dispăruseră".

Femeia în vârstă, a cărei rochie era pătată de sânge, a explicat cum a fost împușcată aproape de inimă.

"Aș fi fost moartă, dacă băiatul acela în scaunul cu rotile nu mi-ar fi salvat viața".

Ceilalți doi pacienți au avut povești comparabile de spus. L-au lăudat pe E-Z și i-au mulțumit din nou. Chiar dacă nu mai era cu ei.

"Cred că ar trebui să mai veniți cu toții în spital", a spus primul asistent.

Al doilea asistent a spus: "Da, ați trecut printr-o experiență traumatizantă. Ar trebui să vedeți un doctor și să obțineți undă verde".

Toți cei patru cetățeni anterior răniți au permis însoțitorilor să îi ajute să intre înăuntru. Aceștia au încercat să îl urce pe cel mai în vârstă dintre cei patru pe targă.

"Sunt sănătoasă ca o vioară!", a exclamat femeia mai în vârstă.

Au urmat-o în spital.

"**A**R FI BINE SĂ o facem acum", a spus Reiki.

"Este trist totuşi. A făcut lucruri atât de remarcabile şi acum nimeni nu-şi va mai aminti."

Au şters minţile tuturor celor din apropiere.

"A făcut o treabă extraordinară."

"Da, a fost bine ales", a spus Hadz.

E-Z s-a întors acasă, zburând acolo cât de repede a putut. Ştia că va veni durerea, dar nu cât de mare va fi de data aceasta. Abia a reuşit să treacă prin fereastră şi să ajungă pe pat înainte ca umerii să îi ia foc, făcându-l să leşine.

Îngerii s-au întors, şoptindu-i cuvinte liniştitoare atunci când a strigat în somn. Când durerea a devenit prea mare, au uşurat-o luând-o asupra lor.

"Asta e încercarea numărul trei finalizată", a spus Reiki. "Le trece cu uşurinţă".

"Adevărat, dar trebuie să ne asigurăm că nu este identificat. El poate fi văzut, dar trebuie să ştergem amintirile. Sunt îngrijorat totuşi, s-ar putea să ratăm pe cineva."

"Dacă ştergem minţile tuturor celor din vecinătate, totul ar trebui să fie bine."

CAPITOLUL 16

Î N DIMINEAŢA URMĂTOARE, E-Z mânca cereale când Sam a intrat în bucătărie.

"Cafeaua chiar miroase bine", a spus Sam.

Adolescentul i-a turnat unchiului său o cană plină. "Ce?", a întrebat el, cu o senzaţie de deja-vu.

"Ce, ce?" a întrebat Sam în timp ce adăuga puţină smântână în ceaşcă.

"Te holbezi la mine", a spus E-Z. A dat din cap. Oare era în Ziua Cârtiţei? Filmul despre o zi care se repeta la nesfârşit, cu Bill Murray?

"Oh, asta. Vrei să-mi spui ceva?". A scăpat un cub de zahăr în cafea.

Ignorându-l pe unchiul său, şi-a băgat fulgi de porumb în gură cu lingura. "Nu sunt sigur ce vrei să spui."

Sam a aşteptat ca nepotul său să termine de mâncat micul dejun. "M-am uitat la tine aseară şi patul tău era gol, iar fereastra era deschisă. Cum ai ieşit cu scaunul, nu ştiu. În orice caz, dacă ai de gând să ieşi, ar trebui să-mi spui. Eu sunt responsabil pentru tine şi pentru locul în care te afli. Data viitoare promite-mi că mă vei anunţa unde te duci şi când te vei întoarce. Este o politeţe obişnuită."

"I..."

POP.

POP.

Hadz și Reiki au apărut. Reiki a zburat spre Sam, fluturând în fața ochilor lui. Pentru câteva secunde, Sam a părut zombificat. Apoi și-a reluat sorbirea cafelei. Ridicând paharul, sorbind, lăsându-l jos. Repetă.

E-Z și-a amintit de o jucărie pentru păsări - în care pasărea își scufundă capul în pahar și bea. Cum se numea chestia aia, oricum? "Dippy bird", a spus Sam. S-a uitat la ceasul său.

Ce naiba? Oare unchiul lui îi putea citi gândurile acum?

"Cine nu-i poate citi gândurile?" Hadz a spus cu un zâmbet.

Sam s-a ridicat în picioare și, cu ochii sticloși și mișcări robotice, s-a dus la chiuvetă, și-a clătit ceașca și a pus-o în mașina de spălat vase. Apoi, și-a luat cheile de la mașină și a plecat fără să scoată un cuvânt.

E-Z rămase cu gura căscată în timp ce procesa informația, apoi a cerut: "Bine, voi doi. Ce i-ați făcut unchiului meu Sam? Nu aveați dreptul să... să... faceți ce ați făcut". Era atât de supărat încât fața îi era roșie și pumnii îi erau strânși.

POP.

POP.

Ura asta. De fiecare dată când făceau ceva greșit, dispăreau, iar el trebuia să le ceară scuze pentru a-i face să se întoarcă, când el nu făcuse nimic greșit.

"Îmi pare rău", spunea el. "Vă rog să vă întoarceți".

POP

POP.

"Ce e făcut, e făcut", a spus el calm. "Chiar mi-a citit gândurile?"

Reiki a spus: "Da, dar a fost un incident izolat."

"Asta e bine. Niciodată n-aș fi putut să scap cu ceva."

"Noi suntem rezerva ta, în timpul încercărilor. Depinde de noi să te protejăm pe tine și pe prietenii tăi, inclusiv pe Unchiul Sam."

"Ce i-ai făcut?", a întrebat din nou, când a sunat soneria. Nu s-a mișcat, a așteptat să îi răspundă la întrebare. Soneria a sunat din nou. "Doar o secundă", a spus el. "Spuneți-mi ce i-ați făcut. ACUM!"

"I-am șters mintea", a șoptit Reiki.

"Ce ai făcut!"

"A trebuit să o facem, pentru a te proteja pe tine și misiunea ta", a adăugat Hadz.

PJ și Arden au intrat în bucătărie. "Ușa era descuiată", a spus Arden.

"Da, i-am spus ieri lui Sam că vom veni să te luăm în această dimineață".

"Bună dimineața și vouă." S-a împins de la masă.

"Trebuie să vorbim, amice. Dar ne grăbim."

Și-a luat rucsacul și prânzul. S-au îndreptat spre ușa din față. În vârful scărilor, scaunul a sărit în față - ca și cum ar fi vrut să zboare în jos. Și-a rugat prietenii să-l ajute să coboare pe rampă. Arden și PJ l-au ajutat să urce pe bancheta din spate a mașinii. Arden a depozitat scaunul cu rotile în portbagaj.

"Bună ziua, doamnă Lester", a spus E-Z, în timp ce cei trei băieți se urcau pe bancheta din spate a mașinii.

"Bună dimineața", a spus ea, apoi a dat drumul la radio. Crainicul vorbea despre o nouă rețetă.

"După ce au fost pe drum", a șoptit PJ, "Ce ați făcut aseară?".

"Nu prea multe. Am mâncat. Am dormit. Ca de obicei."

"Arată-i."

PJ i-a trecut telefonul și a apăsat play.

Era un videoclip de pe YouTube. Cu el, în scaunul său cu rotile, zburând pe cer, transportând oameni răniți. Scaunul lui era roșu ca sângele, mișcându-se atât de repede ca o pată în flăcări. Aripile lui albe erau vizibile. Iar contrastul acelei dungi negre de pe părul său blond îi accentua înfățișarea.

"Mă depășește", a spus E-Z, în timp ce se scărpina în cap cu zero explicații partajabile. A așteptat ca îngerii să sosească și să le șteargă mințile prietenilor săi - nu au făcut-o. A așteptat ca lumea să se oprească complet - nu a făcut-o. S-a întrebat dacă își va mai vedea vreodată părinții? A fost acesta un test? A închis telefonul și a returnat telefonul.

"Tipule", a spus Arden, în timp ce mama lui dădea cu spatele într-un loc de parcare.

"Grăbește-te acum sau vei întârzia", a spus ea în timp ce deschidea portbagajul.

"Ne vedem mai târziu", a spus Arden, în timp ce mama sa pleca.

Cei trei prieteni s-au îndreptat spre școală fără să vorbească. Ultimul clopoțel de avertizare urma să sune din clipă în clipă.

E-Z s-a învârtit pe coridor, zâmbind pentru sine și, în același timp, făcându-și griji cu privire la cine ar mai putea vedea clipul. Deși era uimitor să se vadă pe sine în acțiune. Ca un Superman mai cool. Un adevărat erou. El salvase oameni. Salvase vieți. El și scaunul lui cu rotile erau invincibili. Erau un duo dinamic. S-a întrebat dacă aveau nevoie de ajutorul celor doi îngeri aspiranți. Se simțise bine. Fiecare moment. Salvarea. Salvarea. Finalizarea cu succes a unei alte încercări. Minunat. Dacă i-ar putea lăsa pe cei mai buni prieteni ai săi să îi afle secretul.

"E-Z Dickens!" a strigat doamna Klaus, profesoara lui.

"Da, doamnă", a spus E-Z, întorcând pagina pentru a citi lecția. S-a întrebat de ce își pierdea timpul la școală. Nu mai avea nevoie de el.

A ÎNCERCAT SĂ NU aţipească în timpul orei. Doamna Klaus era cu ochii pe el, mai mult decât de obicei. De fiecare dată când el adormea, ea ridica vocea ca şi cum ar fi observat.

După ce a sunat clopoţelul şi ora s-a terminat, elevii s-au despărţit pentru a-l lăsa pe el să fie primul care a ieşit pe uşă. S-a uitat la câţiva dintre colegii lui, ca să le mulţumească. Puţini au făcut contact vizual. Cei mai mulţi au privit în altă parte. Nu erau obişnuiţi cu noul său statut - încă.

Pe coridor, o mulţime de colegi şi admiratori aşteptau. S-au declanşat flash-uri, în timp ce camerele şi telefoanele cu cameră făceau fotografii. Spera ca ziarul şcolii să fie acolo. Ar fi scris chiar şi un articol despre el. Aşteaptă un minut. Nu-şi va mai vedea niciodată părinţii - nu şi dacă toată lumea va afla! Cum de s-a întâmplat asta!? Şi-a făcut loc. Au continuat să aplaude, din ce în ce mai tare cu timpul. Câţiva au strigat: "Discurs!"

PJ s-a apropiat şi a întrebat: "Ai văzut Facebook-ul în ultima vreme?".

E-Z a ridicat din umeri.

"Aruncă o privire la cele mai recente", a spus PJ, arătându-i prietenului său titlurile.

"Erou local în scaun cu rotile". S-a oprit din mişcare şi a dat click pe clip. Scria că eroul local a urmat cursurile liceului Lincoln din Hartford Connecticut. E-Z şi-a dat repede seama că elevii credeau că el era eroul - era -, dar ei nu puteau şti asta. Nu trebuiau să ştie nimic din toate astea.

Trebuiau să-şi fi şters minţile, aşa cum au făcut cu Unchiul Sam. Dar nu a contat - el nu locuia în Hartford Connecticut. Ei au greşit. Atunci de ce aplaudau colegii lui de clasă? El a trecut, ei s-au dat la o parte. A ieşit direct în ploaia torenţială. E-Z s-a întrebat dacă nu cumva ar putea folosi noile puteri descoperite ale scaunului său în folosul său personal. Chiar dacă nu era o criză sau un proces, ar putea să facă magie, sau să se ritualizeze acasă? S-a gândit la asta în timp ce continua să se rostogolească pe trotuar. Scaunul său l-a ajutat odată să salveze o fetiţă, înainte ca acesta să aibă puteri speciale.

S-a gândit la cuvinte magice precum bibbidi-bobbidi-boo şi expelliarmus. Le-a încercat pe amândouă pe scaunul său cu rotile, dar niciuna dintre ele nu a făcut nimic. A aruncat o privire peste umăr, auzind paşi care se apropiau în spatele lui. Se aştepta la unul dintre prietenii săi - în schimb, era un elev mai tânăr, care a întrebat: "Unde îţi sunt aripile?".

E-Z a râs: "Nu am aripi". La momentul potrivit, aripile sale au ieşit şi l-au purtat spre cer. La început, s-a gândit "oh, nu", dar a decis să meargă cu ea şi i-a făcut cu mâna puştiului, revenit pe trotuar. Puştiul era atât de entuziasmat încât nici măcar nu s-a gândit să scoată telefonul pentru a surprinde momentul. "Acasă!", i-a poruncit el. O străfulgerare de lumină roşie l-a purtat pe cer, chiar pe lângă casa lui, pentru că scaunul avea alt loc unde să fie.

Au continuat să zboare până când au ajuns direct deasupra unui centru comercial. Simţea aerul vibrând acum, trăgându-l mai aproape de locul în care era nevoie de el. Scaunul a arătat în jos, lăsându-l să cadă într-o bancă, apoi oprindu-se în aer. Clienţii de dedesubt continuau să se înghesuie - el nu mai era în raza lor vizuală. Încă nu avea nicio idee despre motivul pentru care se afla aici.

Este acesta un alt proces? a întrebat el. A așteptat, dar nu a primit niciun răspuns. Dacă acesta era un alt proces, atunci timpul dintre ele era din ce în ce mai scurt. Unde erau acei doi îngeri - nu trebuiau să-i asigure spatele? S-a gândit la celelalte încercări. Cele mai multe dintre ele au avut loc în timpul nopții. În întuneric. Dacă aspiranții la înger nu puteau ieși la lumină, ca vampirii? A râs de această legătură ciudată și a sperat că era adevărată. Cumva, nu se supăra că de data asta era doar el și scaunul lui. E-Z s-a întors la momentul respectiv. Clienții țipau în interiorul mall-ului. A zburat înainte, a ieșit din bancă și a intrat într-un magazin din apropiere. Locul era gol.

Atingând solul, roțile s-au întors singure, conducându-l pe el. E-Z a încercat să preia controlul. Dar și scaunul său cu rotile dorea să dețină controlul. A accelerat, din ce în ce mai repede. În cele din urmă, s-a lăsat dominat de el, de teamă să nu-și mutileze degetele.

Scaunul s-a oprit complet atunci când, împrăștiați pe jos la aproximativ 1,5 metri în fața lor, se aflau clienți. Cei mai mulți erau întinși cu vârful unghiilor și cu fața în jos pe podea. Unii aveau mâinile pe ceafă, alții aveau mâinile la spate.

În diferite poziții, a zărit camere de supraveghere care afișau doar imagini statice. Nu era un semn bun.

Scaunul cu rotile a tresărit din nou în față spre o femeie tânără. Era îmbrăcată în echipament de camuflaj, cu o pălărie trasă pe ochi. Avea trăsături deschise, probabil blondă în mod natural și ochi albaștri, genul de model. Ținea o pușcă într-o mână și un cuțit de vânătoare în cealaltă. L-a tulburat liniștea ei în timp ce mânuia armele. Asta și folosirea excesivă a rujului roșu ca un măr de bomboane. Era pătat, transformând un zâmbet înfiorător într-o grimasă amenințătoare.

E-Z s-a gândit la cei aflați în pericol pe podea. De cât timp se aflau acolo? Ce aștepta ea? Oare ceruse bani? Cine, în afara magazinului, știa că această scenă a luării de ostatici se desfăşura, din moment ce camerele de luat vederi nu funcţionau?

Unul dintre băieţii de la etaj i-a atras atenţia. E-Z şi-a dus degetul la buze. Tipul s-a întors în partea cealaltă, moment în care a zărit pe podea un telefon cu lumina roşie pulsând. Acesta înregistra sunetul. Spera ca fata să nu observe - părea că o poate lua razna în orice moment. Scaunul lui E-Z a luat-o la fugă, ca o rafală de tun şi în curând a ajuns asupra fetei. Arma ei a zburat într-o direcţie, iar cuţitul în cealaltă. Învelişul metalic al scaunului a căzut în jos.

"Sună la 911", a strigat E-Z. Şi către clienţii de pe podea: "Plecaţi de aici!". Au fugit fără să se uite înapoi. Acum era singur cu fata nebună.

"De ce ai făcut-o?", a întrebat el.

Ea a fredonat versurile unui cântec pe care îl mai auzise: "Nu-mi place lunea", apoi a zâmbit, şi-a dat ochii peste cap şi a spus: "În plus, e doar un joc". S-a întors să fredoneze cântecul timp de câteva secunde, cu ochii închişi. Apoi i-a deschis şi, cu ochii şi râsul sălbatic, a spus: "Oh, şi dacă ai nevoie de un profesionist care să-ţi vopsească părul cum trebuie, cunosc pe cineva".

"Uh, mulţumesc", a spus, trecându-şi degetele prin păr.

Şi-a amintit un cântec pe care îl cânta mama lui. O poveste adevărată, despre o împuşcătură. Trupa se numea după şoareci, sau şobolani.

Şi-a scuturat capul. Fata din faţa lui, semăna cu un personaj dintr-un joc pe care îl jucase de câteva ori. Chiar şi până la rujul mânjit. Nu-şi amintea care, dar era sigur că ea imita un jucător. "A juca un joc este un lucru - nimeni nu este rănit. Asta e viaţa reală. Dacă nu-ţi place ceva - nu mai face asta! Nu-i răniţi pe alţii".

"Dispari", a răspuns ea, "de parcă aş avea de ales în această privinţă".

Poliţia a dat buzna, iar el a trebuit să plece.

Au găsit-o pe fată asigurată cu armele legate în noduri în culoarul de securitate la o consolă de jocuri.

S-a îndreptat spre casă, așteptând să îl lovească temuta arsură de la aripi. A reușit să ajungă până acolo, până aici totul era bine. Dar îi era atât de foame, încât abia aștepta să mănânce tot ce-i pica în mână. În frigider era pregătită o jumătate de pui, pe care a mâncat-o în timp ce aștepta ca brânza să se topească în tigaie. A înghițit brânza la grătar. Apoi a mai făcut încă una, în timp ce ronțăia un măr. Când a terminat mărul, a luat cu lingura înghețată din cuvă. Durerea nu mai venea, dar avea o problemă serioasă de greutate dacă continua să mănânce așa.

"Unchiule Sam?", a strigat, verificând să vadă dacă era undeva în casă - nu era. S-a dus în biroul lui și și-a făcut niște teme, apoi a jucat câteva jocuri. Tot nici urmă de Sam. Nici un SMS. Niciun apel sau mesaj vocal. Sam îl anunța întotdeauna când se întorcea târziu acasă. Ciudat. Unde era?

CAPITOLUL 17

E RA TRECUT DE MIEZUL nopţii şi încă nu era niciun semn de la Unchiul Sam. Era pentru prima dată când sărea peste pregătirea cinei, ca să nu mai vorbim de faptul că nu-i spusese lui E-Z unde se afla. Ştia cât de neliniştit devenea nepotul său atunci când lucrurile scăpau de sub controlul său. În astfel de momente, adolescentul avea mâncărimi pe piele, de parcă sângele îi fierbea sub suprafaţă.

Aşezat în scaunul cu rotile, făcea echivalentul mersului pe jos. Îşi rostogolea scaunul pe coridor şi apoi îl cobora din nou. Partea mai dificilă era să se întoarcă, ceea ce făcea în biroul său. Pe drumul de întoarcere spre bucătărie, a pornit televizorul pentru a crea un zgomot alb. S-a oprit să se uite înainte de a se întoarce pe hol şi o experienţă extracorporală l-a cuprins.

Era în sufragerie, în scaunul său cu rotile, şi se privea la televizor în scaunul cu rotile. E-Z şi-a scuturat capul, încercând să înţeleagă ce se întâmpla. De ce nu-şi şterseseră Hadz şi Reiki amintirile? Apoi s-a întâmplat - reporterul i-a spus numele şi adresa reală, inclusiv suburbia. A nimerit totul corect de data asta - şi nu s-a oprit aici.

"E-Z Dickens, în vârstă de treisprezece ani, voia să fie jucător profesionist de baseball. Şi avea aptitudinile necesare. Apoi, un accident i-a luat părinţii - şi picioarele. Orfanul - devenit supererou - trăieşte acum cu singura lui rudă, Samuel Dickens."

A vrut să lovească în ecranul televizorului. Au spus-o, aşa, pur şi simplu. De parcă toţi supereroii trebuiau să fie orfani. Ca şi cum ar fi fost o condiţie obligatorie. Când i-a sunat telefonul, a sperat că era Sam - era Arden.

"Te uiţi la film?", a întrebat el. "Au spus TUTUROR unde locuieşti!".

"Ştiu", a spus E-Z. "Mai rău este că unchiul Sam a dezertat. El mă sună întotdeauna, indiferent ce se întâmplă."

Arden a avut o discuţie cu tatăl său. "Rămâi acolo, tata şi cu mine venim imediat. Poţi sta cu noi, până când tu şi Sam vă veţi da seama ce aveţi de făcut. Lasă un bilet pentru el."

"Mulţumesc, dar voi fi bine aici."

"Tata a spus, fără "dacă", "şi" sau "dar". Spune că reporterii vor fi pe tine ca albul pe orez - orice ar însemna asta."

"Nu m-am gândit că reporterii vor veni aici. Bine, mă voi pregăti."

S-a dus în camera lui, şi-a făcut o geantă pentru o noapte, apoi în bucătărie pentru a scrie un bilet şi a-l pune pe frigider. Un vehicul s-a oprit brusc afară, scârţâind din cauciucuri. O uşă s-a trântit, apoi s-au tras focuri de armă, iar fragmente de sticlă au sărit pe geamuri. Uşa din faţă a sărit din balamale, în timp ce scaunul lui a luat-o la fugă spre trăgătorul care a ţinut focul pe măsură ce se apropia.

"E doar un puşti", a spus E-Z, profitând de ezitarea lui. A apucat arma, a făcut un nod şi a aruncat-o peste peluză.

Băiatul, care era mai tânăr decât E-Z a folosit secundele în care arunca arma, pentru a-l placa la pământ.

"Nu e mişto", a spus E-Z, în timp ce scaunul său l-a împins şi a aruncat cuşca de metal pe puştiul care plângea şi cerea să o vadă pe mămica lui.

"Înapoi", i-a spus E-Z scaunului.

Puştiul era înfăşurat în poziţie de fetus, tremura şi plângea. Scaunul a retras cuşca: băiatul nu s-a mişcat.

E-Z, acum înapoi în scaunul cu rotile, a întrebat: "Cine te-a adus aici? Și de ce atâtea împușcături?".

"Nu e nimic personal", a explicat puștiul. "A trebuit să o fac. O voce în capul meu, mi-a spus că trebuie să o fac. Sau mă vor ucide pe mine și familia mea. De aceea am furat cheile tatălui meu și am învățat să conduc - repede."

"Nu ai mai condus niciodată?"

"Doar în jocuri."

Iar jocuri. "La cine te referi? Cum îi cheamă?"

"Nu știu. Joc câteva jocuri online. O femeie intra în joc și îmi spunea că o va ucide pe sora mea. Treceam la un alt joc; o altă femeie îmi spunea că îmi va ucide părinții. În jocul pe care îl jucam astăzi, o a treia femeie mi-a spus că dacă nu omor un copil care locuia la această adresă, vor exista consecințe grave." Puștiul a luat-o la fugă pe E-Z, dar nu a ajuns prea departe. Scaunul l-a împins peste el și a coborât bariera.

"Scoate-mă de aici!", a cerut puștiul.

E-Z a râs; puștiul avea curaj. "Stai jos", i-a spus scaunului și l-a ajutat pe puști să se ridice în picioare. Puștiul i-a mulțumit scuipându-l în față. Și-a strâns pumnii și s-a gândit să-i smulgă capul nenorocitului de puști, dar nu a făcut-o. În schimb, l-a îmbrățișat. Puștiul a început să plângă din nou, lacrimile sale căzând pe umerii și aripile lui E-Z.

"Mulțumesc, Dude", a spus puștiul. A făcut un pas înapoi, și-a pus mâna pe inimă și a dispărut.

Când poliția a sosit în cele din urmă, E-Z stătea în scaunul său de la bordură. Apoi nu mai era. Era din nou în interiorul silozului, simțindu-se claustrofob în întunericul total.

Aɴᴛᴇʀɪᴏʀ, ᴄÂɴᴅ ꜱᴇ ᴀꜰʟᴀ în containerul de metal, se putea mişca. Acum era în scaunul cu rotile şi abia se putea mişca. A încercat să îşi mişte degetele de la picioare în interiorul pantofilor - nu le simţea. Dacă picioarele nu-i funcţionau aici, atunci era bucuros că se afla în scaunul cu rotile. Erau o echipă: ca Batman şi Batmobilul. Ca răspuns la gândurile sale, scaunul cu rotile a sărit înainte ca un mastiff în lesă.

"Scoate-ne de aici", a ordonat E-Z.

A simţit o mişcare deasupra lui. O deplasare de lumină ca un nor care înainta pe cer. Dacă ar fi putut să zboare şi să scape prin acoperiş, dar aripile lui nu aveau loc să se extindă.

Pielea lui a început să bubuie şi a început să aibă mâncărimi. Unde era acum spray-ul acela liniştitor cu lavandă?

PFFT.

"Uh, mulţumesc", a spus el. Chiar şi chestia asta îi putea citi gândurile acum.

Umerii i s-au relaxat, în timp ce a formulat o listă de cereri:

Numărul unu. Voia să-i spună totul unchiului Sam. Şi se referea la tot. Nu lăsa nimic pe dinafară.

Numărul doi. A vrut ca PJ şi Arden să ştie. Nu totul, cum ar fi făcut Unchiul Sam. Dar suficient pentru ca ei să înţeleagă presiunea la care era supus. Suficient pentru ca ei să-l poată sprijini şi încuraja. Ura să-i mintă.

Avea nevoie ca ei să ştie despre procese. De ce le făcea. De parcă ar fi avut de ales în această privinţă.

Numărul trei. Voia ca ei să-i ceară permisiunea înainte de a-l răpi. În felul ăsta ar fi ştiut la ce să se aştepte. Ura să fie aruncat în chestia asta. Numărul patru. Voia să ştie unde se află. De ce era mereu aruncat în acelaşi container. De ce uneori picioarele îi funcţionau şi alteori nu. De ce uneori scaunul său era cu el, iar alteori nu.

"Timpul de aşteptare este de douăsprezece minute", a spus o voce de femeie. "Doriţi o băutură?"

"Apă", a spus el, în timp ce metalul din dreapta lui a scuipat un raft cu un pahar de apă pe el. "Mulţumesc." L-a aruncat înapoi. Paharul s-a umplut din nou până sus. L-a lăsat jos pentru mai târziu.

Mai relaxat acum, un cântec i-a venit în minte. Tatălui său îi plăcea la nebunie. Scaunul cu rotile se legăna înainte şi înapoi, în timp ce el cânta versurile. Scaunul lua avânt - ca şi cum ar fi încercat să se elibereze.

Câteva secunde mai târziu, era din nou acasă, în dormitorul său, cu cioburi de sticlă spartă peste tot. Lumini albastre şi roşii pulsau pe pereţi. Acum, la fereastra spartă, a privit afară.

"E acolo sus!", a strigat un reporter.

"**N**U DIN NOU!", A strigat el, acum din nou în containerul de metal. "Scoateți-mă de aici!" A lovit cu piciorul în peretele silozului. "Au!", a strigat el. Apoi a zâmbit, fericit că își simte din nou picioarele și s-a ridicat în picioare. Și-a ridicat pumnul în aer: "Cine te crezi că mă aduci aici, la toate poftele tale!".

"Timpul de așteptare este acum de șase minute, vă rugăm să rămâneți jos."

Curele au ieșit din pereții din fața lui, din spatele lui, de o parte și de alta a lui. A fost legat la locul lui. S-a luptat să se elibereze, dar curelele de piele nu au făcut decât să se strângă. Curând, tot ce putea mișca era capul și gâtul.

PFFT.

"Ah, lavanda", a spus el. Sub el, scaunul cu rotile a început să se agite și să tremure. "O să fie bine." "Sunteți prea lași ca să veniți aici jos și să mă înfruntați?"

PFFT.

PFFT.

A adormit.

A DORMIT ADÂNC PÂNĂ când acoperişul silozului s-a deschis ca şi Astrodome din Houston. Şi un lucru a înghiţit lumina. L-a simţit, înainte de a-l vedea. A luat lumina din lumea lui. Sub el, scaunul cu rotile a tremurat, în timp ce lucrul de deasupra a intrat în cădere liberă.

S-a oprit complet, ca un păianjen la capătul legăturii.

Lucifer?

Satan?

A aşteptat, prea speriat ca să vorbească.

"Bună ziua - o - o - o - o", a răcnit creatura înaripată, vocea ei ricoşând în pereţi.

Îşi dorea atât de mult să-şi poată acoperi urechile.

Lucrul a rânjit, expunând dinţi ca nişte briciuri în timp ce degaja un miros putred şi urât mirositor.

S-a înecat, a tuşit şi şi-a dorit să-şi poată acoperi şi nasul.

Bestia a râs într-un hohot, care a tunat în sus şi în jos în închisoarea lui metalică de parcă ar fi pocnit popcorn. S-a aplecat mai aproape de faţa adolescentului, vomitând: "Nu vorbesc limba dumneavoastră, domnule?".

E-Z nu a răspuns. Nu putea. Se simţea foarte puţin eroic. Faptul că scaunul cu rotile tremura sub el nu-i sporea încrederea.

"NU MĂ ÎNŢELEGEŢI?", a urlat chestia, zguduind închisoarea de metal până în temelii. Lucrul s-a apropiat şi mai mult: "DOAR. NU. NU. AUZI. MĂ?"

Era ca un nor vorbitor cu un cap în centru, care se pregătea să plouă cu tunete şi fulgere asupra lui. Înfigându-şi unghiile în cotiere, şi-a găsit curajul să spună: "Da". Şi-a revăzut în minte lista de cerinţe.

Bestia a răcnit şi din gură i-a ieşit foc. Din fericire pentru E-Z, căldura se ridică. Dintr-o dată i s-a făcut foarte foame, de şuncă.

"Îmi place slănina", a mărturisit creatura.

E-Z s-a întrebat dacă spusese cu voce tare chestia cu baconul. Chiar şi având în vedere nivelul său accelerat de frică, ştia că nu o spusese. Asta însemna un singur lucru, toată lumea îi putea citi gândurile! S-a îndreptat şi a încercat să se protejeze închizându-şi mintea. Gândurile îi alergau la alimente, clătite la Ann's Café, un shake gros de ciocolată, sirop de unt. Orice pentru a ţine frica la distanţă şi anxietatea mai jos. Asta era o tortură, chestia aia putea să-i citească gândurile şi să-l întemniţeze pentru totdeauna. Exista o Uniune a Supereroilor la care să se înscrie?

"Bah, ha, ha, ha!", a răcnit chestia cu hohote de râs.

E-Z ar fi vrut atât de mult să ajungă la urechile lui, dar cum nu putea, s-a consolat cu faptul că cel puţin avea simţul umorului. "De ce mă aflu aici?"

Lucrul nu a răspuns imediat, aşa că a încercat să-l psihologheze cu privirea. A fost deosebit de dificil să ţină privirea fixă, deoarece scaunul tot încerca să-l arunce din ea. Şi-a strâns pumnii, scoţând sânge.

Creatura se mişca cu o agilitate de şarpe, cu limba spumoasă care ţâşnea înainte şi înapoi în timp ce îi lingea pumnii lui E-Z.

"Ewww!", a strigat el. "E atât de scârbos!"

"Mai mult, te rog!", a cerut creatura, în timp ce sângele de pe limba sa strălucea ca picăturile de ploaie.

E-Z fusese înspăimântat înainte, acum era mult mai mult decât înspăimântat. Mai degrabă pietrificat - dar el era un supererou. Trebuia să-și adune puterea de undeva - chiar dacă scaunul era inutil.

"Nah, nah, nah, nah, nah, nah, nah", a cântat chestia, în timp ce se apropia în picaj, apoi a făcut zapping mai departe, apoi din nou mai aproape. Se izbea de pereți.

După câteva momente, creatura s-a așezat. Și-a încrucișat picioarele în aer. Apoi și-a așezat degetul lung și osos pe obrazul ei. Părea că se aștepta să poarte o discuție amicală.

"Hadz și Reiki au fost scoase din cazul tău", a șoptit lucrul. "Cei doi erau niște imbecili. Mai puțin decât inutili. Eu sunt noul tău mentor".

Creatura întunecată s-a descurcat. A zburat deasupra, a executat o jumătate de plecăciune cu înflorire și s-a ridicat mai sus în container.

E-Z s-a gândit câteva secunde înainte de a răspunde. Acele două creaturi îi fuseseră loiale. Îl ajutaseră și avuseseră grijă de el - și, cel mai important, nu beau sânge de om.

"C-avem voie să discutăm despre asta?" a întrebat E-Z. A încercat să zâmbească. Nu știa cum arăta de partea cealaltă.

"NU!", a spus lucrul, propulsându-se mai aproape de ieșire.

E-Z a privit cum se îndepărta în derivă. Neajutorat. Fără speranță.

"Așteaptă!", a strigat el, chestia era pe jumătate înăuntru și pe jumătate afară din container. "Îți ordon să aștepți!" a spus E-Z, în timp ce acoperișul a început să se închidă, apoi chestia a fost în fața lui într-o clipă.

"Y-E-S?", a întrebat acesta.

"Vreau să vorbesc cu șeful tău, despre recuperarea lui Reiki și Hadz. Ei sunt mai potriviți pentru încercările mele, ale mele. Pentru succesul încercărilor."

"Nu-ți place de mine?", a țipat creatura cu o voce ca unghiile pe o tablă.

"Opriți-vă! Te rog!"

"Să-i aducem înapoi pe cei doi idioți iese din discuție"," chestia se învârtea ca un hamster într-o roată.

"Terminați cu asta! Mă faci să amețesc! Scoate-mă de aici!"

"În regulă", a spus, încrucișându-și brațele și clipind ca femeia din vechea emisiune de televiziune "I Dream of Jeannie".

Silozul a dispărut, în timp ce E-Z și scaunul său au rămas să se prăbușească la pământ.

"Ahhhh!", a strigat el.

Apoi, scaunul său cu rotile a dispărut.

Și, în timp ce continua să cadă, și-a scuturat pumnii către creatura de deasupra lui. S-a întărit pentru cădere.

"Apropo, numele meu este Eriel."

"Arrggghhhh!", a exclamat el.

Apoi s-a întors din nou în scaunul cu rotile și se agăța de viața lui. Ei încă mai cădeau.

CAPITOLUL 18

CRASH!

Chiar prin acoperişul casei sale. Scaunul său cu rotile s-a înclinat în faţă şi l-a aruncat pe pat. Apoi s-a rostogolit pe podea. Amândoi erau bine. Nu mai rău pentru uzură.

Deasupra lui, gaura pe care o făcuseră s-a reparat singură.

"Oh, iată-te!" a spus Sam. "Bine ai venit acasă."

E-Z nici măcar nu-l observase. Dormea adânc în scaunul din colţ. Sam s-a întins şi a bâiguit. Apoi s-a clătinat prin cameră, unde aştepta un ulcior cu apă. A dat pe gât un pahar, apoi i-a oferit o cană nepotului său.

"Cum rămâne cu creatura aia ticăloasă, Eriel!". a spus Sam.

E-Z aproape că a scuipat apa.

"Cine?" "Ce?"

a continuat Sam. "Acel Eriel, este cea mai scârboasă şi dezgustătoare creatură zburătoare supradimensionată pe care n-aş spera să o întâlnesc vreodată!" Şi-a încleştat pumnii. "Sper că mă poţi auzi, oriunde te-ai afla! Nu mi-e frică de tine!"

Maxilarul lui E-Z aproape că a căzut pe podea.

Sam a continuat. "Chestia aia m-a ţinut în interiorul unui container de metal. Acum ştiu de ce ai avut un coşmar. Chiar era ca un siloz. Mi-a spus că trebuie să-i predau tutela ta, altfel vei fi împuşcat."

"Oh, asta", a spus E-Z. "Mă aşept să fi văzut toate cioburile de sticlă spartă. Era un puşti, a încercat să mă omoare."

"Ştiu totul despre asta. Am urmărit totul din interiorul silozului. Ştiai că acolo era un televizor cu ecran mare? Şi un sistem de sunet bun."

"Ce? Am fost acolo şi Eriel nu mi-a spus nimic despre tine sau despre preluarea tutelei." A traversat camera, s-a uitat în sus, spre tavan: "E un test, Eriel? Dacă spun ceva, ai de gând să anulezi oferta? Dă-mi un semn."

"Cu cine vorbeşti? Eriel nu e aici. Dacă ar fi fost, i-am fi putut mirosi duhoarea de la un kilometru. Nu, suntem singuri - chiar dacă mi-am ridicat pumnii spre el. Nu mă aşteptam să mă audă."

"Probabil că are ochi şi urechi peste tot."

"Se spune că Dumnezeu are ochi şi urechi peste tot. Dacă există."

"Ce altceva ţi-a mai spus despre mine?"

"Mi-a spus că erai menit să mori cu părinţii tăi. El şi colegii lui te-au salvat - şi acum, trebuie să termini un set de încercări."

"Aşa este. Am jurat să păstrez secretul, aşa că mă întreb de ce ţi-a dezvăluit această informaţie."

"La început, a încercat să mă intimideze, dar tu ai ieşit din încurcătura aia cu puştiul. M-a lăsat aici în casă şi nu te-am găsit nicăieri."

"Da, pentru că mă ţinea în container."

"M-a băgat şi scos de câteva ori, dar am refuzat să renunţ la tutela ta. După a doua sau a treia oară, a spus că ai cerut să mi se spună totul şi..."

"Mi-am făcut un plan ca să-l întreb asta. Nu i-am spus care era - dar el, ca mai toată lumea în ultima vreme, îmi poate citi gândurile."

"Ce vrei să spui, toată lumea?"

"Uh, înainte de Eriel, au fost doi îngeri aspiranţi pe nume Hadz şi Reiki."

"Oh, a menţionat doi imbecili. A spus că au fost retrogradaţi să lucreze în minele de diamante."

"Raiul are mine?"

"Mă îndoiesc că acel lucru era din cer - dacă există aşa ceva."

"Te superi dacă mergem în bucătărie pentru o gustare?" a întrebat E-Z.

S-au îndreptat pe coridor, Sam a pus grătarul la foc şi a pregătit pâine cu brânză şi unt. "În timp ce dormeai, am făcut câteva cercetări despre Eriel. A fost nevoie să sap puţin ca să-l găsesc, dar odată ce am restrâns căutarea, am dat de aur." A răsturnat sandvişurile pe farfurii şi le-a dus la masă.

"Mulţumesc, abia aştept să aud totul despre asta. Te superi dacă mă bag direct în subiect?"

"Nu, dă-i drumul." Sam şi-a privit nepotul luând patru muşcături, apoi sandvişul a dispărut. L-a trecut pe al lui, fără să se simtă flămând.

"Am început căutarea tastând Eriel. Nu a ieşit nimic. Aşa că am tastat Arhangheli şi numele Uriel era chiar în capul paginii."

"Crezi că sunt la fel?" A mai luat o muşcătură.

"Aşa am crezut şi eu la început. Apoi am găsit o listă de Arhangheli şi numele Radueriel în Mitologia Evreiască. Când am verificat descrierea lui, se spune că putea crea îngeri mai mici cu o simplă rostire."

"Vrei să spui ca Hadz şi Reiki? Stai puţin, dacă i-a creat, probabil de aceea a putut să-i trimită în mine."

"Exact la asta mă gândeam şi eu. Aşadar, cred că pe baza acestor informaţii ştim acum că Eriel, alias Radueriel, este un arhanghel."

E-Z a dat din cap.

"Deci, am continuat să sap şi am găsit asta. "Un prinţ care priveşte în locuri secrete şi mistere secrete. De asemenea, un mare şi sfânt înger de lumină şi glorie."

"Uau, e un adevărat dur!

"De asemenea, el poate crea ceva din nimic, manifestându-l din aer."

"Deci, înţeleg de aici că îşi poate schimba propria înfăţişare, plus înfăţişarea altora."

"Aşa este. Şi am notat câteva cuvinte." A împins bucata de hârtie peste masă. "Nu le spuneţi cu voce tare, însă. Dacă ai face-o, l-ai invoca."

Cuvintele de pe hârtie erau:

Rosh-Ah-Or.A.Ra-Du,EE,El.

"Memoraţi cuvintele de pe această bucată de hârtie, în cazul în care veţi avea vreodată nevoie să-l chemaţi la voi."

"De unde ştim că vor funcţiona?"

"Folosiţi-le doar dacă trebuie. Nu merită să-l chemaţi aici - decât dacă este ultima soluţie."

"De acord." În timp ce le repeta iar şi iar în mintea lui, se simţea liniştit ştiind că arhanghelul nu-i citea continuu gândurile.

"Eriel a spus că ar trebui să te ajut cu încercările. Bănuiesc că salvarea fetiţei a fost prima pe care a trebuit să o faci?"

"Până acum, am făcut mai multe. Prima, da, cea cu fetiţa. A doua, am salvat un avion de la prăbuşire."

"Wow!" Mi-ar plăcea să ştiu mai multe despre cum ai făcut-o. Sunt surprinsă că nu ai apărut la ştiri."

"Am fost, dar nu se putea spune că am fost eu. În al treilea rând, am oprit un trăgător pe acoperişul unei clădiri din centrul oraşului. Al patrulea, un alt trăgător într-un mall cu ostatici şi al cincilea, puştiul de afară care încerca să mă omoare."

Sam a luat farfuriile şi le-a dus la maşina de spălat vase. "Nu pot să-ţi spun cât de mândru sunt de tine. Toate astea se întâmplă şi eu nu aveam absolut nicio idee."

"Am jurat să păstrez secretul. Dacă aş fi spus cuiva, ar fi..."

"Să se asigure că nu-ţi vei mai vedea niciodată părinţii - da, mi-a spus el. Mie mi se pare cam dubios. Eriel nu este genul sentimental; era ca o minge mare de furie care aştepta o ţintă."

"I-am rănit sentimentele, când a crezut că nu-l plac."

Sam a luat-o în derâdere. "Imaginează-ţi chestia aia, având sentimente." S-a ridicat în picioare. "Vrei nişte cafea?"

"Aş prefera cacao." El a căscat. "A fost o zi foarte lungă."

"Putem vorbi mai mult despre asta dimineaţă, dar ce părere ai despre termenul limită? Ai terminat cinci probe, în câte zile?".

"Au fost la întâmplare. Nu ştiu nimic despre un termen limită ferm."

"Eriel mi-a spus că trebuie să finalizezi douăsprezece încercări în treizeci de zile. Dacă ai început deja de două săptămâni, atunci vor trebui să accelereze - foarte mult."

"E prima dată când aud asta."

"A spus că dacă nu le termini la timp, vei muri."

"Ce?"

"De asemenea, că toţi cei pe care i-ai salvat vor pieri. Sam a făcut o pauză, gândul de a-l pierde acum, când abia începuseră. Viaţa lui ar fi fost din nou goală, doar muncă, acasă, muncă, acasă. E-Z se uita la el, aşteptând. "Scuze, mă gândeam la cât de mult însemni pentru mine, puştiule. Dar mi-a mai spus ceva; a spus că vei muri alături de părinţii tăi. Asta ar însemna că tot ce am făcut, tot timpul petrecut împreună ar dispărea. Şi nu spun că aş putea sau aş lua vreodată locul părinţilor tăi, dar înţelegi ce vreau să spun, nu? Te iubesc, puştoaico!"

"Şi eu te iubesc", a spus E-Z. Voia să-l îmbrăţişeze pe Sam şi Sam voia să-l îmbrăţişeze pe el, îşi dădea seama, şi totuşi s-au mişcat. A respirat adânc: "Asta e dur. Sună mai degrabă a Eriel, totuşi".

"Încă un lucru, a spus că de fiecare dată când termini o încercare, sufletul tău creşte. Până când vei ajunge la doisprezece, va fi la valoarea optimă. Moneda sufletului pe care o poţi folosi, pentru a-ţi vedea şi vorbi din nou cu părinţii tăi."

Scaunul lui E-Z s-a dat singur înapoi de pe masă, în timp ce uşa de la intrare a sărit din balamale şi el s-a lansat în cer.

"Arrgghhhhhhh!" a strigat Sam din spatele lui. Se agăţa de scaun şi de aripile nepotului său ca un zmeu rătăcitor.

"Ţine-te bine!" a spus E-Z. "Cred că ne cheamă Eriel".

Şi au zburat.

CAPITOLUL 19

" AŞTEPTAŢI - NE PREGĂTIM să aterizăm." Scaunul său cu rotile s-a îndreptat în jos.

"Aş fi vrut să am şi eu o centură de siguranţă!" a exclamat Sam, înfăşurându-şi braţele în jurul gâtului nepotului său.

"Nu-ţi face griji, va fi o aterizare sigură."

"Dacă nu-i dau drumul înainte de asta! Arrgghhhh!"

În timp ce coborau, E-Z a zărit un cerc de statui. Neavând altceva de făcut, le-a numărat - erau o sută cu ceva în mijloc. Ciudat, fusese în centrul oraşului de o mulţime de ori, dar nu-şi amintea de acest grup de blocuri de beton. Roţile scaunului au atins pământul, dar Sam încă se agăţa de viaţă.

"E în regulă acum", a spus E-Z. "Poţi să deschizi ochii".

Aşa a făcut. "O să-l omor pe Eriel ăla data viitoare când îl văd!"

"Shhhh. S-ar putea să fie mai devreme decât crezi." Lucrul pe care îl zărise în centrul statuilor era Eriel în formă umană, în trăsături fizice, dar nu şi în mărime. Mai mult, era aşezat într-un scaun cu rotile care plutea ca un tron magic.

Părul îi era negru ca jetul şi îi curgea pe umeri şi până la talie. Ochii îi erau ca cărbunele, iar tenul ca alabastrul. Bărbia îi era acoperită de barbă, ca o umbră de ora şase, chiar dacă era mai aproape de prânz. Buzele îi erau foarte roşii, de parcă şi-ar fi aplicat ruj proaspăt. În timp ce nasul lui arăta ca al unui jucător de fotbal căruia i s-a spart de mai multe ori. Ca haine, purta un tricou alb, blugi negri, iar în picioare o pereche de sandale Jesus. E-Z s-a întors în cerc, uitându-se din nou la cei o sută zece bărbaţi. Toţi erau îmbrăcaţi în haine moderne. Cei mai mulţi purtau ochelari şi costume puternice. Atunci a ştiut adevărul: Eriel schimbase o sută zece bărbaţi vii şi care respirau în statui.

Şi asta nu era tot. Şi-a dat seama că, deşi se aflau în cartierul central de afaceri, nu se auzea niciunul dintre sunetele obişnuite. Într-o zi normală, maşinile blocate în trafic ar fi claxonat şi gazele de eşapament ar fi umplut aerul.

Liniştea era deranjantă, dar aerul proaspăt şi curat l-a făcut să inspire mai adânc. Îl liniştea. Ştia că era calmul dinaintea furtunii.

A privit spre cer. Un avion de pasageri era oprit în aer. Alături de el se aflau păsări care încetaseră să mai zboare. Pe fundal, nori. Nemişcaţi. Staţionari.

Apoi, totul deasupra lui s-a schimbat din albastru în negru.

Iar liniştea, cândva sinistră, a fost smulsă.

Ceea ce a înlocuit-o, au fost gemete. Gemete. Ca şi cum rădăcinile copacilor ar fi fost smulse din pământ. Iar aerul s-a îngroşat şi s-a încolăcit în jurul gâtului lor. Furtându-le respiraţia.

Şi sub picioarele lor, pământul a început să tremure. S-a deschis larg. Un cutremur. Se sfâşie. Sfâşietor.

Şi soarele şi luna şi stelele au strălucit toate împreună, dar numai pentru o secundă. Apoi s-au destrămat şi s-au spart în milioane de bucăţi.

"De ce i-ai transformat pe oameni în statui? Şi de ce încerci să distrugi lumea?" a întrebat E-Z. "Şi de ce pluteşti acolo sus într-un scaun cu rotile?".

"Oh, nu", a strigat Sam, fluturându-şi pumnii în aer.

Eriel a râs: "Era și timpul să ajungi aici, protejatule. Cum îndrăznești să vorbești cu mine, să-mi pui întrebări. Eu sunt marele și puternicul, dar sunt reală, nu falsă ca Vrăjitorul din OZ. Tu exiști doar pentru că am ales să te salvez".

"Când Ophaniel mi-a vorbit în Biblioteca Îngerilor, nici măcar nu a pomenit de tine."

Eriel a râs și a arătat un deget osos care s-a întins în jos și i-a atins nasul lui E-Z. "Cazul tău mi-a fost încredințat mie, după ce cei doi idioți, Hadz și Reiki, au eșuat în îndatoririle lor."

"Nu mă atingeți!" Degetul s-a retras. "Te întreb din nou, ce cauți aici, pe teritoriul meu - și de ce ești într-un scaun cu rotile?"

"Totul va fi explicat", a spus Eriel. Și-a ridicat picioarele și le-a zâmbit. "Îmi plac acești pantofi; sunt foarte confortabili."

"Nu sunt pantofi, sunt sandale", a spus Sam, apropiindu-se de scaunul care plutea.

"Așteaptă, unchiule Sam, treci în spatele meu".

Eriel și-a dat capul pe spate și a râs. "'Adevărul e un câine trebuie să fie în cușcă' - e un citat din Shakespeare care înseamnă că unchiul tău trebuie îmblânzit."

"De ce tu!" a strigat Sam, ridicându-și pumnul în aer.

" Este greu să învingi o persoană care nu renunță niciodată' - acesta este un citat din Babe Ruth, unul dintre cei mai faimoși jucători de baseball din toate timpurile." Scaunul lui E-Z s-a ridicat de la sol și a zburat mai aproape de Eriel.

"'Baseballul este un joc de echilibru'", a spus Eriel. "Acesta este un citat al autorului Stephen King." A ezitat, apoi a schițat un zâmbet atât de mare încât obrajii lui, ar putea să se prăbușească în timp ce scaunul lui E-Z a căzut ca și cum ar fi fost făcut din plumb. "Oops", a spus Eriel, în timp ce râdea în hohote.

Nu a durat mult până când E-Z a preluat controlul scaunului său și s-a ridicat ca un lift. El a încercat să-și pună aripile în control asupra situației. Dar nu a avut timp, din moment ce se transformase într-un carusel și se învârtea de colo-colo.

"Arrgghhhhhhh!", a strigat, înfigându-și unghiile în cotierele scaunului. Învârtirea s-a oprit, scaunul a căzut din nou ca un balon de plumb, apoi s-a oprit.

Din nou, a încercat să își facă aripile să funcționeze. Acestea nu au vrut să coopereze și următorul lucru pe care îl știa era că se învârtea din nou. Dar de data aceasta era în sens invers acelor de ceasornic.

"Hhhhggggrrraaa!", a strigat el.

Eriel a râs atât de tare încât a zguduit pământul.

Mai jos, Sam a adunat pietre de pe trotuar și le-a aruncat spre Eriel, care s-a ferit și s-a ferit de cele mai multe dintre ele. O piatră mare însă s-a lovit de nasul creaturii. "Alege pe cineva mai apropiat de vârsta ta!" a strigat Sam.

În timp ce sângele îi curgea pe față, Eriel l-a pus pe unchiul lui E-Z la locul lui.

"Nooooooo!" a strigat E-Z în timp ce a continuat să se învârtă. Când s-a oprit complet, cu capul în jos, ceea ce a văzut dedesubt nu avea cum să fie greșit. Unchiul Sam era acum una dintre statuile din cerc: acolo se aflau o sută unsprezece oameni. Era atât de amețit, încât totuși i-a venit un citat și, cum era tot ce avea, l-a strigat cât de tare a putut: "Nu s-a terminat până nu s-a terminat!".

POP.

POP.

Hadz s-a așezat pe unul dintre umerii adolescentului, iar Reiki pe celălalt.

"Ăsta e un citat de la Yogi Berra şi ăsta, e de la mine şi de la Unchiul Sam!"

În mâinile sale ţinea acum cea mai mare bâtă din lume, o replică a lui Babe Ruth cu 54 de lovituri şi strălucea de praf de diamant. Habar n-avea cât de grea era aceasta când a dat o lovitură spre Eriel, aflat pe tronul său în scaunul cu rotile, şi l-a trimis să zboare cap la cap. A cântat: "Salută-l pe omul din lună când îl vei întâlni!".

În depărtare, vocea cu ecou a lui Eriel a spus: "Încercare încheiată!"

Hadz şi Reiki au aplaudat. La fel ca şi cei o sută unsprezece oameni care se întorseseră la formele lor umane, inclusiv Unchiul Sam.

"Bineînţeles, ştii că se va întoarce", a spus Hadz. "Şi va fi foarte supărat!"

"Mulţumesc pentru ajutor!" a spus E-Z, în timp ce el şi Sam zburau spre casă.

Reiki şi Hadz au şters minţile celor o sută zece, apoi şi-au reluat munca în mine şi au sperat că nimeni nu a observat că şi-au dat seama cum să evadeze.

Eriel a continuat să se învârtă necontrolat în timp ce îşi formula un plan de răzbunare.

EPILOGUE

D UPĂ CÂTEVA ZILE AGLOMERATE, E-Z a reușit în sfârșit să doarmă bine. A visat că juca baseball, iar a doua zi Arden și PJ au venit să-l ducă la un meci. "Nu sunt dispus să joc astăzi, dar voi veni pentru moral", a spus el.

"Sigur că da", i-au răspuns prietenii lui.

După ce l-au dus pe E-Z pe teren, au insistat să joace. Aveau nevoie ca el să prindă mingea, iar el a fost de acord. Când a venit prima dată când a fost la bătaie, El a vrut să lovească pentru el însuși. Și-a luat bâta lui preferată și s-a îndreptat spre bază. Prima aruncare a fost înaltă și a ratat-o. Zona de aruncare era foarte condensată, deoarece el stătea jos.

"Prima lovitură", a strigat arbitrul.

E-Z s-a îndepărtat cu roata de la bază. A mai făcut câteva lovituri de antrenament, apoi s-a întors din nou. La următoarea aruncare a atins-o și a fost eliminată.

"A doua lovitură", a sunat arbitrul.

"Fără bătăuș, fără bătăuș", au sporovăit băieții de pe teren.

Aruncătorul a aruncat o minge curbă, iar E-Z s-a aplecat spre aruncare și s-a conectat. A zburat, în afara terenului. Peste gard. În afara parcului.

"Luați bazele", a spus arbitrul. "O meriți, puștiule."

E-Z s-a învârtit în jurul bazelor, împiedicând scaunul să-și ia zborul. Când scaunul său a atins placa de start, coechipierii lui s-au adunat în jurul lui, aplaudând. S-a bucurat cât a durat.

Până când a aterizat din nou în interiorul containerului metalic - doar că de data aceasta era înfășurat într-o minge - și a rămas fără scaun. Ca un nou-născut, a respirat adânc, deoarece era singurul lucru pe care îl putea face. Așteaptă, bebelușii puteau să se răsucească singuri. Tot ce trebuia să facă era să se concentreze, să se focalizeze. Da, a reușit. Singura problemă era că nu se simțea deloc mai bine. Era în continuare înfășurat, în întuneric. Confinat într-un spațiu fără lumină și fără posibilitatea de a se mișca aproape deloc. De fapt, forma containerului metalic era diferită de data aceasta. Era mai subțire la un capăt, în formă de glonț.

Faptul că știa acest lucru nu l-a ajutat, deoarece claustrofobia și anxietatea lui au intrat în viteză maximă. S-a întrebat cât timp ar putea continua să respire în acest spațiu închis. Nu mult timp. Ar fi rămas fără aer în scurt timp și ar fi murit. A inspirat adânc, încercând să își mențină nivelul de anxietate scăzut.

Un lucru era cert, Eriel nu avea cum să încapă cu el în chestia asta. Doar dacă nu ar fi aruncat pereții în aer - ceea ce s-ar putea să nu fie o idee atât de rea.

E-Z a bătut în pereți și în tavan. A strigat. A țipat. Și-a amintit de telefon. Putea să ajungă la el? Nu era acolo. Îl pusese în geanta de sport pentru a respecta regula de interzicere a telefoanelor pe teren.

În afara containerului, se auzeau sunete tulburătoare. Zgârieturi. Șobolani? Nu, nu șobolani. Se putea descurca cu multe lucruri, dar nu cu șobolanii. "Lăsați-mă să ies!", a strigat.

Un motor a pornit. Un vehicul mai vechi, ca un camion. Podeaua de sub el a început să se scuture și să se zdruncine, în timp ce glonțul se rostogolea înainte și sărea în jur.

Afară, containerul ricoșa în pereți. Înăuntru, se afla într-un spațiu atât de restrâns încât nu era prea multă mișcare. Acesta era un avantaj pentru că era prins într-un glonț. Vehiculul a lovit ceva, iar capul lui E-Z s-a lovit de partea de sus a lucrurilor. A strigat, dar sunetul s-a stins. Containerul metalic s-a mișcat din nou, în lateral. A lovit ceva, apoi a revenit în poziția inițială. Umărul îl durea din cauza impactului.

E-Z s-a întrebat dacă aceasta era o sarcină a lui Eriel, dar a decis că nu putea fi. A început să concluzioneze că fusese răpit și că era ținut în captivitate. Dar de ce acum?

"Hei!", a strigat el când obiectul metalic s-a rostogolit și a aterizat pe fundul plat - unde se afla fundul lui. Acum greutatea era dispersată mai uniform. Se simțea confortabil. Sau cât de confortabil putea să fie în acele circumstanțe. Așa că a rămas foarte nemișcat până când vehiculul s-a oprit complet și el s-a răsturnat cu capul în jos.

A respirat adânc, s-a liniștit și a rostit cuvintele cu voce tare,

"Roch-Ah-Or, A, Ra-Du, EE, El."

În timp ce aștepta, a întrebat: "Unde ești, Eriel?

Roch-Ah-Or, A, Ra-Du, EE, El?".

"M-ai chemat?" a spus Eriel. Vocea lui era clară și limpede, dar nu era vizibil.

"Da, Eriel, cred că am fost răpit. Mă aflu într-un container. Poți să mă ajuți?"

"Știu întotdeauna unde ești", a spus Eriel. "Întrebarea pe care ar trebui să ți-o pui este DACĂ te voi ajuta".

"Nu știam că mă supravegheați 24 ore din 24, 7 zile din 7!" a exclamat E-Z, devenind din ce în ce mai furios pe măsură ce trecea fiecare clipă. A respirat adânc de câteva ori și s-a liniștit. Avea nevoie de ajutorul lui Eriel, iar arhanghelul nu avea de gând să îi ușureze sarcina. "Nu pot să văd şoferul acestei chestii şi nu-mi pot întinde aripile. Şi unde este scaunul meu? Rămân fără aer aici. Dacă vrei ca eu să termin aceste încercări pentru tine, atunci ar fi bine să mă scoţi de aici şi repede."

"Mai întâi mă insulţi, punând la îndoială dacă sunt sau nu înger, apoi mă rogi să te ajut. Oamenii sunt într-adevăr nişte creaturi foarte nestatornice."

"Ştiu. Îmi pare rău. Te rog să mă ajuţi."

"Te-ai gândit", a sugerat Eriel. "Că acesta ESTE un proces? Ceva ce trebuie să depăşeşti singur?"

"Vrei să-mi spui că asta este cu siguranţă o încercare?"

"Nu spun că este. Şi nici eu nu spun că nu este", a spus Eriel cu un râs.

E-Z era furios. Îi lipseau atât de mult Hadz şi Reiki.

"Atât de trist că încă te mai gândeşti la cei doi idioţi. Acum, E-Z, dacă ar fi un proces, atunci cum ai ieşi din el?".

"În primul rând, ei au venit în ajutorul meu când aproape ai omorât pământul. În al doilea rând, nu poate fi un proces pentru că nu am pe nimeni pe care să îl ajut."

Eriel a râs. "Tu consideri că nu eşti nimeni?". Eriel a făcut o pauză. "Astăzi te salvezi pe tine şi numai pe tine. Foloseşte instrumentele pe care le ai la dispoziţie." A ezitat, apoi a râs din nou. "Gândeşte în afara containerului de metal." Râsul lui era atât de puternic în interiorul glonţului metalic încât îi durea urechile lui E-Z. Şi le-a acoperit. Apoi nu l-a mai auzit pe Eriel.

E-Z a închis ochii şi s-a concentrat. S-a hotărât să îşi strângă pumnii şi să încerce să împingă pereţii în afară. Oricât de mult ar fi încercat, aceştia nu se mişcau. Planul B era să-şi cheme scaunul, ceea ce a şi făcut. Şi-a imaginat că nu era departe. Oare plutea deasupra, aşteptând ca E-Z să-l cheme? Se concentra atât de mult la chemarea scaunului său, încât nu şi-a dat seama că cineva ieşea afară. Paşi pe trotuar. Un bărbat, cu cizmele bătând. Bărbatul se îndrepta în jurul vehiculului, spre partea din spate. O cheie a intrat înăuntru. Ușa s-a deschis.

"S-a rostogolit pe aici", a spus bărbatul.

Un râs. Nu râsul lui Eriel. Râsul altui bărbat.

Apoi un țipăt.

Apoi mai multe țipete.

Apoi fugă. Fuga.

Alte țipete.

Apoi mișcare. Containerul în mișcare. A fost ridicat în scaunul cu rotile.

Apoi urcând în sus, tot mai sus, tot mai sus. Spre siguranță.

"Mulțumesc", a spus E-Z către scaunul său. "Acum du-mă acasă la Unchiul Sam."

E-Z știa că Unchiul Sam va fi capabil să-l scoată din container. Ar avea nevoie de un deschizător de conserve uriaș, dar dacă ar fi existat unul, Unchiul Sam l-ar fi găsit.

Scaunul său cu rotile însă a pornit în viteză în direcția opusă.

CARTEA A DOUA: CEI TREI

CAPITOLUL 1

DEPARTE, FOARTE DEPARTE DE locul unde locuia E-Z Dickens, o fetiță dansa. Lecțiile ei de balet se țineau într-un mic studio din cartierul central de afaceri din Olanda.

Era un copil drăguț, cu părul auriu și o linie de pistrui care i se întindea pe nas și pe obraji. Trăsăturile ei cele mai memorabile erau ochii ei verzi ca alunele. Culoarea era exact aceeași cu cea a bunicii sale. Visul ei era să devină într-o zi cea mai faimoasă balerină din Olanda.

Tutu ei roz era făcut din tul. Era o țesătură ușoară, ca o plasă, folosită de designeri pentru dansatorii profesioniști. Tutu-ul fusese conceput și cusut pentru ea de către bona ei. Costumul - o operă de artă în sine - atât de mult încât fiecare copil din clasă și-a dorit unul.

Hannah, bona Liei, a primit multe cereri de la alți părinți pentru a le face fiicelor lor același tutu. Ea le-a spus cu fermitate copiilor, părinților lor, profesorilor și multor altora că nu are timp să se ocupe de această muncă suplimentară. Deși i-ar fi folosit banii.

Tot ceea ce făcea Hannah, făcea pentru că o iubea pe pupila ei, Lia. Lia, pe care o numea kleintje, care în traducere înseamnă micuța ei.

Când baletul (în traducere: ora de balet) era pe sfârșite, Lia și-a împachetat pantofii. Și-a frecat picioarele dureroase.

Toți balletdanserii (în traducere: dansatorii de balet) - chiar și cei de șapte ani, ca Lia, trebuiau să se antreneze minimum douăzeci de ore pe săptămână.

Această muncă suplimentară, pe lângă o programă şcolară completă, necesita dedicare şi angajament. Toţi copiii care puteau ţine pasul, erau imediat conduşi la uşă. Indiferent de câţi bani se ofereau părinţii lor să plătească pentru a-i păstra în program.

Lia spera ca într-o zi să se întâlnească cu idolul ei, Igone de Jongh, cel mai faimos balerin olandez din toate timpurile. De când idolul ei s-a retras, Lia îi urmărea spectacolele la televizor.

Hannah a avut grijă de Lia în zilele lucrătoare. Mama Liei, Samantha, călătorea în timpul săptămânii în interes de serviciu.

În afara studioului de dans, Hannah şi Lia s-au urcat în Volkswagen Golf. În curând aveau să ajungă acasă.

"Ai vreo temă pentru acasă?" a întrebat Hannah.

Lia a dat din cap.

"Goed", tradus ca fiind bine. "Du-te şi începe când pregătesc cina", a spus Hannah.

"Oke", tradus ca bine, a răspuns Lia.

Lia s-a dus imediat în camera ei, unde şi-a agăţat costumul de balet, apoi s-a apucat de lucru la birou.

La şcoală învăţau despre legenda Copacului Vrăjitoarei. Sarcina lor era să deseneze copacul şi să creeze ceva magic despre el. Ea intenţiona să deseneze un contur cu cretă. Apoi să folosească cureluşe pentru rădăcini şi sclipici pe frunze pentru elementul magic.

Deşi avea un talent înnăscut pentru artă, nu îi plăcea să o creeze. Preferinţa ei era pentru dans. Nu se plângea şi nici nu respingea sarcinile care nu-i plăceau în mod deosebit. Nu era în natura ei să fie neascultătoare sau perturbatoare.

Deşi Lia locuia în Zumbert, Olanda, a urmat cursurile unei şcoli internaţionale. Engleza ei era excelentă. Zumbert însuşi era renumit în întreaga lume ca fiind locul de naştere al lui Vincent Van Gogh. Lia ştia totul despre Van Gogh, deoarece ea și el aveau același sânge care le curgea prin vene.

După ce și-a terminat temele, și-a deschis calculatorul. S-a pornit și a jucat un joc. Atingerea următorului nivel ar fi durat doar câteva momente. În curând, Hannah o va chema jos pentru avondeten (cină). Nimeni nu trebuie să afle vreodată, spunea o voce mică în mintea ei. Lia a ascultat vocea, dar pentru a se asigura că nimeni nu va afla, a închis ușa dormitorului ei.

În timp ce degetele ei pocneau pe tastatură, becul de deasupra biroului ei s-a stins cu un pocnet. A închis laptopul și a deschis din nou ușa. S-a uitat în josul holului, unde se aflau becurile cu halogen de rezervă. Bona ținea o rezervă în dulapul de lenjerie de la capătul scărilor. Tot ceea ce trebuia să facă Lia era să iasă, să aducă unul, să se întoarcă și să schimbe ea însăși becul. Apoi ar fi avut mai mult timp să se joace.

Întoarsă în camera ei, a evaluat situația. Trebuia să stea în picioare pe scaunul ei de birou - care era pe rotile. Îl împingea ferm împotriva patului, pentru a-l fixa. Da, asta ar funcționa.

Scaunul fixat sub corpul de iluminat, ea s-a urcat pe el. Ținând becul nou sub bărbie, l-a deșurubat pe cel vechi. Becul ars l-a aruncat pe pat. A luat celălalt bec de sub bărbie și l-a înșurubat.

CRACK!

Noul bec a explodat.

Cioburi de sticlă, majoritatea de dimensiuni minuscule, au fost împrăștiate din el. În fața și în ochii fetiței.

Lia nu a țipat imediat, pentru că o lumină albastră a umplut camera făcând ca timpul să se oprească. Lumina a înconjurat-o în timp ce se deplasa până la nivelul feței ei.

SWISH!

A apărut o mică creatură angelică care a examinat ochii fetiței. Apoi, hotărând că erau deteriorați iremediabil, a șoptit: "Vrei să fii tu, una dintre cele trei?".

"Ja", tradus ca da, a spus Lia. în timp ce timpul se oprea.

Îngerul, al cărui nume era Haniel, a sosit. I-a cântat Lia un cântec de leagăn liniștitor, în timp ce îndepărta sticla.

În engleză, versurile cântecului erau: "În engleză, versurile cântecului erau:

"O fetiță tristă și întristată s-a așezat

Pe malul râului.

Fetița plângea de supărare

Pentru că ambii ei părinți erau morți."

În limba olandeză, versurile cântecului erau::

"Asn d'oever van de snelle vliet

Eeen treurig meisje zat.

Het meisje huilde van verdriet

Omdat zij geen ouders meer had."

Din fericire, micuța Lia dormea, așa că nu a putut fi speriată de cuvintele cântecului de leagăn.

Când Haniel a terminat de îngrijit cea mai gravă parte a rănilor Liei, și-a pus mâinile în șolduri și s-a oprit din cântat. Sarcina era aproape îndeplinită, tot ce mai avea de făcut acum era să pună bazele noilor ochi ai protejatei sale.

Cele două mânuțe ale Liei erau înfășurate în biluțe. Pumni mici și strânși. Haniel și-a lăsat aripile să mângâie ușor degetele închise, convingându-le să le deschidă.

Când palmele Liei au fost deschise, îngerul Haniel, folosind degetul arătător, a conturat forma unui ochi pe ambele palme. Pe degete, ea a trasat câte o singură linie pe fiecare, pornind din palmă până la capătul degetului. Sarcina ei îndeplinită, îngerul Haniel, a sărutat-o ușor pe Lia pe frunte, apoi, cu o

SWISH!

în timp ce dispărea.

Timpul a reînceput și micuța noastră curajoasă Lia tot nu a țipat. Șocul face asta în corpul tău ca mecanism de apărare și prin oprirea timpului, durerea s-a oprit și ea. Când Lia a țipat în sfârșit, nu s-a mai putut opri. Nici când a sosit ambulanța. Nici când a fost ridicată pe o targă în vehicul, cu sirena alăturându-se corului de țipete. Sau când a fost împinsă pe o targă în spital. Nici atunci când i-au luminat fața cu o lumină mare, pe care o putea simți, dar nu o putea vedea.

A încetat să mai țipe atunci când au sedat-o. Apoi au folosit cea mai nouă tehnologie pentru a îndepărta sticla rămasă. Cu toate acestea, fiecare bucată de sticlă fusese deja îndepărtată. Chirurgii au mers mai departe și i-au bandajat ochii, apoi au dus-o în camera ei pentru a se recupera.

După operație, a sosit mama Liei, Samantha. Ea prinsese un zbor cu avionul Red Eye din Londra. Ea s-a întâlnit cu chirurgul în timp ce fiica ei dormea mai departe.

"Îmi pare rău, dar ea nu va mai vedea niciodată", a spus el.

Mama Liei și-a băgat pumnul în gură, luptându-se cu nevoia de a plânge.

Doctorul a spus: "Poate învăța braille și poate merge la o școală pentru persoanele cu deficiențe de vedere. Este la o vârstă excelentă pentru a învăța și va absorbi cunoștințele. În scurt timp, limbajul semnelor va fi o a doua natură pentru ea."

"Dar fiica mea vrea să devină balerină. Ați văzut sau ați auzit vreodată de un dansator profesionist orb?".

"Alicia Alonso a fost parțial oarbă. Ea nu a lăsat ca acest lucru să o împiedice."

Mama Liei a mângâiat mâna fiicei sale adormite. "Mulțumesc, o să aflu detalii despre ea pe internet. Șapte ani este mult prea mic pentru a fi forțată să renunțe la un vis."

"Sunt de acord. Acum odihnește-te și tu puțin. Lia ar trebui să se trezească în curând și va avea nevoie ca tu să fii puternică pentru ea. Pentru când îi vei spune. Dacă vrei să fiu și eu aici, anunță-mă."

"Mulțumesc, doctore, voi încerca să mă descurc singur mai întâi."

Când ușa s-a închis, mama Liei a atins semnele de pe fața fiicei sale. Urmele lăsate arătau ca niște picături de ploaie furioase. Apoi s-a uitat la Hannah, bona Liei, care dormea. În timp ce trecea pe lângă ea pentru a lua niște apă, a lovit-o din greșeală, intenționat, cu piciorul în pantoful stâng pentru a o trezi. "Afară!", a spus ea, în timp ce Hannah a căscat.

Acum, pe hol, mama Liei, Samantha, și-a lăsat emoțiile să zboare fără să se rețină. "Cum ai putut lăsa să i se întâmple asta copilului meu? Cum ai putut!"? Acum un minut eram la o întâlnire de afaceri - apoi a trebuit să îmi scurtez călătoria de afaceri și să prind primul zbor de la Londra! Ce s-a întâmplat? Cum s-a întâmplat?"

"Tocmai ne întorsesem de la ora de balet. Eu pregăteam cina, iar Lia își termina temele. Probabil că s-a ars becul. A luat altul din dulapul de pe hol și a încercat să-l înlocuiască singură și a explodat. Când a țipat, am fost acolo în câteva secunde și ziekenwagen (ambulanța) a sosit imediat. M-am rugat ca ochii ei să fie bine, ca ea să fie bine."

"Te rogi în somn atunci, nu-i așa?" a întrebat Samantha, fără să aștepte un răspuns. "Artsen (medicii) spun că nu va mai vedea niciodată", a spus Samantha cu un venin neprietenos în glas.

ÎNTRE TIMP, LIA A visat, zburând cu un înger. Îl ținea în brațe în jurul gâtului lui, în timp ce se ghemuia pe pieptul lui. Mișcarea scaunului cu rotile în aer o legăna și o liniștea. Apoi, mintea ei s-a rostogolit și privea de sus un container metalic. Containerul era așezat pe scaunul unui scaun cu rotile cu aripi. Era transportată spre un loc pe care ea nu-l știa.

Ea a ridicat mâna dreaptă și apoi aici mâna stângă, iar cu ele a putut vedea că înăuntru era prins un înger/băiat. Avea o față blândă, cu ochii mai albaștri decât cerul, cu pete de aur care îi făceau să strălucească, chiar dacă era în întuneric. Părul îi era, în mare parte, blond, în afară de câteva fire grizonate la tâmple. Dar cel mai ciudat lucru era o dungă neagră pe mijloc. Aceasta îl făcea pe băiat să pară mai bătrân.

Îngerul/băiatul din container care călătorea pe scaunul scaunului cu rotile a zburat mai aproape de fetița din visul ei. Ea a atins containerul, iar când a făcut-o, a putut simți și auzi bătăile inimii îngerului/băiatului dinăuntru. Nu numai atât, dar i-a putut citi și gândurile și emoțiile.

Lia s-a trezit și a strigat: "Mamă! Hannah! Vino repede!"

"Sunt aici, dragă", a spus mama ei, în timp ce se îndrepta spre patul fiicei sale.

Hannah și-a șters ochii și a reintrat în cameră.

"Nu este momentul ca mama ta să dea vina pe Hannah. A fost un accident. În plus, este nevoie de ajutorul nostru. Te rog să-mi găseşti nişte hârtie şi nişte creioane - ACUM."

"Delirează!" a exclamat Samantha. A verificat fruntea fiicei sale pentru a vedea dacă avea temperatură. Părea să fie bine.

Hannah a recuperat obiectele cerute din geanta ei şi le-a pus în mâinile Liei.

Fără ezitare, Lia a început să deseneze. A zgâriat hârtia, ca un artist inspirat. Samantha şi Hannah o priveau cu curiozitate.

Prima imagine pe care a desenat-o, era a unui băiat în interiorul unui recipient metalic în formă de glonţ. Recipientul era aşezat pe scaunul unui scaun cu rotile, iar scaunul cu rotile avea aripi. Aripi de înger. Lia a întors pagina şi a desenat o a doua imagine a unui băiat/înger înăuntru din toate unghiurile. Din toate părţile. După prima imagine, a desenat mai multe în mod maniacal, apoi le-a aruncat în aer.

Desenele, ca şi cum ar fi fost prinse de o rafală de vânt - au dansat prin cameră, înălţându-se în sus, apoi, în jos, apoi în jur. Ca şi cum ar fi fost sub o vrajă magică. Una dintre imagini a urmărit-o pe bonă, aşa că aceasta a fugit din cameră ţipând.

Lia şi-a închis bine pumnii, apoi a mormăit nişte cuvinte inaudibile.

"Să-l chem pe doctor?", a întrebat mama ei isterică. "Bebeluşul meu, oh, nu, bietul meu copil!".

a revenit Hannah, tremurând în timp ce privea cum Lia se lăsase din nou să adoarmă.

Cele două femei s-au aşezat la căpătâiul copilei. Au privit-o cum dormea liniştită până când, în cele din urmă, au adormit şi ele.

Lia nu putea vedea cu ochii de culoarea alunei cu care se născuse. Aceştia fuseseră înlocuiţi cu ochii din palmele mâinilor ei.

Noii ei ochi plasați în palmă includeau fiecare parte normală un ochi. Cum ar fi pupila, irisul, sclera, corneea și canalul lacrimal. Fiecare ochi din palmă avea o pleoapă. Partea de sus începea acolo unde se terminau degetele. Partea de jos se termina unde începea încheietura mâinii.

În ceea ce privește genele, fiecare deget avea tatuată o linie de păr. De la vârful pleoapei până unde începea unghia, la fel și degetul mare.

Ceea ce era un lucru bun, deoarece nicio tânără nu și-ar dori degete pe care să crească păr.

Mai ales nu o fetiță ca Lia, care spera ca într-o zi să devină o mare balerină.

CAPITOLUL 2

ÂND S-A TREZIT, PALMELE îi mâncau foarte tare. De fapt, aveau mai multă mâncărime ca niciodată. Ceea ce i-a amintit de ceva ce bunica ei a spus odată. Bunica spunea că atunci când te mănâncă mâna dreaptă, înseamnă că vei primi bani şi mulţi bani. Dacă te mănâncă mâna stângă, înseamnă că pierzi bani. Nu a spus niciodată ce s-ar întâmpla dacă ambele palme ar mânca în acelaşi timp.

Un flash cu îngerul/băiatul prins în container a atras-o înapoi la realitate. Şi-a deschis palmele, pregătindu-se să se scarpine. În schimb, a fost şocată să se vadă reflectată în ele. A zâmbit, ca şi cum ar fi pozat pentru un selfie.

Încă nefiind sută la sută sigură dacă visa, şi-a întors ambele palme de la ea. Intenţia ei era să facă o vedere panoramică a camerei.

Era decorată de parcă ar fi înotat în interiorul unui acvariu. Peşti clovn şi peştişori aurii erau ocupaţi să se alerge unul pe altul după coadă. A continuat să-şi mişte mâinile prin cameră până când a găsit-o pe Hannah. Apoi a găsit-o pe mama ei. A chiţăit de încântare.

Mama Liei, Samantha, a sărit în sus, la fel ca şi Hannah.

"Ce s-a întâmplat, iubito?"

"Mami? Te pot vedea."

"Bineînţeles că poţi, draga mea."

"Mă crezi?"

"Da, bineînţeles că te cred. Dar spune-mi ceva, înainte, de ce ai desenat un scaun cu rotile cu aripi? Scaunele cu rotile nu au aripi."

Ea nu-mi vede noii mei ochi, se gândi Lia. "Te iubesc, mami, dar unele scaune cu rotile au aripi şi unii îngeri zboară în scaune cu rotile cu aripi."

"Şi eu te iubesc, iubito", a răspuns ea. "Ce băiat/înger? Ai avut un vis?".

"Există un băiat/înger", a spus Lia.

"Un băiat/înger? Unde, iubito?"

Lia şi-a deschis palmele şi s-a gândit la băiatul/îngerul băiat. S-a gândit atât de mult, încât îl vedea, îl auzea, îi simţea prezenţa în mintea ei. "Îngerul/băiatul vine aici să mă vadă", a spus ea.

"Aici, dragă?", a întrebat-o mama ei, aruncând o privire în direcţia bonei care a ridicat din umeri.

"Da, băiatul-înger are nevoie de ajutorul meu. A venit să mă vadă tocmai din America de Nord".

"Când ai făcut desenele", a întrebat Hannah, "ai desenat dintr-o amintire a îngerului/băiatului?".

"Sau dintr-un vis?", a întrebat mama ei.

"A început ca un vis, dar acum îl pot vedea şi când sunt trează."

"Dacă mă poţi vedea, copilaşule, cu ce sunt îmbrăcat?".

"Pot să te văd mami, dar nu cu ochii mei bătrâni. Ci cu cei noi. Porţi o rochie roşie, cu perle la gât."

Un pacient în vârstă care trecea pe lângă camera ei, s-a oprit în loc când a văzut un copil, care ţinea palmele deschise în faţa ei. Este ea, s-a gândit el, iar pentru a confirma acest lucru nu a trebuit să aştepte prea mult. Căci Lia, simţind prezenţa unei alte persoane, şi-a întors palma stângă în direcţia uşii. Bătrânul a văzut cum palma ei a clipit, apoi a ieşit din faţa ei.

"Ghiceşte", a sugerat Hannah, îndepărtând atenţia Liei de la uşă.

O asistentă a sosit şi Lia, care nu o mai văzuse niciodată, a spus: "Bună ziua, asistentă Vinke".

"Ne-am mai întâlnit înainte?" a întrebat-o asistenta Heidi Vinke.

Lia a chicotit. "Nu, dar pot să vă citesc ecusonul".

"Spune că poate să vadă, cu ochii ei noi", a spus mama Liei.

"Gata, gata", a răspuns asistenta Vinke, îngrijind-o pe mamă în locul fetiţei. Copila nu s-a supărat când asistenta Vinke şi-a dus mama afară pentru a vorbi cu ea în particular.

"Este normal ca fiica dumneavoastră să îşi folosească imaginaţia în aceste condiţii, şi-a pierdut vederea. Este o fetiţă fericită, chiar dacă i s-a întâmplat un lucru îngrozitor."

Samantha a dat din cap şi cele două s-au întors la Lia.

"Trebuie să fii obosită copila", a spus asistenta Vinke, luându-i pulsul fetiţei.

"Nu sunt", a spus Lia. "Tocmai m-am trezit şi nu vreau să mă culc din nou. Dacă dorm acum, s-ar putea să-l pierd."

"Să-i simţi lipsa cui?" a întrebat Vinke, băgând-o pe fetiţă în pat.

"Păi, băiatul/îngerul", a spus Lia. "Se apropie acum. Aproape aici - şi are nevoie de ajutorul meu. Abia aştept să îl întâlnesc. A călătorit foarte, foarte mult, doar ca să mă vadă."

"Aşa, aşa, copila mea", a răcnit Vinke. A apăsat în braţul Liei un ac umplut cu un medicament care induce somnul.

Lia a protestat, dar apoi a adormit imediat.

"Noapte bună, noapte bună, copilă", a răcnit mama ei.

B ĂTRÂNUL S-A ÎNTORS ÎN camera sa şi a ridicat telefonul. Apoi a cerut o linie exterioară.

"Este aici", a şoptit el în telefon. "Am văzut-o cu ochii mei - chiar aici, în spital, în capătul holului de la camera mea."

A fost linişte, apoi un clic la celălalt capăt al firului. Bătrânul s-a băgat în pat. A pornit televizorul cu telecomanda.

Programul lui preferat: Now or Neverland (cunoscut şi sub numele de Fear Factor) tocmai începea. Voia să vadă ce vor pune la cale nebunii ăia nebuni în episodul din această săptămână.

CAPITOLUL 3

ÎNCĂ ÎNGHESUIT ÎN INTERIORUL glonţului de argint, E-Z nu se mai simţea atât de singur. Pentru că în mintea lui, vorbea cu o fetiţă. Ea îi intrase în minte însoţită de o străfulgerare de lumină şi de un ţipăt. Ea fusese rănită. A privit cum îngerul Haniel o ajuta. A ascultat când Haniel i-a cântat un cântec fetiţei în timp ce îi îndepărta sticla.

Ceea ce a urmat a fost neaşteptat. Îngerul Haniel a trasat linii pe palma şi pe degetele fetiţei. Haniel i-a dăruit copilei un nou tip de vedere. Şi ochi în palmă.

A ştiut imediat că soarta fetiţei era legată de a lui.

La început, deşi o putea vedea în mintea sa, nu a putut comunica cu ea. Era ca şi cum ar fi urmărit un program de televiziune în mintea lui, fără sunet. Apoi, când copilul a visat, ea a venit la el şi şi-a pus mâinile pe glonţul în care era prins. Atunci el ştia ce ştia ea, iar ea ştia ce ştia el, şi erau legaţi.

Primele cuvinte pe care ea i le spusese fuseseră: "Nu-mi place întunericul".

E-Z îi răspunsese: "Nu-ţi fie teamă. Eu sunt aici. Numele meu este E-Z. Şi care este numele tău?"

"Numele meu este Cecilia", a răspuns copilul. "Dar prietenii mei îmi spun Lia. Poţi să-mi spui Lia. Am şapte ani. Tu câţi ani ai?"

E-Z crezuse că fetiţa era mai mică. "Am treisprezece ani", a spus el. "Sunt din America de Nord".

"Eu locuiesc în Olanda", a spus Lia.

Amândoi au rămas tăcuți în timp ce Lia își folosea ochii de palmă pentru a-l privi în interiorul glonțului de oțel.

"Ce faci acolo?", a întrebat ea.

E-Z s-a gândit înainte de a răspunde. Nu voia să o sperie pe copilă, cu povestea adevărată în care fusese răpit ca probă de către un arhanghel. A vrut să-i spună adevărul, dar nu era sigur că ea ar putea suporta adevărul, fiind atât de mică.

El a spus: "Nu sunt foarte sigur de ce am fost pus aici, dar cred că a fost, că am fost pus aici ca să te întâlnesc pe tine". A ezitat, s-a scărpinat în cap și a întrebat: "O cunoști pe Eriel?".

Lia s-a simțit flatată, că venise să o vadă, dar îngrijorată că era transportat în așa fel încât să beneficieze de ea. "Îmi pare foarte rău, dacă ești forțat împotriva voinței tale, călătorind în acest fel pentru a mă întâlni. Oh, și nu, acest nume nu îmi este cunoscut".

E-Z era foarte curios în legătură cu Lia. Din moment ce aceasta spunea că este olandeză, era extrem de impresionat de cât de excelentă era engleza ei.

"Te-am simțit, dar nu te-am putut vedea până când ochii, noii mei ochi au crescut. Înainte de asta, puteam să-ți citesc gândurile. Tu puteai să le citești pe ale mele? Oh, și vă mulțumesc, în legătură cu engleza mea".

"Am văzut ce ți s-a întâmplat, accidentul. Îmi pare foarte rău că ai fost rănit. Nu am putut să te ajut, din cauza acestui lucru." Și-a bătut pumnii de pereți. Și-a acoperit urechile, în timp ce zgomotul de bătaie reverbera.

"Când ai visat, erai cu mine. În capul meu."

Lia și-a închis pumnul drept, lăsându-l pe cel stâng deschis și atingând peretele exterior. Palma ei clipea deschisă și apoi închisă, deschisă și apoi închisă. Nu a spus nimic, ci a privit în față ca unul care era în transă.

E-Z s-a hotărât în acest moment să îi spună povestea lui.

"Părinţii mei au fost ucişi într-un accident de maşină. Iar eu mi-am pierdut folosirea picioarelor".

S-a oprit aici. Întrebându-se cât de mult ar trebui să-i spună.

Această ezitare a făcut ca decizia să fie luată pentru el.

Ea dormea profund.

CAPITOLUL 4

Î NAPOI LA SPITAL, UN nou medic era de gardă. Acesta s-a uitat pe scurt la fişa Liei. Văzând că Cecelia încă dormea, i-a şoptit mamei sale.

"Trebuie să o ducem pe fiica dvs. la etajul doi, pentru o altă scanare."

"Este urgent?" a întrebat mama Liei. "Doarme atât de liniştită; ar fi păcat să o trezim".

Doctorul al cărui ecuson era acoperit de gulerul jachetei medicale a zâmbit. "Nu este nevoie să o trezim. Putem să o introducem în aparat cât timp doarme. Unii pacienţi, mai ales cei mai tineri, preferă aşa."

Samantha s-a uitat la ceas. "Sigur, voi coborî cu ea".

"Nu e nevoie", a spus doctorul. "Am asistenţi care vor veni în scurt timp. Profitaţi de timp pentru a vă lua un sandviş sau o ceaşcă de ceai de muşeţel - soţia mea jură pe chestia asta. O ajută să se relaxeze şi să adoarmă."

"Mulţumesc", a spus Samantha, în timp ce au sosit doi asistenţi. Cei doi bărbaţi voinici îmbrăcaţi în haine de stradă au ridicat-o pe Lia din pat şi au aşezat-o pe o targă cu roţi. Doctorul a scos o pătură de sub targă şi a pus-o pe Lia. "O vom ţine la cald şi ne vom întoarce cât de curând. Nu uitaţi să profitaţi de acest timp pentru a vă răsfăţa cu un ceai sau o cafea."

În timp ce Hannah dormea mai departe, Samantha îi urmărea pe însoţitori şi pe doctor cum o împingeau pe fiica ei pe coridor. Acum, aflată în aşteptarea liftului, a urmărit-o mai atent. Când uşile liftului s-au închis, s-a plimbat pe coridor ignorând un sentiment instinctiv care o sâcâia. A dat-o la o parte, spunându-şi că îi era foame şi s-a îndreptat spre cafenea. Era foarte ocupată. Mai ales cu membri ai personalului care purtau halate.

În timp ce îşi pregătea şi îşi sorbea ceaiul, i-a trecut prin minte că niciun membru al personalului nu purta haine de stradă.

"Scuzaţi-mă", i-a spus ea unuia dintre medici. "Ce este la etajul doi? Acolo se fac radiografii şi scanări corporale?".

El a clătinat din cap: "La etajul al doilea este secţia de maternitate".

Samantha s-a ridicat de pe scaun, răsturnându-şi ceaiul fierbinte şi vărsându-l în poală în timp ce făcea acest lucru. Ajutoarele au venit din toate direcţiile când a ţipat.

"Fiica mea!", a strigat ea. "Un doctor cu doi asistenţi tocmai au luat-o pe fiica mea Lia pe o targă. Au spus că o duc la etajul doi pentru nişte analize. Dacă etajul al doilea este pentru maternitate, de ce ar fi luat-o de acolo?

Izbucnirea ei atrăgea prea multă atenţie. Aşa că doctorul căruia i se adresase în primul rând a convins-o să iasă afară.

S-au întors în camera Liei. Samantha i-a explicat totul mai în detaliu. Bine că se uitase la ceas ca să le poată spune ora exactă la care se întâmplase totul.

"Aceasta este o problemă serioasă", a spus doctorul Brown. "Lăsaţi-o în seama mea. Avem camere de supraveghere în tot spitalul. Poate că aţi auzit greşit despre etajul doi? Poate că se află la etajul şapte, la o scanare chiar acum, în timp ce vorbim. Lasă-mi mie asta. Stai liniştit aici şi mă voi întoarce la tine cât mai curând posibil."

Samantha s-a aşezat şi i-a explicat totul lui Hannah. Au împărţit sandvişul cu ton şi au încercat din răsputeri să nu-şi facă griji.

ÎN TIMP CE LIA a continuat să doarmă, bărbatul care nu era chiar doctor și stagiarii care nu erau stagiari au părăsit clădirea. S-au îndreptat spre o mașină care îi aștepta. Au lăsat targa în parcare. Doctorul Brown a convocat o întâlnire cu administratorul. Folosind supravegherea video, au fost martori la răpirea Liei. Au alertat poliția, dând o descriere a vehiculului. Din nefericire, camerele de luat vederi nu au surprins detaliile plăcuței de înmatriculare.

"Să mai așteptăm puțin", a spus Helen Mitchell, administratorul spitalului. Ea urma să se pensioneze în doar câteva zile. "Înainte de a o pune la curent pe mama fetiței. Nu vrem să o îngrijorăm".

"Nu pot să fac asta", a spus doctorul Brown.

"Poliția ar putea aduce copilul înapoi în cel mai scurt timp".

"Sper că aveți dreptate. Totuși, este o îngrijorare. Să sperăm că nu vor ajunge prea departe."

A sunat telefonul, era poliția. Au dat un buletin de urmărire generală (APB) pe numele fetiței. Au cerut o fotografie recentă a ei.

"Vor o fotografie recentă", a spus Helen Mitchell.

"Singura modalitate de a obține una este să o întrebi pe mama ei", a spus doctorul Brown.

Helen a dat din cap, în timp ce Brown s-a întors să plece.

"Spuneți-le că o vom trimite prin fax cât mai repede".

"Voi trimite pe cineva din echipa de traume", a spus Helen. Apoi către poliția de la telefon: "Este oarbă și are doar șapte ani. De ce naiba ar fi făcut acești trei bărbați atâtea eforturi ca să o scoată din spital în felul acesta?".

"Nu pot spune", a spus ofițerul de la celălalt capăt al firului.

CAPITOLUL 5

E-Z ȘI-A DAT SEAMA imediat că ceva nu era în regulă cu noua sa prietenă Lia. Trebuia să doarmă în patul ei de spital, dar patul ei era în mișcare. Ce naiba?

S-a gândit să o trezească, dar ce ar fi putut face chiar dacă ar fi făcut-o? Nu, cel mai bine ar fi fost să doarmă în continuare - până când ar fi putut să o găsească și să o salveze. Așa cum era, ea se visa ocupată visând la ea însăși executând un dans de balet. Nu acordase niciodată prea multă atenție baletului până atunci, dar i se părea că această fetiță era talentată. Și dansa folosindu-se de ochii din mâinile ei în timp ce se mișca pe scenă.

E-Z s-a transportat în mintea lui în locul în care se afla ea fără prea mult efort. Era acolo, dormind adânc pe bancheta din spate a unui vehicul în mișcare. Părea atât de liniștită, pentru că era departe, în mintea ei, făcând ceva ce-i plăcea - dansând.

Și-a lărgit privirea și a văzut trei capete. Cel care conducea era de mărime și statură normală. În timp ce ceilalți doi bărbați arătau ca niște jucători de fotbal.

"Accelerează!" i-a poruncit E-Z scaunului său, dar acesta o făcuse deja.

Cum avea de gând să o ajute, când el era încă prins în interiorul glonțului de argint? Trebuia să-l facă praf - și cât mai repede. Până acum, toate eforturile de a-l sparge nu funcționaseră.

Se întrebă de ce o luaseră oamenii. Oare știau de puterile ei? Cum ar fi putut ști? Majoritatea spitalelor aveau camere de supraveghere, ar fi putut să o urmărească? Totuşi, nu avea niciun sens. Era o fetiţă oarbă de şapte ani. Ce voiau de la ea?

În timp ce E-Z ardea cu viteză pe cer, nu a putut să nu se întrebe de ce o răpiseră. Aveau de gând să ceară o răscumpărare?

În orice caz, dacă asta urmăreau, era mai logic pentru el. Mai bine decât să ştie că a fost văzută. Şi cu puteri speciale, pe deasupra. Totuşi, prioritatea lui numărul unu era să scape de glonţ.

A ţipat. Aşa cum a mai făcut-o de multe ori înainte, "AJUTOR!"

POP.

"Bună ziua", a spus Hadz, în timp ce se aşeza pe umărul lui E-Z. "Ce naiba cauţi aici? Locul ăsta e prea mic pentru tine". Hadz şi-a dat ochii peste cap.

E-Z era mai mult decât încântată să o vadă pe Hadz. A apucat-o pe micuţa creatură şi a îmbrăţişat-o strâns la pieptul său.

"Uh, ai grijă la aripi", a spus Hadz.

E-Z i-a dat drumul creaturii. "Mulţumesc că ai venit şi că ai răspuns la chemarea mea. Am absolută nevoie de tine să mă ajuţi să aflu cum să ies din chestia asta. Ştiu că ai fost scos din cazul meu, dar există o fetiţă pe nume Lia şi este în pericol şi are nevoie de mine. Pur şi simplu trebuie să mă ajuţi. Sunt sigur că Eriel va înţelege."

"Oh, deci nu vrei să fii în chestia asta?". a întrebat Hadz.

"Nu, nu vreau să fiu aici. Vreau să ies, dar cum?"

"Fă-o pur şi simplu", a spus Hadz.

"Am încercat totul. Părţile laterale nu se mişcă. L-am chemat pe Eriel să mă ajute, dar a spus că sunt pe cont propriu în asta."

"Ah, nu i-ar plăcea asta. Nu ar trebui să te ajut, dar un lucru pe care ţi-l pot spune este: ia în considerare împrejurimile."

"Asta nu mă ajută cu nimic", a spus E-Z, încercând să nu-şi piardă complet cumpătul. "I-am cerut scaunului să mă ducă la Unchiul Sam.

El m-ar scoate cu siguranţă din chestia asta. Dar scaunul mi-a ignorat dorinţele. Acum, o fetiţă are probleme şi are nevoie de ajutorul meu. Dacă nu pot ieşi, atunci nu mă pot ajuta pe mine însumi, iar dacă nu mă pot ajuta pe mine însumi, atunci nu o pot ajuta pe ea. Vă rog... Spune-mi cum să ies de aici. Spune-mi cum să ies de aici sau ceva."

Creatura a clătinat din cap apoi a zburat până în vârful glonţului. A atins vârful. "Ia în considerare fizica. Dacă te afli în interiorul unui glonţ, ceea ce seamănă cu acest lucru, atunci trebuie să fii descărcat. Să fii tras. Corect?"

E-Z şi-a analizat opţiunile. Putea să-i spună scaunului să-l lase jos, lansându-l spre pământ. Pământul i-ar întrerupe căderea. Ar sparge glonţul? A decis că merită riscul. "Bine", a spus E-Z, "trebuie să spun scaunului să mă lase să cad, da?".

Creatura a râs. "Eşti amuzant, E-Z. Dacă ai cădea de la această înălţime, chestia asta ar fi înfiptă în pământ. Asta în condiţiile în care nu ar fi explodat la impact. Şi cu tine în ea". A râs din nou. "Sau că nu ai murit în cădere. Dacă ai fi murit, nu ai fi putut să o salvezi pe fetiţă. Hei, despre ce fetiţă vorbeşti, oricum?"

"O cheamă Cecelia, Lia şi e în Olanda, nu departe de locul în care ne aflăm acum."

Hadz a pipăit vârful recipientului pe care E-Z nu-l văzuse şi nici nu ar fi putut ajunge la el. Creatura l-a împins. Cilindrul s-a eliberat şi s-a deschis ca o lalea. Hadz l-a ajutat pe E-Z să iasă din glonţ şi, în curând, acesta s-a aşezat pe scaunul lui, ţinând chestia în poală. Aripile lui E-Z s-au deschis. Se simţea bine să le întindă.

E-Z a decolat pe cer, purtând cilindrul pe care l-a aruncat în Marea Nordului.

Trioul, E-Z, scaunul şi Hadz au zburat cu mare viteză şi au zburat spre Olanda de Nord, unde maşina mergea cu viteză.

"Mulţumesc", a spus E-Z.

"Cu plăcere", a răspuns Hadz. "Voi rămâne prin preajmă în caz că aveţi nevoie de mine".

"Minunat!"

CAPITOLUL 6

E-Z AJUNGEA DIN URMĂ maşina, care se apropia de Zaandam. A verificat şi Lia dormea încă pe bancheta din spate. Totuşi, nu mai visa, aşa că se temea că se va trezi în curând.

Scaunul său cu rotile şi-a schimbat cursul, a accelerat şi s-a apropiat de maşină, apoi a plutit deasupra ei. Falsul doctor care conducea, a zărit în oglinda laterală scaunul cu rotile din spatele lor.

"Wat is dat vliegende contraptie?", a întrebat el. (Traducere: Ce este acea invenţie zburătoare?"

Cei doi huligani au întors capul.

Unul dintre ei a spus: "Ik weet het niet, maar versnel het!" (Traducere: Nu ştiu, dar accelerează!" (Nu ştiu, dar accelerează!)

Al doilea tâlhar a râs, apoi a scos un pistol din dashboardkastje. (În traducere: torpedoul.) A verificat dacă nu sunt gloanţe. L-a închis şi a făcut clic pe piedică.

Scaunul cu rotile al lui E-Z a aterizat pe acoperişul maşinii cu un zgomot sec.

Şoferul a frânat brusc, ceea ce a făcut ca scaunul cu rotile să alunece înainte. A alunecat pe parbrizul orientat spre faţă, apoi pe capotă.

E-Z s-a ridicat, a plutit şi s-a întors cu faţa spre ei.

"Ce naiba?", a strigat şoferul, în timp ce a pierdut controlul maşinii, făcând-o să derapeze şi să facă zigzag.

E-Z şi scaunul cu rotile s-au ridicat, dând înapoi şi apucând bara de protecţie a maşinii, ceea ce a făcut ca aceasta să se oprească complet.

Instantaneu, pasagerul a fost aruncat în aer şi s-au tras focuri de armă.

Pe bancheta din spate, Lia sforăia în continuare.

Tâlharul cu arma s-a rostogolit pe uşă, apoi în genunchi s-a pregătit să tragă un foc de armă spre E-Z.

Hadz a apărut de nicăieri şi i-a smuls pistolul din mâna tâlharului. Apoi i-a legat mâinile la spate şi picioarele la spate ca pe un viţel la rodeo.

Cel de-al doilea tâlhar s-a îndreptat direct spre E-Z, care l-a prins cu centura sa cu lasoul. Tâlharul a căzut pe jos, astfel încât a putut să-şi înfăşoare cu uşurinţă cureaua în jurul picioarelor.

Tipul a încercat să sară, dar nu a ajuns prea departe. Acum, că era oprit, s-au îndreptat spre doctor folosind mecanismul de cuşcă al scaunului. Doctorul a fost prins şi imobilizat.

Lia a dormit în tot acest timp, chiar şi în timp ce Hadz a ridicat-o din vehicul şi a dus-o în siguranţă.

E-Z i-a aşezat pe cei trei bărbaţi unul lângă altul pe bancheta din spate a maşinii.

"Pentru cine lucraţi?", a întrebat el.

Hadz a zburat: "Ei nu înţeleg engleza". Bărbaţilor le-a tradus întrebarea lui E-Z. După ce medicul fals a răspuns, Hadz a tradus. "Spune că nu ştiu pentru cine lucrează".

"Asta e ridicol. Au răpit un copil din spital. Întrebaţi-i unde o duceau atunci? Şi cum au aflat despre ea?".

a tradus Hadz. Doctorul fals a răspuns din nou: "Ni s-a spus să o ducem la docuri, iar cineva o va aştepta acolo. Asta e tot ce ştim".

E-Z nu i-a crezut, dar Hadz a confirmat că într-adevăr spuneau adevărul. "Ce vreţi să faceţi cu ei?", a întrebat ea.

"Poți să le ștergi minţile? Și minţile celor cu care sunt conectaţi."

Acești trei sunt rotiţe în mașinărie. Vrem să ștergem mintea persoanei de la docuri. Ca să uite cu toţii de ea - pentru totdeauna."

"S-a făcut", a spus ea.

"Wow, ești rapidă!"

E-Z și Hadz în scaun s-au întors la spital, chiar în momentul în care Lia a început să se trezească. Și-a mișcat capul, a simţit cum vântul îi sufla în păr și s-a ghemuit în pieptul lui E-Z. Și-a deschis palma dreaptă și s-a uitat la prietenul ei, băiatul/îngerul. A râs și l-a îmbrăţișat strâns. Când a observat mica creatură asemănătoare unei zâne pe umărul lui E-Z, și-a folosit ochii din palmă pentru a o privi.

"Ești atât de mică și de drăguţă", a spus ea.

"Mă bucur să te cunosc", a spus Hadz. "Și îţi mulţumesc."

Au zburat spre spital.

"Ești în siguranţă acum", a spus E-Z.

"Și tu nu mai ești în chestia aia", a spus Lia.

"Hadz m-a ajutat să ies", a spus E-Z, bătând din aripi.

"De unde le-ai luat?" a întrebat Lia. "Pot să iau și eu câteva?"

E-Z a zâmbit. Nu era sigur cât de multe ar trebui să-i spună. Era îngrijorat de ce ar fi spus Eriel dacă i-ar fi dezvăluit prea multe.

"Le-am primit după ce părinţii mei au murit".

"Dar de ce?", a întrebat micuţa Lia.

"Am început să salvez oameni", a spus E-Z.

"Vrei să spui că nu sunt prima persoană pe care ai salvat-o?".

"Nu, nu ești."

Hadz și-a curăţat gâtul, ceea ce a fost un semnal pentru E-Z să nu mai vorbească.

Au zburat mai departe în tăcere. Fetița îmbrățișa pieptul lui E-Z. Scaunul cu rotile știind unde trebuia să meargă. Hadz simțindu-se din nou necesară.

E-Z era pierdut în gândurile sale. Se întreba dacă salvarea Liei fusese încercarea principală. Sau dacă ieșirea din glonț completase sarcina. Poate că fusese doi la unu! Câți ar fi fost atunci? Trebuia să le noteze pentru a le urmări. Asta făcuse în jurnalul său, dar în ultima vreme nu prea avusese timp să noteze lucrurile.

"Te aud cum te gândești", a spus Lia. Avea ambele palme deschise. Îl urmărea pe E-Z pe dinafară, în timp ce asculta ce gândea el în interior. "Vreau să știu mai multe despre aceste procese. Și vreau să știu de ce pot vedea cu mâinile în loc de ochi. Crezi că acest Eriel va ști?".

POP

Hadz nu a mai așteptat răspunsul.

"Spitalul este mai jos", a spus E-Z.

Scaunul a coborât încet și au intrat în spital. Aripile lui E-Z și ale scaunului au dispărut. S-a împins de-a lungul coridorului și a găsit camera Liei. Mama ei aștepta acolo.

"Arestați-l pe acest băiat", a strigat mama Liei.

E-Z a rămas uimit. De ce ar fi vrut ea să fie arestat? Tocmai îi salvase fiica.

"Dar mami", a început Lia.

Poliția a intrat înăuntru. Au ajuns în spatele lui E-Z și i-au pus mâinile în cătușe.

Înainte să le închidă, Lia a țipat. Apoi și-a deschis palmele și le-a întins în fața ei. Din ochii palmelor ei a ieșit o lumină albă orbitoare, făcându-i pe toți cei din încăpere, cu excepția ei și a lui E-Z, să se oprească la timp. Micuța Lia a oprit timpul.

"Mişto! Cum ai făcut asta?" a exclamat E-Z în timp ce cătuşele au căzut pe podea cu un zgomot zdravăn.

"Eu, nu ştiu. Am vrut să te protejez. Să te salvez." S-a oprit, a ascultat. "Vine cineva, trebuie să pleci de aici. Simt că vine altcineva, iar tu trebuie să pleci."

"Cineva?" a întrebat E-Z. "Ştii cine?"

"Nu ştiu. Tot ce ştiu este că vine altcineva şi trebuie să pleci - imediat."

"Vei fi, bine? O să-ţi facă rău?"

"Voi fi bine - ei vin după tine - nu după mine. Pleacă de aici, acum."

"Când o să te mai văd?" a întrebat E-Z, în timp ce spărgea geamul spitalului şi a zburat afară, aşteptând ca ea să răspundă.

"Mă vei vedea întotdeauna, E-Z. Suntem interconectaţi. Suntem prieteni. Tu ieşi de aici şi eu mă voi ocupa de restul". Ea i-a trimis un sărut.

Lia s-a băgat în pat, şi-a tras pătura până la gât şi s-a prefăcut că doarme adânc înainte de a pune din nou lumea în mişcare.

"Ce s-a întâmplat?", a întrebat-o mama ei.

Totul era din nou în regulă. Lia era în pat, nevătămată.

Lumea a continuat ca şi până atunci, în timp ce E-Z îşi croia din nou drum spre casă.

"Mulţumesc, Hadz pentru ajutor", a spus E-Z, chiar dacă plecase. Cumva, el ştia că oriunde ar fi fost, ea îl putea auzi.

CAPITOLUL 7

ÎN TIMP CE E-Z zbura pe cer, şi-a dat seama că era flămând. Sub el se afla Big Ben. S-a hotărât să aterizeze şi să-şi ia nişte peşte şi cartofi prăjiţi englezeşti.

În timp ce cobora, a observat o furgonetă albă care se deplasa rapid pe drum. Era paralelă cu o şcoală. A văzut părinţi în vehicule şi pe jos care aşteptau să-şi ia copiii.

În momentul în care furgoneta a virat colţul, a luat viteză.

Scaunul său cu rotile a sărit în faţă şi a căzut în spatele vehiculului.

Conducerea devenea din ce în ce mai imprudentă, pe măsură ce se apropia de şcoală. Au început să iasă copii.

E-Z s-a agăţat de partea din spate a dubei. Folosindu-şi toată forţa, a tras-o până la o oprire completă cu un scârţâit.

Şoferul a apăsat pe acceleraţie, încercând să se îndepărteze. Nu a avut noroc. Nu puteau vedea ce sau cine îi reţinea.

E-Z a spart încuietoarea de la portbagaj, a băgat mâna înăuntru şi a scos cablurile de jumper. Scaunul a ricoşat în faţă şi a aterizat pe acoperişul vehiculului. E-Z a folosit cablurile de jumper pentru a lega uşile cabinei. Şoferul nu a putut ieşi.

Sunetele sirenelor au umplut aerul.

E-Z şi-a luat zborul şi, observând că mai mulţi oameni îl fotografiau cu telefoanele lor, a zburat din ce în ce mai sus.

Stomacul lui a bombănit și și-a amintit de pește și cartofi prăjiți. Neavând valută britanică, oricum nu putea să le plătească, așa că a plecat spre casă.

Gândindu-se că unchiul său se întreabă unde este, s-a gândit să lase un mesaj și a început să o facă: "Sunt în drum spre casă".

Click.

"Unde ești?" a întrebat unchiul Sam.

E-Z s-a bucurat că nu era un mesaj!

"Sunt în zbor deasupra Marii Britanii. Este o zi plăcută pentru zbor, nu crezi?".

"Ce? Cum?"

"E o poveste lungă, o să-ți explic când mă întorc."

"Ești într-un avion?"

"Nu, sunt doar eu și scaunul meu."

Mai jos, E-Z putea vedea oameni care îi făceau fotografii. Când a zărit un 747 al unui transportator local venind spre el, și-a dat seama că are probleme. Înainte de a avea șansa de a zbura mai sus, camerele de luat vederi făceau fotografii și le postau pe toate rețelele de socializare.

"Îmi pare rău, Eriel", a spus el, ridicându-se mai sus. "Știți cum se spune că orice publicitate este o publicitate bună? Ei bine..." E-Z a râs. Dacă Eriel îl putea vedea în fiecare zi și în fiecare oră, atunci de ce trebuia să-l cheme în ajutor? Ceva nu prea se potrivea. Nu I arhanghelii voiau ca el să termine încercările.

Un fior l-a străbătut în timp ce cerul se schimba, norii negri se învârteau și pulsau în jurul lui. A zburat mai departe, încercând să accelereze ritmul, dar apoi au început fulgerele și trebuia să se ferească de ele. Apoi și-a amintit de avion. A putut vedea că ateriza cu succes, iar oamenii erau nevătămați. Și-a continuat drumul spre casă.

După furtună, au ieșit stelele. Scaunul său a continuat să bată din aripi în timp ce E-Z a tras un pui de somn.

"E-Z?" a spus Lia în capul lui. "Ești acolo?"

S-a trezit brusc, a uitat că era în scaun și a căzut. A început să cadă, dar aripile sale și-au făcut efectul și în curând a fost din nou în scaun.

"E totul în regulă, micuțule?", a întrebat el.

"Da. Ei cred că totul a fost un vis, eu vorbind cu tine. Să-ți fac desene. Mami știe adevărul, dar nu vrea să-l recunoască."

"Oh, asta te îngrijorează?"

"Nu. Puterile mele sunt în creștere. Le pot simți și știu că ceva se apropie. Ceva pentru care vei avea nevoie de ajutorul meu. Voi pleca acasă în curând. O voi întreba pe mami dacă putem să te vizităm. În curând."

"Ce?" "Mama ta ar trebui să-l sune pe unchiul Sam și să stea de vorbă?".

"Da, este o idee inteligentă. Mama a văzut fotografiile și te-a întâlnit, dar nu-și amintește. E ca și cum mintea ei a fost curățată sau amintirile ei despre tine sunt adormite."

"Ești sigur că e bine să faci asta?"

"Sunt sigură. Trebuie să fiu acolo unde ești tu. Trebuie să te ajut."

Mintea lui E-Z s-a golit. Lia dispăruse.

Adolescentul s-a gândit la Lia, venind în America de Nord. Era o fetiță, văzătoare cu mâinile, da, dar cum putea să-l ajute? Îl ajutase să evadeze, dar el era confuz în legătură cu implicarea ei. Nu voia să o pună în pericol. A strigat-o din nou pe Eriel. A evocat incantația, dar nu s-a întâmplat nimic.

A admirat peisajul, luându-și gândul de la fetiță pentru o clipă. Era aproape de casă acum. Slavă Domnului că scaunul său era modificat și putea călători F-A-S-T!

CAPITOLUL 8

CHIAR ÎN FAȚĂ, E-Z a reperat coasta. A suspinat ușurat până când a observat o pasăre mare care se îndrepta direct spre el. Pe măsură ce se apropia, și-a dat seama că era o lebădă. Dar nu o lebădă de dimensiuni normale. Era uriașă și la fel și anvergura aripilor, pe care a estimat-o la peste 150 de centimetri. Era aceeași lebădă care îi vorbise înainte. Și nu numai atât, ci a observat și o lumină roșie strălucitoare care pâlpâia pe umărul păsării.

Lebăda a virat și apoi a aterizat puternic pe umerii lui. Făcuse autostopul.

"Ei bine, bună ziua", a spus E-Z, uitându-se la frumoasa creatură în timp ce aceasta se stabiliza.

"Hoo-hoo", a spus lebăda. Apoi și-a scuturat capul, și-a deschis ciocul și a spus: "Bună, E-Z".

"Cred că îți datorez mulțumirile mele", a spus el.

"Oh, cu plăcere. Și sper că nu te superi că am făcut autostopul", a spus lebăda, zburlindu-și penele.

"Uh, nicio problemă", a răspuns E-Z.

"Acesta este mentorul meu, Ariel", a spus lebăda.

WHOOPEE

Un înger a înlocuit lumina roșie.

"Bună ziua", a spus ea, așezându-se pe genunchii lui E-Z.

"Uh, mă bucur să te cunosc", a spus el.

"Cu ce vă pot fi de folos?", a întrebat el.

"Sper că tu şi prietenul meu, lebăda de aici, veţi putea să formaţi un parteneriat."

"Cum aşa?", a întrebat el.

"Protectorul meu a trecut prin multe. El vă poate pune la curent cu detaliile atunci când se va simţi pregătit, dar deocamdată am nevoie să-l ajutaţi, permiţându-i să vă ajute cu încercările. Ai nevoie de ajutor, da?"

"Din câte am înţeles", a spus el adresându-se lui Ariel. Apoi către lebădă, "nu am nimic împotriva ta, amice." Acum către Ariel, "este că nimeni nu mă poate ajuta în încercări. Asta a venit direct de la Eriel şi Ophaniel."

"Am lămurit asta cu ei. Aşa că, dacă asta e singura ta obiecţie", a făcut o pauză, apoi a zis

WHOOPEE

şi a dispărut.

După aceea, E-Z şi lebăda au continuat să traverseze Oceanul Atlantic şi să ajungă în America de Nord. Aşa cum îşi dorea dintotdeauna să vadă Marele Canion. Va trebui să-l vadă altă dată. Lebăda a sforăit şi s-a ghemuit la gâtul lui E-Z.

E-Z a băgat mâna în buzunar şi şi-a scos telefonul. Şi-a făcut un selfie cu lebăda. Şi-a ţinut telefonul în mână, plănuind să înregistreze lebăda data viitoare când aceasta va vorbi. Avea nevoie de o dovadă că nu-şi pierdea minţile.

Ceva mai târziu, E-Z s-a apropiat de casa lui. Era zi de şcoală, dar era mult prea obosit ca să plece. Când scaunul şi-a început coborârea, lebăda s-a trezit. "Am ajuns deja?"

"Da, suntem la mine acasă", a spus E-Z, apăsând butonul de înregistrare de pe telefonul său. "Vrei să te las undeva?".

"Nu, mulțumesc. O să rămân cu tine", a spus lebăda, în timp ce își prelungea gâtul pentru a arunca o privire la casa în care urma să stea.

"Noi doi trebuie să vorbim".

E-Z a apăsat pe play, dar era aer mort. Lebăda nu putea fi înregistrată. Ciudat.

Au aterizat la ușa de la intrare. E-Z a băgat cheia în încuietoare, dar înainte de a o deschide, Unchiul Sam era acolo. Și-a îmbrățișat nepotul și i-a spus: "Bine ai venit acasă". S-a scărpinat în bărbie și a părut puțin îngrijorat când a văzut însoțitorul lui E-Z, o lebădă excepțional de mare.

"Mă bucur că m-am întors", a spus E-Z, îndreptându-se spre interior.

Lebăda l-a urmat, cu picioarele sale palmate, pășind în urma lui.

"Și cine este prietenul tău, ăăă, cu pene?" a întrebat unchiul Sam.

E-Z și-a dat seama că nici măcar nu știa numele lebedei.

Lebăda a spus: "Alfred, numele meu este Alfred".

E-Z a făcut o prezentare oficială.

Lebăda a plecat apoi în josul holului, în camera lui E-Z și a zburat pe patul său pentru a trage un somn bine meritat.

E-Z s-a dus în bucătărie cu Unchiul Sam pe roți.

"Ce naiba caută lebăda aia aici?". A făcut o pauză, a luat niște lapte din frigider. I-a turnat nepotului său un pahar plin. "Nu poate rămâne aici. Ar trebui să o băgăm în cadă. Asta dacă încape. E cea mai mare lebădă pe care am văzut-o vreodată. Unde ai găsit-o și de ce ai adus-o aici?".

E-Z a dat pe gât laptele. Și-a șters mustața de lapte. "Nu eu am găsit-o, ea m-a găsit pe mine. Și poate vorbi. A fost acolo când am salvat-o pe fetița aceea și când am salvat avionul. El spune că trebuie să vorbim."

Unchiul Sam, fără să răspundă, a plecat pe hol. E-Z l-a urmat îndeaproape fără să vorbească.

"Vorbește!" a cerut unchiul Sam.

Lebăda Alfred a deschis ochii, a cascauit, apoi a adormit din nou fără să emită nici măcar un sunet.

"Am spus să vorbeşti", a spus Unchiul Sam, încercând din nou.

Lebăda Alfred şi-a deschis ciocul şi a pufnit.

"Este în regulă, Alfred", a spus E-Z. "Este unchiul meu Sam".

"El nu mă poate înţelege. Şi nu cred că va putea vreodată. Sunt aici pentru tine şi numai pentru tine", a spus lebăda Alfred. Acesta a pufnit, apoi s-a cuibărit în plapumă şi s-a lăsat din nou dus de somn.

Unchiul Sam privea, în timp ce lebăda fusese animată şi se uita cu atenţie la E-Z.

El şi unchiul Sam au închis uşa la ieşire şi s-au întors în bucătărie pentru a discuta.

E-Z era atât de obosit, încât abia îşi putea ţine ochii deschişi.

"Nu poate aştepta asta până dimineaţă?", a întrebat el.

Sam a clătinat din cap.

"Bine, uite cum stă treaba. În primul rând, am lovit o minge de baseball din parc. Şi am alergat sau m-am rotit în jurul bazelor. Apoi, am fost prins în interiorul unui container în formă de glonţ, fără cale de ieşire. Apoi, am putut vorbi cu o fetiţă din Olanda. M-am dus acolo să o salvez. Numele ei este Lia, iar mama ei vă va suna. Am împiedicat un vehicul să facă rău unor copii, în Londra, Anglia. Apoi l-am întâlnit pe Alfred, lebăda trompetistă. Şi acum că eşti la curent - pot să mă duc la culcare, te rog?"

"Ce ar trebui să spun când va suna?" a întrebat Sam. "Nici măcar nu-i cunoaştem pe aceşti oameni, dar ar trebui să-i lăsăm să stea aici, în casă, cu noi. Noi şi Alfred lebăda?"

"Da, te rog să fii de acord cu asta. Există un plan la mijloc aici şi nu cunosc încă toate detaliile. Lia are puteri, are ochi în palmele mâinilor şi poate să-mi citească gândurile şi să oprească timpul. Alfred, lebăda, are şi el puteri, îmi poate citi gândurile și poate vorbi. Cred că noi trei suntem legați într-un fel, poate din cauza încercărilor. Nu știu. Orice se poate întâmpla cu Eriel spionându-mă 24 de ore din 24, 7 zile din 7", a spus E-Z.

Ajungând pe coridor, au auzit plescăitul picioarelor lebedei care se plimba. "Mi-e prea foame ca să dorm", a spus lebăda Alfred.

"Ce fel de lucruri mănânci?"

"Porumbul este bun, sau mă puteți lăsa afară în spate și îmi voi lua niște iarbă."

"Avem porumb?" a întrebat E-Z.

"Doar congelat", a spus unchiul Sam. "Dar pot să trec boabele sub apă caldă și vor fi gata într-o clipă".

"Spune-i că-i mulțumesc", a spus lebăda Alfred. "E foarte amabil din partea lui."

Unchiul Sam a pus porumbul pe o farfurie, iar Alfred a mâncat ceea ce i s-a oferit. Totuși, îi era încă foame și trebuia să meargă să-și golească vezica, așa că a cerut să iasă afară până la urmă. Cât timp era afară, avea să se împărtășească din peluză.

E-Z și Unchiul Sam au privit lebăda pentru câteva secunde.

"Sper ca chihuahua vecinului să nu apară în vizită", a spus unchiul Sam. "Lebăda aia e atât de mare încât îl va speria de moarte".

E-Z a râs. "Imaginează-ți ce ar face, dacă câinele ar putea să o înțeleagă așa cum o înțeleg eu?"

Lebăda Alfred s-a simțit ca acasă. Era sigur că va fi fericit aici.

CAPITOLUL 9

Mai târziu, lebăda Alfred a cerut să vorbească cu E-Z în particular.

"Poți să spui orice aici", a spus E-Z. "Unchiul Sam nu te înțelege, îți amintești?"

"Da, știu. Dar este o chestiune de maniere. Nu se vorbește cu o persoană atunci când o alta este prezentă, mai ales atunci când este oaspete în casa altei persoane. Ar fi, ei bine, destul de nepoliticos. De fapt, foarte nepoliticos."

E-Z și-a dat seama abia acum că lebăda Alfred vorbea cu accent britanic.

"Aș putea fi scuzat?" a întrebat E-Z.

Unchiul Sam a dat din cap și E-Z a intrat în camera lui, iar Alfred lebăda l-a urmat.

"Bine", a spus E-Z. "Spune-mi de ce te-a trimis Ariel aici și ce anume intenționezi să faci ca să mă ajuți?".

Acum că E-Z era în patul lui, lebăda se învârtea în jurul lui în timp ce frământa în plapumă, încercând să se facă confortabil.

"Poți să dormi în partea de jos a patului", a spus E-Z, aruncând o pernă acolo.

"Mulțumesc", a spus lebăda Alfred. S-a clătinat pe pernă și a bătut-o cu picioarele sale palmate până când s-a făcut comodă. Apoi s-a ghemuit.

"Acum, să începem", a spus Alfred.

E-Z, acum în pijama, a ascultat cum Alfred îi spunea povestea.

"Am fost odată bărbat."

E-Z a tresărit.

"Ar fi bine să nu mă întrerupi până nu termin", a certat lebăda. "Altfel, povestea mea va continua la nesfârșit și niciunul dintre noi nu va reuși să doarmă."

"Îmi pare rău", a spus E-Z.

Lebăda a continuat. "Locuiam cu soția mea și cei doi copii. Eram incredibil de fericiți, până când a trecut o furtună care ne-a dărâmat casa și i-a ucis pe toți. Eu am supraviețuit, dar fără ei nu am vrut să o fac. Apoi a venit la mine un înger, Ariel, pe care ai întâlnit-o, și mi-a spus că îi voi putea vedea pe toți din nou, dacă voi fi de acord să-i ajut pe alții. Îmi place să îi ajut pe alții și să fac asta mi-ar da un scop. În plus, nu aveam alte opțiuni, așa că am fost de acord."

"Ai procese?" a întrebat E-Z. Presupusese în mod greșit că povestea lui Alfred fusese încheiată.

"Povestea mea nu s-a încheiat încă", a spus lebăda Alfred, destul de supărat. Apoi a continuat. "Acesta este miezul poveștii mele. Eu nu am încercări, pentru că nu sunt un înger în formare. Aripile mele nu sunt ca aripile voastre. Sunt o lebădă, deși o lebădă mai mare decât de obicei. Numele rasei mele este Cygnus Falconeri, cunoscută și sub numele de lebăda uriașă. Specia mea a dispărut cu mult timp în urmă. Scopul meu a fost nedefinit. Am fost blocat în întrepătrundere și între, plutind în derivă prin timp pentru că am făcut o greșeală. Dar nu vreau să vorbesc despre asta acum. Când te-am văzut salvând-o pe fetița aia, am sunat-o pe Ariel și am întrebat-o dacă pot fi de folos pentru tine. Ea m-a certat pentru că am scăpat și am fost trimisă înapoi în "între" și "între". Am evadat de acolo din nou și te-am ajutat cu avionul, iar Ariel l-a rugat pe Ophaniel să-mi mai dea o șansă. Acum am un scop - să te ajut."

"Şi Ophaniel, a fost de acord? Dar cum rămâne cu Eriel?"

"La început nu au vrut. Asta pentru că Hadz şi Reiki m-au denunţat pentru că v-am ajutat invocându-mi prietenii păsări. Când am auzit că au fost trimişi în mină şi că au evadat din nou, Ariel mi-a prezentat cazul şi Ophaniel a fost de acord. Nu ştiu despre Eriel. Este el mentorul tău?"

"Da, el a luat locul lui Hadz şi Reiki. Ei au apărut şi au ieşit, în timp ce el spune că poate vedea mereu unde sunt şi ce fac."

"Asta sună ca o exagerare. Totuşi, mi-ar plăcea să îl întâlnesc într-o zi. Deocamdată, suntem o echipă. Eu te pot ajuta, pentru ca într-o zi, şi eu să fiu din nou alături de familia mea. Aşa că, unde mergi tu E-Z, merg şi eu."

E-Z şi-a odihnit capul pe pernă şi a închis ochii. Se simţea recunoscător pentru orice ajutor. La urma urmei, lebăda îl ajutase în trecut cu avionul.

"Nu-ţi voi sta în cale", a spus lebăda Alfred. "Ştiu, te gândeşti că suntem o pereche ilogică şi când va sosi Lia, vom fi un trio şi mai ilogic, dar..."

"Aşteaptă", a spus E-Z. "Ştii despre Lia? Cum?"

"Oh, da, ştiu totul despre tine şi ştiu totul despre ea şi mai ştiu şi mai multe. Că noi trei suntem legaţi. Predestinaţi să lucrăm împreună." Şi-a întins fălcile, care păreau că încearcă să bocească. "Sunt prea obosit ca să mai vorbesc în seara asta." În scurt timp, Alfred, lebăda sforăia.

E-Z a trecut în revistă tot ce ştia în minte despre lebede. Ceea ce nu era prea mult. Dimineaţă, avea să facă nişte cercetări despre specia lui Alfred.

S-a întrebat cum se vor simţi PJ şi Arden în legătură cu Alfred. Trebuia să le facă cunoştinţă sau Alfred putea fi un secret?

Şi-a pufnit perna cu pumnii şi s-a pregătit să se culce.

L-a trezit pe Alfred, iar acesta era irascibil din cauza asta.

"Chiar trebuie să faci asta?" a întrebat Alfred.

"Îmi pare rău", a spus E-Z.

CAPITOLUL 10

ÎN DIMINEAŢA URMĂTOARE, E-Z s-a trezit când Unchiul Sam a bătut la uşa lui. "Trezeşte-te E-Z! PJ şi Arden sunt deja pe drum să te ducă la şcoală."

E-Z a căscat şi s-a întins. S-a îmbrăcat apoi s-a manevrat în scaunul său. Din moment ce Alfred încă dormea, se va furişa să se întâlnească cu el după şcoală.

"Nu poţi pleca nicăieri fără mine!" a spus Alfred. Şi-a scuturat penele peste tot şi apoi a sărit pe podea.

"Nu poţi să mergi cu mine la şcoală. Animalele de companie nu sunt permise".

"E-Z, haide băiete!" a strigat unchiul Sam din bucătărie. "Altfel, o să pierzi micul dejun".

Stomacul lui E-Z a mârâit când mirosul de pâine prăjită a fluturat în direcţia lui. "Vin!"

Neavând timp să se certe, E-Z a deschis uşa. S-a îndreptat spre bucătărie exact când au sosit Arden şi PJ. Un claxon de afară l-a anunţat că erau acolo.

"În regulă, în regulă!" a strigat E-Z în timp ce a luat o bucată de pâine prăjită. Şi-a croit drum pe coridor, cu noul său companion cu picioare de pânză de păianjen venind în spatele lui.

PJ a ieșit din mașină pentru a-l ajuta pe E-Z să intre și i-a fixat scaunul cu rotile în portbagaj. În timp ce îl închidea, l-a zărit pe Alfred încercând să intre în vehicul.

"Uh, chestia aia nu poate intra în mașină", a strigat PJ.

Arden a coborât geamul.

"Ce naiba este asta? Am ratat o notă în care se spunea că azi avem spectacol și poveste?". A chicotit.

"E o lebădă?" a întrebat mama doamnei Handle PJ.

"Sau chestia asta este președintele fan clubului tău de fani?". PJ a întrebat cu un zâmbet.

Odată intrați în mașină, E-Z a răspuns. "Suntem prea bătrâni pentru spectacole și povestiri", a râs el. "Lebăda este proiectul meu. Un experiment, ca un câine de vedere pentru o persoană oarbă. Este însoțitorul meu în scaunul cu rotile". L-a prins pe Alfred în centura de siguranță.

PJ s-a dus să se așeze în față, alături de mama sa.

Alfred, lebăda, a spus: "Nu mă prezinți?".

Doamna Mâner a scos mașina și s-au îndreptat spre școală.

"Alfred," E-Z s-a uitat la prietenii săi, "fă cunoștință cu doamna Handle. Și pe cei doi cei mai buni prieteni ai mei, PJ și Arden. Toată lumea, el este Alfred, lebăda trompetistă". E-Z și-a încrucișat brațele.

Alfred a spus: "Hoo-hoo". Lui E-Z i-a spus: "Sunt incredibil de încântat să te cunosc. Poți să traduci pentru mine".

"De unde îi știi numele?" a întrebat PJ.

"Doar nu te transformi în, cum îl chema, tipul care putea vorbi cu animalele, nu-i așa E-Z? Te rog, spune-mi că nu ești. Deși, s-ar putea transforma într-o adevărată vacă de muls. Am putea să-ți comercializăm talentul. Să punem întrebări și să postăm răspunsurile pe propriul nostru canal YouTube. L-am putea numi E-Z Dickens "Șoptitorul de lebede"."

"Excelentă idee!" a spus PJ, în timp ce mama lui s-a oprit la o trecere de pietoni. "Cu câțiva ani în urmă, probabil că am fi făcut milioane pe internet. În zilele noastre, să faci bani online este greu. Chiar au luat măsuri drastice."

"Nu fiți nepoliticoasă", a spus doamna Handle, în timp ce mergea mai departe.

"Persoana la care se referă este doctorul Dolittle", s-a oferit Alfred. "A fost o serie de romane de douăsprezece cărți scrise de Hugh Lofting. Prima carte a fost publicată în 1920, iar celelalte au urmat, până în 1952. Hugh Lofting a murit în 1947. Era și el britanic. Un om născut și crescut în Berkshire".

"Știu la cine se referă", i-a spus E-Z lui Alfred. "Și nu, eu nu sunt."

Arden a spus: "Sper că însoțitorul tău de lebădă nu ne fură toate fetele astăzi. Știi cât de mult le plac fetelor lucrurile cu pene."

Doamna Handle și-a curățat gâtul.

"Am fost un adevărat ucigaș de doamne, pe vremea mea", a spus Alfred, urmat de un alt "Hoo-hoo!" pe care l-a îndreptat către PJ și Arden.

PJ a spus: "Lebăda ta de însoțitor chiar mă face să râd".

Arden a întrebat: "Ce film cu păsări a câștigat un Oscar?".

PJ a răspuns: "Lord of the Wings".

Arden a întrebat: "Unde își investesc păsările banii?".

PJ a răspuns: "În piața berzelor!".

"Prietenii tăi sunt ușor de amuzat", a spus Alfred. "Sunt doi plonjoni, croiți din aceeași stofă. Înțeleg de ce vă plac. Mie îmi place doamna Mâner. E liniștită și o șoferiță excelentă."

E-Z a râs.

"Mă bucur că vă place umorul de dimineață", a spus PJ.

"Nu prea mă bucur", a spus Alfred. "În plus, voi doi sunteţi nişte adevăraţi plonjoni".

Arden şi PJ au făcut o dublă impresie.

E-Z a făcut şi el o dublă luare la dubla lor luare. "Ce?"

"N-aţi auzit asta?", au spus cei doi la unison. "Lebăda poate vorbi - şi cu accent britanic. Oh, omule, fetele chiar o să-l iubească."

Doamna Handle a clătinat din cap. "Nu faceţi pe cerşetorii prostuţi, voi doi!"

E-Z s-a uitat la lebăda Alfred, care părea confuz.

Alfred a încercat o glumă de-a lui pentru a vedea dacă ele chiar îl înţelegeau. "De ce fredonează colibri?", a întrebat el.

Cei trei băieţi s-au uitat, era clar că atât Arden cât şi PJ îl puteau înţelege acum.

Alfred a spus poanta: "Pentru că nu ştiu cuvintele, bineînţeles".

PJ şi Arden au râs, într-un fel, dar erau mai mult speriaţi.

"Cum se face că şi ei te pot înţelege acum?". a întrebat E-Z. "Mai întâi, nu au putut, acum pot. Credeam că ai spus că sunt doar eu. Şi de ce nu te-a putut înţelege Unchiul Sam?".

Acum că îl puteau înţelege, Alfred se simţea stânjenit. I-a şoptit lui E-Z: "Sincer, nu ştiu. Doar dacă nu cumva, ceea ce mă aflu aici are legătură şi cu ei."

"Şi nu-l include şi pe Unchiul Sam? Sau pe doamna Handle?".

"Poate că nu", a răspuns Alfred.

"Şi unde, ai găsit această lebădă vorbitoare?" a întrebat Arden.

"Şi de ce îl aduci la şcoală?". a întrebat PJ.

Doamna Handle a oftat. "Sunteţi cu toţii foarte prostuţi. E-Z spune că este o lebădă însoţitoare. El nu poate vorbi".

"În primul rând, nu este doar o lebădă, este un Cygnus Falconeri. Cunoscută şi sub numele de lebădă uriaşă şi o specie dispărută de secole."

"Nu am văzut multe lebede în viaţa reală", a spus Arden. "Totuşi, cele pe care le-am văzut pe canalul de ştiri despre natură nu păreau la fel de mari ca el. Picioarele lui sunt uriaşe! Şi ce se întâmplă dacă trebuie, ştii tu, să meargă la toaletă?".

"Lebăda uriaşă medie avea o lungime de la cioc până la coadă între 190-210 centimetri", a oferit Alfred. "Şi dacă o fac, voi folosi iarba - terenul de sport ar trebui să-mi ofere un spaţiu amplu pentru a mă hrăni şi pentru a-mi face nevoile dacă şi când va fi necesar."

"Vrei să spui că mănânci iarba şi apoi te duci pe iarbă?" a spus PJ.

"Eww!" a spus Arden.

Erau îngrozitor de aproape de şcoală acum, aşa că E-Z a explicat. "Nu vă pot da detalii pentru că nu le cunosc cu adevărat. Tot ce ştiu sigur este că Alfred este aici să mă ajute şi îl veţi vedea foarte des."

"Nu cred că îl vor lăsa să intre în şcoală", a spus Arden.

"Nu va fi o problemă, din moment ce eu sunt însoţitorul tău", a spus Alfred.

PJ, Arden şi Alfred au râs în timp ce maşina s-a oprit în faţa şcolii.

"Sună-mă dacă vrei să vin să te iau după şcoală", a spus doamna Handle.

"Mulţumesc", au răspuns cei doi.

După ce scaunul lui E-Z a fost scos din portbagaj, doamna Handle s-a îndepărtat de bordură.

Prietenii lui l-au ajutat să se urce în el, în timp ce Alfred a zburat şi s-a aşezat pe umărul lui. S-au îndreptat spre partea din faţă a şcolii, unde directorul Pearson îi făcea pe elevi să intre.

"Bună dimineaţa, băieţi", a spus acesta cu un zâmbet imens pe faţă. Până când l-a observat pe Alfred, lebăda. "Ce este chestia aia?", a întrebat el.

"Este o lebădă de companie", a spus E-Z.

"Un Cygnus Falconerie, mai exact", a spus Arden.

"Este cu noi", a spus PJ.

Directorul Pearson şi-a încrucişat braţele. "Chestia aia, şoimăcelul Cygnus nu intră aici!".

Alfred a spus: "Este în regulă, E-Z. Hai să nu facem o scenă. Voi fi aici când se termină orele voastre. Ne vedem mai târziu." Alfred a zburat în sus şi a aterizat pe acoperişul clădirii. A admirat priveliştea înainte de a zbura în jos pe terenul de fotbal. Era destulă iarbă pe care să o ronţăi. Când se va sătura, va găsi un loc la umbră sub un copac şi va trage un pui de somn.

Directorul Pearson a clătinat din cap, apoi a ţinut uşa pentru E-Z şi prietenii săi. Înăuntru a sunat clopoţelul de avertizare de cinci minute.

Această zi de şcoală a fost lipsită de evenimente pentru E-Z şi prietenii săi.

Încă nu se ştia nimic de la Eriel despre vreun nou proces.

CAPITOLUL 11

ALFRED S-A ACOMODAT CU noua sa rutină. Copiii de la şcoală au ajuns să-l cunoască - deşi doar E-Z şi prietenii lui ştiau că poate vorbi.

În această zi, în faţa şcolii, Alfred îl aştepta pe E-Z şi l-a întrebat: "Putem vorbi?".

E-Z s-a uitat în jur; încă nu voia ca ceilalţi elevi să îl audă vorbind cu o lebădă. El a şoptit: "Uh, poate aştepta până ajungem acasă?".

"Oh, înţeleg", a spus Alfred. "Încă te simţi stânjenit când stăm de vorbă. Ceea ce este de înţeles, dar copiii mă iubesc aici. Fac coadă să mă mângâie, să mă hrănească. În plus, unchiul Sam nu va fi acasă? Trebuie să vorbesc cu tine între patru ochi."

"Din moment ce el nu te poate înţelege încă, vorbeşti cu mine singură chiar şi când suntem acasă."

"Dar aceasta este o chestiune care ne preocupă şi este destul de urgentă", a spus Alfred.

PJ a oprit pe bordură lângă ei. Arden i-a întrebat dacă vor să îi ducă acasă.

"Uh, băieţi. Îmi pare rău, dar astăzi voi merge acasă pe jos cu Alfred. El are nişte informaţii vitale pe care trebuie să mi le transmită".

PJ şi Arden au clătinat din cap. Arden a spus: "Ne aşteptam să fim aruncaţi într-o zi pentru o fată - nu pentru o pasăre." A chicotit.

"Şi cum rămâne cu jocul?" a întrebat Arden.

"Azi e azi, iar meciul e abia mâine. Îmi pare rău, băieţi." E-Z a accelerat ritmul. Maşina s-a târât pe lângă el, apoi a accelerat cu un scârţâit de cauciucuri.

"Plonkers", a spus Alfred.

"Au intenţii bune. Acum, ce este atât de important?"

"Ai auzit ceva de la Lia în ultima vreme? Sunt îngrijorat pentru ea."

Alfred se plimba pe lângă E-Z, ciupind capul unei păpădii în timp ce mergea.

"De ce îţi faci griji? Nicio veste este o veste bună, nu-i aşa?"

"Ei bine, de fapt, am primit veşti de la ea şi a avut loc o..., ei bine, o nouă evoluţie deconcertantă."

E-Z s-a oprit. "Spune-mi mai multe."

"Continuă să mergi", a spus Alfred, care acum ciupea capul unei margarete. "Lia şi mama ei sunt deja în drum spre noi. Ar trebui să sosească în cursul zilei de mâine."

"De ce atâta grabă? Adică, da, este o surpriză. Ştiam că vor veni curând. Ce e aşa de perplex?"

"Nu asta e partea care ne nedumereşte."

"Nu mai trage de timp şi spune tot!"

"Lia nu mai are şapte ani - acum are zece ani."

"Ce? E imposibil."

"Crezi că ar minţi?"

"Nu, nu cred că ar minţi, dar... asta nu are niciun sens. Oamenii nu cresc de la şapte la zece ani în doar câteva săptămâni."

"A spus că s-a dus să doarmă. A doua zi dimineaţă, a intrat în bucătărie pentru micul dejun şi bona ei a început să ţipe. Aşa a descoperit că a îmbătrânit cu trei ani peste noapte."

"Uau!" a exclamat E-Z.

"Şi mai e şi altceva."

"Mai mult. Nu-mi pot imagina nimic mai mult."

"A reușit să o convingă pe mama ei că nu era nevoie să rămână aici pentru întreaga vizită. Este o femeie de afaceri ocupată. A fost nevoie de destul de multă convingere. Lia a spus că ar fi mai bine pentru ea, având în vedere experiența lui Sam cu tine și cu încercările. Mama ei a fost de acord, cu câteva condiții."

"Cum ar fi?"

"Să-l placă pe unchiul Sam."

"Toată lumea îl place pe Unchiul Sam."

"De asemenea, să îi explici cum a putut fiica ei să îmbătrânească așa peste noapte."

"Și cum anume ar trebui să fac asta?"

"Ca să fiu sincer", a spus Alfred, "habar nu am. De aceea am vrut să vorbesc singur cu tine. Adică, unchiul Sam știe că vine Lia, nu-i așa?".

E-Z a dat din cap: "Cred că da, dacă sunt pe drum".

"Dar el se așteaptă la o fetiță de șapte ani, când o fetiță de zece ani va apărea la ușa lui".

E-Z s-a oprit din nou. Unchiul Sam. Nici măcar nu se gândise că Unchiul Sam avea de-a face cu o fetiță de zece ani. "Nu sunt sigur că i-am menționat vreodată vârsta Liei!".

a continuat Alfred. "Am auzit de oameni care îmbătrânesc repede. Există o boală numită Progeria. Este o afecțiune genetică, destul de rară și destul de mortală. Majoritatea copiilor nu trăiesc mai mult de treisprezece ani, iar Lia are deja zece ani, așa că trebuie să ne dăm seama de asta."

"Cum e chestia aia pe care ai spus-o..."

"Progeria."

"Da, Progeria, cum se contractă?" a întrebat E-Z.

"Din câte am înţeles eu, se întâmplă în primii doi ani. Iar copiii sunt de obicei desfiguraţi."

"Lia este desfigurată, din cauza sticlei, nu a unei boli. Există vreun leac?"

"Nu există leac. Dar E-Z, mai este ceva. Are de-a face cu ochii din mâinile ei. Ei sunt noi şi boala este nouă. Prea multă coincidenţă, nu crezi?".

E-Z s-a gândit la asta şi a decis că Alfred avea dreptate. Era o coincidenţă prea mare. Dar ce avea de gând să facă în privinţa asta? Să-l sune pe Eriel? "Îl cunoşti pe Eriel?"

Alfred şi-a încetinit ritmul şi la fel a făcut şi E-Z. Erau aproape de casă şi trebuiau să discute despre asta înainte de a se întâlni cu unchiul Sam. "Da, am auzit de el. Dar, după cum ştii, Eriel nu este îngerul meu. L-ai cunoscut pe mentorul meu Ariel, iar ea este îngerul naturii, de unde şi faptul că eu sunt în starea unei lebede rare. Ea ar putea fi capabilă să ne ajute, dar va trebui să aşteptăm următoarea ei apariţie pentru a face acest lucru."

"Vrei să spui că nu o poţi invoca?".

Alfred a dat din cap. "Eşti capabil să o invoci pe Eriel în voie?".

E-Z a râs. "Nu chiar în voie, dar este accesibil. Deşi, este o pacoste şi nu-i place să fie chemat sau invocat." E-Z s-a gândit în linişte şi la fel a făcut şi Alfred. Casa lor era acum la vedere şi unchiul Sam era acasă, căci maşina lui era parcată pe alee. "Cred că ar trebui să aşteptăm să vedem ce se întâmplă cu Lia".

"De acord", a spus Alfred, în timp ce se îndepărta de potecă şi a scos nişte iarbă din pământ şi a mestecat-o. "Am înţeles. E-Z l-a privit. "Prefer să nu mănânc prea multă iarbă; mă refer la iarba de gazon. Este ceea ce mănânc toată ziua când eşti la şcoală - în afară de cele câteva flori pe care le găsesc. În momentul de față, am chef să mănânc din cea umedă, care crește sub apă. Este mai proaspătă și mai suculentă."

"Înțeleg perfect asta", a spus E-Z. "Îmi place să mănânc salată când este proaspătă și crocantă. Nu-mi place atât de mult când vine în pungi și singura modalitate de a o da jos este să o îmbibi în sos de salată."

"Îmi lipsește mâncarea umană".

"Ce îți lipsește cel mai mult?"

"Cheeseburgeri și cartofi prăjiți, fără îndoială. Oh, și de ketchup. Cât de mult îmi plăcea sosul ăla gros, roșu și lipicios, care merge pe orice."

"Poate că nu ar fi atât de rău, pe iarbă?" E-Z a râs, dar Alfred se gândea la asta.

"Aș fi dispus să încerc."

"Hai să o trecem pe lista de dorințe", a spus E-Z.

"Ce este o listă de dorințe?" a întrebat Alfred.

CAPITOLUL 12

E-Z A CONTEMPLAT ÎNTREBAREA lui Alfred. Alfred nu ştia ce este o bucket list... iar expresia a fost inventată în 2007. În filmul cu acelaşi nume al lui Nicholson/Freeman. A explicat fără să intre prea mult în detalii.

"Este o idee foarte interesantă", a spus Alfred, dându-şi din pene.

"Dar care este rostul de a ţine o listă de dorinţe? Cu siguranţă, ţi-ai aminti tot ce ţi-ai dori cu adevărat să faci."

"Ştii Alfred, nu sunt chiar sigură. Cred că ar putea fi ceva legat de vârstă. Îmbătrânirea şi pierderea memoriei."

"Are sens."

Şi-au continuat călătoria şi au ajuns acasă. Când E-Z s-a urcat cu roata pe rampă, Alfred a sărit în ea. Lebăda a bătut din aripi pentru a ajuta cu impulsul de urcare. În vârf, când E-Z a deschis uşa, au auzit o voce necunoscută.

"O, nu, sunt deja aici!" a spus Alfred.

"Ai fi putut să mă avertizezi!" a răspuns E-Z, aşezându-şi geanta pe un cârlig în drum spre sufragerie.

"Evident, aş fi făcut-o, dacă aş fi ştiut!"

Lia s-a ridicat în picioare.

Pentru E-Z, Lia, în vârstă de zece ani, părea remarcabil de diferită, până când şi-a ridicat palmele deschise.

Lia a ţipat, a alergat la el şi l-a îmbrăţişat puternic. Apoi l-a îmbrăţişat pe Alfred şi i-a spus că era incredibil de fericită că în sfârşit îl cunoştea.

Mama Liei, Samantha, era şi ea în picioare, privindu-şi fiica îmbrăţişându-l pe băiatul care îi salvase viaţa. Îngerul/băiatul din scaunul cu rotile. Fiica ei îl menţionase pe Alfred, dar nu şi faptul că era o lebădă uriaşă.

Unchiul Sam s-a ridicat în picioare şi a spus: "Oh, E-Z! Slavă Domnului că eşti acasă!" S-a apropiat mai mult de nepotul său. Apoi a sugerat cu stângăcie să meargă în bucătărie pentru a lua băuturi răcoritoare.

"Suntem bine", a spus Samantha.

Sam a insistat să meargă oricum în bucătărie.

"Uh", s-a bâlbâit E-Z. "Aş vrea să beau ceva".

Sam a suspinat.

"Nu-ţi face probleme pentru noi", a spus Samantha.

"Nu e niciun deranj", a spus Sam, împingând scaunul lui E-Z spre ieşirea din sufragerie.

"Lia, eşti foarte frumoasă", a spus Alfred, plecându-şi capul pentru ca ea să-l poată mângâia.

"Mulţumesc", a spus Lia cu o roşeaţă. Ea a aruncat o privire în direcţia lui E-Z în timp ce ieşeau din cameră, dar acesta nu a observat, căci avea ochii aţintiţi asupra unchiului său.

Odată ajunşi în bucătărie, Sam l-a parcat pe nepotul său. A deschis frigiderul şi l-a închis din nou. S-a dus la dulap, a deschis uşa şi a închis-o din nou.

"Ce s-a întâmplat?" a întrebat E-Z.

"Eu, nu mă aşteptam la ei atât de repede şi oricum ce mănâncă şi ce beau oamenii din Olanda? Nu cred că am ceva potrivit în casă. Ar trebui să mă duc să iau ceva special?".

"Sunt oameni la fel ca noi, sunt sigur că vor încerca orice ai avea. Nu te gândi prea mult."

"Ajută-mă aici, puștiule. Ce fel de lucruri ar trebui să servim? Brânză și biscuiți? Ceva cald, sandvișuri cu brânză la grătar? Avem apă, suc și băuturi răcoritoare."

"Bine, hai să facem chestia cu brânză și biscuiți deocamdată. Să vedem cum ne descurcăm cu asta. Și o tavă cu băuturi asortate."

Sam a suspinat și a pus totul laolaltă pe o tavă. "Oh, șervețele!", a spus el, scoțând un teanc de șervețele din sertar.

"E totul pregătit?" a întrebat E-Z.

"Mulțumesc, puștiule", a spus Sam, în timp ce ridica tava plină de mâncare și băuturi. S-a îndreptat spre sufragerie, cu nepotul său urmându-l în urma lui. Sam a așezat totul pe masă, apoi a sărit în sus și a spus: "Farfurii laterale!" și a ieșit din cameră, revenind la scurt timp după aceea cu obiectele menționate.

E-Z a aruncat o privire în direcția Liei când și-a sorbit băutura. Încă o vedea ca pe o fetiță, chiar dacă nu mai era una. Părul ei era mai lung.

Mama Liei părea chiar mai incomodă decât unchiul Sam. Se juca cu un biscuit, dar nu mușca din el. A mișcat paharul cu băutură înainte și înapoi, dar nu a băut din el. Se uita din când în când în direcția unchiului Sam, dar nu pentru mult timp. Apoi a suspinat foarte tare și s-a întors să se joace cu mâncarea ei.

"Cum a fost zborul?" a întrebat E-Z.

"A fost ușor-ușor în comparație cu zborul cu tine", a spus Lia. A râs și băutura răcoritoare aproape că i-a ieșit pe nas. Curând, au început să râdă cu toții și să se simtă mai în largul lor.

Alfred discuta liber, știind că doar Lia și E-Z îl puteau înțelege. "Acum suntem împreună, Cei Trei. Așa cum a fost menit să fie."

Lia și E-Z au făcut un schimb de priviri.

Alfred a continuat. "Mă tot întreb de ce am fost aduși împreună. E-Z, tu poți salva oameni și ești super-duper puternic, în plus poți zbura și la fel și scaunul tău. Lia puterile tale sunt în vedere. Poți citi gândurile. Din ce mi-a spus E-Z, tu ai puterile luminii și poți opri timpul.

"Eu, pot călători, pot zbura pe cer și uneori pot spune când se vor întâmpla lucrurile înainte să se întâmple. Pot, de asemenea, să citesc gândurile, nu tot timpul. De asemenea, majoritatea oamenilor iubesc lebedele. Unii spun că suntem angelice. Există chiar și cei care cred că lebedele au puterea de a transforma oamenii în îngeri. Nu știu dacă este adevărat. Eu, personal, pot să ajut toate lucrurile vii, care respiră, să se vindece singure."

Ultima parte era nouă pentru E-Z. A vrut să afle mai multe.

Alfred s-a oferit voluntar: "Să te predai este primul pas".

E-Z și Lia erau pierduți în gânduri cu privire la mărturisirea lui Alfred.

"Ce facem acum?" a întrebat Lia.

"Fiecare echipă are nevoie de un lider, de un căpitan. Eu îl nominalizez pe E-Z", a spus Alfred.

"Susțin nominalizarea", a spus Lia.

Lia și Alfred au ridicat paharele în cinstea lui E-Z. Unchiul Sam și mama Liei, Samantha, s-au alăturat la toast. Deși habar nu aveau de ce toastau cu toții.

E-Z le-a mulțumit tuturor. Dar în sinea lui se întreba cum avea să meargă totul. Cum, avea de gând să conducă o fetiță și o lebădă trompetistă? Cum avea de gând să-i țină în siguranță și să-i ferească de pericol?

Unchiul Sam și Samantha s-au oferit să facă curățenie, în timp ce trioul s-a întors în sufragerie.

"Va fi o ocazie bună pentru ei să se cunoască un pic mai bine", a spus Alfred.

"Da, mama nu a mai fost niciodată atât de nervoasă. Cu slujba ei, întâlneşte o mulţime de oameni şi vorbeşte cu ei, chiar şi cu persoane total străine, de parcă i-ar cunoaşte dintotdeauna. Este unul dintre secretele succesului ei, cred. Cu Sam, însă, este tăcută ca un şoarece şi nervoasă."

"Poate că e din cauza fusului orar", a sugerat E-Z.

Alfred a râs. "Nu, ei sunt atraşi unul de celălalt. Sunteţi amândoi prea tineri ca să observaţi, dar era o vibraţie în aer."

"Serios, mama mea s-a îndrăgostit de Sam?".

"Unchiul Sam era şi el ciudat - dar nu întâlneşte prea multe fete zilele astea, deoarece lucrează de acasă şi îşi petrece majoritatea timpului ajutându-mă pe mine. Eu votez, schimbăm subiectul".

"Şi eu", a spus Lia.

"Voi doi nu sunteţi amuzanţi."

"Cred că ar fi timpul să o chemăm pe Eriel", a spus E-Z. "El trebuie să fie cel care ne-a adus pe toţi împreună. Trebuie să fim puşi la curent cu planul. Să ştim ce se va aştepta de la noi şi când."

"Cine este Eriel?" a întrebat Lia. "Îmi amintesc că m-ai mai întrebat dacă îl cunosc."

"Este un Arhanghel şi a fost mentorul încercărilor mele. Ei bine, ultimele câteva, oricum."

"Îngerul meu, cel care mi-a dat darul vederii mâinilor, se numeşte Haniel. Şi ea este un arhanghel. Ea este îngrijitoarea pământului."

Acest lucru l-a surprins pe E-Z. Dacă toţi lucrau pentru îngerii lor, atunci de ce au fost aduşi împreună? Era un înger mai puternic decât celălalt? Cine era îngerul şef? Cine răspundea în faţa cui?

"Cu siguranţă aş vrea să ştiu ce se întâmplă", a spus Alfred.

"Tot ce ştiu", a spus Lia, "este că, după accident, am fost întrebată dacă aş vrea să fiu unul dintre cei trei. Şi acum, voila, iată-ne aici."

Unchiul Sam și Samantha au intrat în cameră. Au mai stat puțin de vorbă împreună până când Samantha, care era obosită de la zbor, s-a dus în camera ei. Unchiul Sam s-a dus și el în camera lui.

"Hai să mergem în camera mea și să vorbim", a spus E-Z.

Lia și Alfred i-au urmat. După câteva ore de discuții, trioul și-a dat seama că avea multe întrebări, dar puține răspunsuri. Lia s-a dus în camera ei, pe care o împărțea cu mama ei. Alfred a dormit pe marginea patului lui E-Z. E-Z a sforăit în continuare. Mâine era o altă zi - aveau să își dea seama de toate atunci.

CAPITOLUL 13

Î N DIMINEAȚA URMĂTOARE, LIA a cărat boluri cu cereale în grădina din spate. Soarele răsărea pe cer, era o zi fără nori și se apropia de ora 10. Alfred ronțăia pe iarba de lângă alee.

Lia i-a înmânat lui E-Z bolul său, apoi s-a așezat sub umbrela de pe terasă și a luat o lingură de fulgi de porumb.

"Fulgii de porumb nord-americani au un gust diferit față de cei pe care îi avem în Olanda."

"Care este diferența?" a întrebat E-Z.

"Aici totul are un gust mai dulce."

"Am auzit că se folosesc rețete diferite în diferite țări. Vrei altceva?" Ea a refuzat cu o mișcare din cap. "Nu am putut dormi noaptea trecută", a spus E-Z, luând încă o lingură de Captain Crunch.

"Scuze, am sforăit prea mult?". a întrebat Alfred în timp ce-și împingea fața în iarba plină de rouă.

"Nu, ai fost bine. Am avut multe pe cap. Adică, suntem cu toții aici. Cei trei - și eu nu am mai avut un proces de ceva vreme... De când Hadz și Reiki au fost retrogradați, nu știu ce se întâmplă. După ultima bătălie cu Eriel - pe care am câștigat-o, apropo - nu am mai auzit nimic de la Eriel. Asta mă face să fiu nervos. Mă întreb la ce viseză să îmi facă viața mizerabilă."

Alfred se duse mai departe în grădină, în timp ce un unicorn ateriza pe iarbă.

"La dispoziţia dumneavoastră", a spus Micuţa Dorrit.

Unicornul s-a ghemuit lângă Lia, în timp ce ea s-a ridicat şi l-a sărutat pe frunte.

Deasupra lor a început o dungă albastră de scris pe cer. Scria cuvintele: FOLLOW ME.

Scaunul lui E-Z s-a ridicat: "Haideţi!", a strigat el.

Micuţa Dorrit s-a aplecat, permiţându-i Liei să o încalece.

Alfred a bătut din aripi şi s-a alăturat celorlalţi.

"Aveţi vreo idee încotro ne îndreptăm?". a întrebat Alfred.

"Tot ce ştiu este că trebuie să ne grăbim! Vibraţiile sunt în creştere, aşa că trebuie să fim aproape."

"Uită-te în faţă", a strigat Lia. "Cred că e nevoie de noi la parcul de distracţii".

Imediat, a fost evident pentru E-Z cum că era nevoie de ei. Montagne russe deraiaseră. Vagoanele atârnau jumătate pe şine şi jumătate în afara lor. Iar pasagerii de toate vârstele ţipau. Un copil atârna atât de precar cu picioarele peste marginea căruciorului, încât era clar că va cădea primul.

"Îl luăm noi pe copil", a spus Lia, pornind la drum. Ea şi Micuţa Dorrit s-au dus direct la băiat. Acesta a dat drumul, a căzut şi a aterizat în siguranţă în faţa Liei pe unicorn.

"Mulţumesc", a spus băiatul. "Este într-adevăr un unicorn sau visez?".

"Chiar este", a spus Lia. "Numele ei este Micuţa Dorrit".

"Mama mea are o carte cu acest nume. Cred că este scrisă de Charles Dickens."

"Aşa este", a spus Lia.

"Există unicorni în Micul Dorrit? Dacă da, va trebui să o citesc!"

"Nu pot spune cu siguranţă", a spus Lia. "Dar dacă afli, anunţă-mă".

E-Z a apucat una câte una maşinile care se înălţau. A fost nevoie de ceva efort pentru a o echilibra, era un pic ca un slinky înclinat tot într-o singură direcţie la început. Dar experienţa sa cu avionul l-a ajutat şi l-a inspirat în timp ce ridica vagoanele înapoi pe şine. Le-a ţinut în echilibru până când toţi pasagerii au fost în siguranţă înăuntru. Mulţumită ajutorului lui Alfred, acest proces a decurs fără probleme. Alfred, folosindu-şi aripile, ciocul şi mărimea sa, a reuşit să îi împingă în siguranţă.

"Toată lumea este bine?" a strigat E-Z în aplauzele răsunătoare ale tuturor pasagerilor.

Sarcina îndeplinită cu succes, Alfred a zburat până la locul unde se aflau Lia şi ceilalţi. Era o locaţie excelentă pentru observare.

"Putem să-l coborâm pe băiat acum?", a întrebat Lia.

E-Z i-a dat un deget mare în sus.

Mai jos, o macara a fost adusă în scopul de a fi ridicată pentru o salvare. Nu era nici pe departe gata încă. A privit cum muncitorii se înghesuiau în jurul lor cu şepcile lor galbene.

E-Z i-a fluierat tipului care manevra roller-coasterul să îl pornească.

Operatorul roller-coaster-ului a repornit motorul. La început, maşinile au înaintat puţin, apoi s-au oprit. Pasagerii au ţipat; de teamă că va deraia din nou. Unii se ţineau de gât, care fusese zdruncinat în evenimentul iniţial.

E-Z şi-a poziţionat scaunul cu rotile în faţa vagoanelor pentru a observa că poziţia lor nu s-a modificat. A observat că vântul se înteţea, în timp ce părul pasagerilor era măturat în vagoane. Un bărbat în vârstă şi-a pierdut şapca de baseball LA Dodgers. Toată lumea a privit cum se prăbuşeşte la pământ.

"Încearcă din nou", a strigat E-Z, sperând la ce e mai bun, dar gândindu-se la un plan B, pentru orice eventualitate.

Operatorul a turat motorul. Încă o dată, roller-coasterul s-a deplasat înainte. De data aceasta un pic mai departe, dar din nou s-a rostogolit până la o oprire completă.

E-Z a strigat ordine către Little Dorrit: "Te rog, pune-o pe Lia la pământ. Apoi ia nişte lanţuri cu cârlige la ambele capete şi adu-le la mine".

Inorogul a dat din cap, coborând sub privirile "oohs" şi "ahhs" ale mulţimii care se adunase jos. Un tip a încercat să o apuce şi să o ia cu maşina, ea l-a îndepărtat cu nasul, iar poliţia s-a deplasat pentru a izola zona.

"Aici!", a spus un muncitor în construcţii. Auzise ce a cerut E-Z. A pus o parte din lanţ în gura Micuţei Dorrit şi a înfăşurat restul în jurul gâtului ei.

"Nu e prea greu?", a întrebat el, în timp ce Micuţa Dorrit a luat-o fără probleme şi a zburat în zbor până la locul unde Alfred aştepta acum alături de E-Z.

Alfred, folosindu-se de ciocul său, a pus cârligul în partea din faţă a maşinii de roller-coaster. L-a fixat în poziţie şi l-a ataşat de scaunul cu rotile al lui E-Z.

"Vă rugăm să rămâneţi aşezaţi", a strigat E-Z. "Am să vă cobor, încet, dar sigur. Încercaţi să nu vă deplasaţi prea mult, aş vrea ca greutatea să fie plasată în mod constant. La trei, să mergem", a spus el. "Unu, doi, trei."

A tras, dând tot ce avea, iar maşina s-a rostogolit odată cu el. Să coboare a fost uşor, să urce, trebuia să se asigure că căruciorul nu prinde prea multă viteză şi se disloca din nou. Micuţa Dorrit şi Alfred zburau alături de căruţă, gata să acţioneze dacă ceva nu mergea bine.

Lia era atât de speriată, nervoasă şi emoţionată.

"Poţi s-o faci, E-Z!", a strigat ea, uitând că putea rosti cuvintele în cap, iar el le auzea.

"Mulţumesc", a spus el, păstrând ritmul lent şi constant. Deşi E-Z era obosit, trebuia să ducă la bun sfârşit sarcina pe care o avea de îndeplinit. Când maşina a luat colţul şi s-a oprit complet, s-a întors în tunel. Înapoi acolo unde îşi începuse călătoria.

"Mulţumesc!", a strigat operatorul.

Pompierii, paramedicii şi asistentele s-au pregătit pentru asaltul de pasageri. care coborau în acelaşi timp.

"E-Z! E-Z! E-Z!", scanda mulţimea, cu telefoanele ridicate care filmau întregul incident.

"Credeţi că avem timp să luăm nişte bomboane de zahăr?" a întrebat Lia.

"Şi porumb caramelizat?". a spus Alfred. "Nu sunt sigur că o să-mi placă, dar sunt dispus să încerc!".

"Sigur", a spus E-Z, "O să ţi le iau pe amândouă, nu-ţi face griji! S-ar putea chiar să-mi iau şi un Candy Apple".

În timp ce se ducea să facă cumpărăturile, a observat că sosiseră reporterii. Aceştia erau adunaţi în jurul unei persoane care era foarte înaltă şi avea părul negru ca jetul. Bărbatul ţinea o pălărie de sus în faţa lui şi semăna cu Abraham Lincoln. La o privire mai atentă, şi-a dat seama că era Eriel deghizat. S-a apropiat mai mult pentru a asculta.

"Da, eu sunt cel care a reunit acest trio dinamic. Liderul se numeşte E-Z Dickens, are 13 ani şi este un superstar. Pe lângă faptul că este cel mai experimentat membru al Celor Trei, el este liderul. După cum probabil aţi observat, el poate gestiona aproape orice. Este un copil grozav!"

E-Z simţea cum i se încălzesc obrajii.

"Dar fata şi unicornul?", a strigat un reporter.

"Numele ei este Lia şi aceasta a fost prima ei aventură în lumea supereroilor. Unicornul ei este Micuţa Dorrit, iar cei doi formează o echipă extraordinară. Ea l-a salvat pe acel băiat", l-a apucat pe băiat. L-a pus în fața camerelor de luat vederi. Când toți ochii erau ațintiți asupra lui, și-a terminat fraza. "Cu ușurință. Lia și Micuța Dorrit sunt niște completări minunate pentru echipă și vor fi de un ajutor imens pentru E-Z în toate demersurile sale viitoare."

"Cum a fost?", l-a întrebat un reporter pe băiat.

"Lia a fost foarte drăguță", a spus băiatul.

Figura întunecată l-a împins pe băiat deoparte. S-a șters de praf. "Lebăda trompetistă se numește Alfred. Aceasta a fost prima lui ocazie de a asista E-Z. Cu curaj, s-a pus în pericol. Alfred este un alt membru excelent al acestei echipe de supereroi a Celor Trei. Veți vedea mulți dintre ei în viitor." A ezitat: "Oh, iar numele meu este Eriel, în cazul în care vrei să mă citezi în articolul tău."

Acum E-Z își dorea să nu fi fost de acord să colecteze bunătăți de carnaval. S-a ghemuit, într-o parte, sperând să nu fie observat.

"Iată-l!", a strigat cineva.

Alții care erau la rând în spatele lui, l-au împins spre partea din față a cozii.

"E din partea casei", a spus vânzătorul, întinzându-i una din toate.

"Mulțumesc", a spus el, în timp ce se ridica.

"Este el! Băiatul din scaunul cu rotile! Eroul nostru!", a strigat cineva de sub el.

"Uite-l, fă-i o poză".

"Vino înapoi pentru un selfie, te rog!"

E-Z a aruncat o privire spre locul unde fusese Eriel, dar acum că fusese reperat, nimeni nu mai era interesat de el. Următorul lucru pe care l-a văzut a fost că Eriel dispăruse.

"Să plecăm de aici!" a exclamat E-Z, întrebându-se unde anume ar trebui să se ducă. Dacă se duceau la el acasă, mai mult ca sigur că reporterii şi fanii îl urmau. Într-un fel, îi era dor de zilele în care Hadz şi Reiki ştergeau minţile tuturor celor implicaţi - cu siguranţă că asta simplifica lucrurile.

Pe drumul de întoarcere, E-Z nu s-a putut abţine să nu se întrebe ce pune la cale Eriel. La urma urmei, nimeni nu trebuia să ştie despre încercările lui. Era foarte ciudat - dar era prea epuizat ca să vorbească despre asta cu prietenii săi. În schimb, s-a întrebat de ce nu mai era important să îşi ţină încercările ascunse - şi cum avea să schimbe lucrurile. Era bine că aripile nu-i mai ardeau, iar scaunul său nu părea interesat să bea sânge.

"Ei bine, a fost destul de uşor", a spus Alfred.

Lia a râs: "Şi a fost destul de amuzant să te văd în acţiune E-Z".

"Hei, dar eu ce să zic, am ajutat şi eu!".

"Cu siguranţă ai făcut-o", a spus E-Z. "Şi Micuţa Dorrit, îţi mulţumesc! N-aş fi putut face asta fără tine!"

Micuţa Dorrit a râs. "Mă bucur că te-am ajutat."

"Ai fost extraordinară!" a spus Lia, mângâindu-i gâtul.

Dar ceva îi tulbura. Era evident, că E-Z ar fi putut face totul singur. N-avea nevoie de ajutor.

Alfred mai ales avea impresia că, fiind o lebădă trompetistă, a făcut tot ce a putut. Dar nu era de prea mare ajutor în acest gen de salvare. Nu ca şi cum cineva care avea mâini ar fi putut ajuta. Se străduise din răsputeri, dar oare era suficient? Era el cea mai bună alegere pentru a fi un membru al Celor Trei?

Lia se gândea că Micul Dorrit ar fi putut ateriza sub băiat şi să-l salveze fără ca ea să fie în spatele lui. Inorogul era inteligent şi ar fi putut să urmeze exemplul și instrucțiunile lui E-Z. Se simțea ca și cum ar fi făcut atâta drum și pentru ce? Nu avea niciun sens, de fapt.

S-au întors din nou acasă. Deși realizaseră ceva minunat împreună, moralul lor era scăzut.

Micuța Dorrit a plecat și s-a dus acolo unde locuia când nu era nevoie de ea.

E-Z s-a dus imediat în biroul lui, unde a lucrat puțin la cartea lui. Vroia să actualizeze lista de procese pentru a vedea unde se afla. S-a hotărât să le tasteze din nou pe toate de la început:

1/ a salvat-o pe fetiță

2/ a salvat avionul de la prăbușire

3/ l-a oprit pe trăgătorul de pe acoperiș

4/ a oprit-o pe fata din magazin

5/ l-a oprit pe trăgător în fața casei sale

6/ s-a duelat cu Eriel

7/ a scăpat de glonțul ăla

8/ a salvat-o pe Lia

9/ a repus un roller coaster pe șine.

Nu era sigur dacă salvarea Unchiului Sam a fost o încercare sau nu. Hadz și Reiki îi șterseseră mințile. Sentimentul lui E-Z era că salvarea Unchiului Sam nu fusese o încercare.

S-a așezat înapoi în scaunul său. Gândindu-se la termenul limită iminent. Trebuia să finalizeze încă trei încercări într-o perioadă limitată. Într-un fel, voia să le termine, să termine cu ele. Într-un alt fel, faptul că terminase cu angajamentul său îl speria.

Între timp, Alfred a decis să meargă să înoate la lac.

În timp ce, Lia și mama ei au ieșit la o plimbare.

"**D**ECI, CUM A FOST?" a întrebat Samantha.

"A fost extrem de interesant şi înfricoşător în acelaşi timp. E-Z este remarcabilă. Fără frică", a explicat Lia.

"Şi care a fost contribuţia ta?".

Au dat colţul şi s-au aşezat împreună pe o bancă din parc. Copiii se jucau, alergând în sus şi în jos şi strigând. Atât mama, cât şi fiica şi-au amintit cum Lia obişnuia să se joace aşa, fără griji, când avea şapte ani. Acum, când avea zece ani, interesul ei pentru joacă scăzuse foarte mult.

"Ţie, ţi-e dor?" a întrebat Samantha.

Lia a zâmbit. "Întotdeauna ştii la ce mă gândesc. Nu prea ştiu, dar într-o zi, în curând, aş vrea să încerc din nou să dansez. Ca să văd cum şi dacă m-aş putea adapta".

Au stat împreună şi au privit, fără să spună nimic.

"În ceea ce priveşte contribuţia mea, un băieţel atârna de maşină şi, fără ajutorul Micuţei Dorrit, ar fi putut să cadă."

"Ar fi putut?"

"Da, cred că E-Z l-ar fi salvat, apoi s-ar fi descurcat cu restul, dacă nu am fi fost acolo. Este obişnuit să facă singur probele."

"Nu crezi că tu sau Alfred aţi fost necesari?"

"Faptul că am fost acolo pentru sprijin moral a fost de ajutor, nu ştiu. Arhanghelii s-au chinuit mult să ne adune împreună. Să ne aducă cu avionul tocmai din Olanda, casa noastră. Când, pe baza acestui proces, nu cred că suntem necesari."

Samantha a luat mâna fiicei sale în a ei şi s-au ridicat de pe bancă şi s-au întors spre casă.

"Cred că a avea o echipă, de rezervă, este un lucru bun şi sunt sigură că E-Z ştie şi apreciază asta. Nu pare genul de copil care să fie un singuratic. A jucat baseball, încă mai joacă, din ce mi-a spus Sam. Ştie că echipele lucrează bine împreună, bazându-se pe punctele forte ale fiecărui jucător. În ceea ce te priveşte, nu mi-aş face griji că nu ai fost cel mai important factor în acest proces. Şi să nu-ţi subestimezi niciodată valoarea".

"Mulţumesc, mamă", a spus Lia, în timp ce dădeau colţul spre strada lor. "Acum, hai să vorbim despre Sam. Îţi place foarte mult de el, nu-i aşa?".

Samantha a zâmbit, dar nu a răspuns.

Î N ACELAȘI TIMP, SAM îl verifica pe E-Z. "Este totul în regulă?", a întrebat el, băgând capul în biroul nepotului său.

"Nu sunt sigur. Putem să vorbim?"

"Sigur că da, puștiule."

"Închide ușa, te rog."

"Ce s-a întâmplat? Nu a mers bine la prima probă a echipei?"

"În primul rând, vreau să te întreb ce se întâmplă între tine și mama Liei?"

Sam și-a târât picioarele și și-a curățat ochelarii. "Hai să nu facem din asta o problemă între mine și Samantha. Asta e între noi."

"Oh, deci, există un SUA, atunci?", a zâmbit el.

"Schimbă subiectul", a spus Sam.

"Bine atunci, cum spui tu. În ceea ce privește procesul, a decurs bine, și nu te gândi rău la mine. Nu spun asta pentru că sunt încăpățânat, dar aș fi putut să o duc la bun sfârșit și fără ceilalți."

"Spune-mi exact ce s-a întâmplat. Care a fost sarcina ta? Și trebuie să recunosc că mă surprinde acest lucru, din moment ce ai fost întotdeauna un jucător de echipă."

"Știu. Asta este ceea ce mă deranjează și pe mine. S-a întâmplat în parcul de distracții. Un roller-coaster a ieșit de pe pistă. Partea din față atârna de pe margine și pasagerii se revărsau. Doar unul singur a fost în real pericol - un copil pe care Lia l-a prins cu ajutorul unicornului Little Dorrit."

"Se pare că salvarea a fost de ajutor."

"A fost, pentru că puștiul era din timp, dar eu eram acolo și aș fi putut să-l salvez. Apoi am pus căruța înapoi pe șine și i-am ajutat pe ceilalți să intre. A fost ca și cum timpul s-a oprit pentru mine - așa că, aș fi putut cu ușurință să rezolv această situație fără ajutorul nimănui."

"Se pare că Alfred, nu ți-a fost de mare folos. Vrei să spui că te puteai descurca și fără el?"

E-Z și-a trecut degetele prin mijlocul întunecat al părului său. Sentimentul de păr irizat îl făcea cumva să se detensioneze.

"Alfred m-a ajutat. Dar eu căutam modalități prin care el să mă ajute. El se străduiește atât de mult. Vrem atât de mult să ajutăm, dar, sincer, este suficient de deștept încât să știe că am făcut munca pentru el. Așa că, el ar putea ajuta, iar eu nu mă simt bine în legătură cu asta."

"Asta e ceea ce fac jucătorii de echipă. Ei au grijă unul de celălalt. Se ajută unul pe celălalt."

"Știu, dar când sunt vieți în joc, depinde de mine să mă asigur că nu moare nimeni. Dacă le găsesc sarcini celorlalți pentru a-i face să se simtă necesari, este un handicap, nu un ajutor." A oftat adânc, pocnind din degete pe tastatură. Rușinat, a evitat contactul vizual cu unchiul său.

După câteva minute de tăcere, E-Z s-a întors să lucreze la cartea sa, pentru a-l lăsa pe unchiul său să se gândească. A trecut în revistă detaliile evenimentelor din acea zi.

În timp ce își făcea raportul. Descompunând lucrurile. Desfăcând procesul și asamblându-l din nou, a avut o revelație. Era ceva ce nu mai făcuse până atunci. Putea să discute problema cu echipa sa. Îi puteau spune cum s-a descurcat, îi puteau face sugestii ca să se îmbunătățească.

Da, existau multe avantaje în a fi unul dintre cei trei. Se simţea relaxat şi mai fericit în această cunoaştere.

"Cred că ar trebui să acordaţi mai mult timp acestei situaţii de echipă înainte de a decide ceva. Trebuie să fie benefic pentru tine să ştii că fiecare dintre ei are propriile puteri speciale, pentru a te ajuta. În această situaţie, abilităţile tale au fost pe primul plan. Asta nu înseamnă că va fi mereu aşa. Lucrurile s-ar putea schimba pentru următoarea sarcină. Totul se întâmplă cu un motiv".

"Te gândeşti la fel ca şi mine acum. Totul este întotdeauna mai bine dacă nu trebuie să te confrunţi singur cu el. Tu m-ai învăţat asta."

"Mai e cineva în casa asta care moare de foame?" a strigat Alfred în timp ce se plimba pe coridor.

E-Z şi-a împins scaunul pe spate şi a răspuns: "Eu!".

Sam a spus: "Tu ce?".

"Oh, Alfred a întrebat dacă îi este foame cuiva".

"Şi eu!" a strigat Sam.

"Mie îmi este", a spus Lia. "Ce avem la cină?"

Samantha a sugerat să comande pizza. Toată lumea a aplaudat, cu excepţia lui Alfred. El nu era un fan al brânzei fibroase.

Şi-au petrecut seara împreună, umplându-şi feţele şi urmărind în continuu un serial despre zombi.

"Nu e prea înfricoşător pentru tine, nu-i aşa, Lia?" a întrebat E-Z,

"E prea înfricoşător pentru mine!". a răspuns Samantha. Sam şi-a pus braţul în jurul ei, în timp ce Lia chicotea şi o ţinea de mână pe mama ei.

CAPITOLUL 14

A DOUA ZI DIMINEAŢA devreme, Alfred s-a trezit cu un ţipăt. Dacă nu aţi auzit niciodată un ţipăt de lebădă, atunci sunteţi norocoşi. A fost atât de tare încât i-a trezit pe toţi.

E-Z a încercat să-l calmeze pe Alfred. Lebăda nu a făcut decât să dea mai mult din aripi şi să scoată un sunet îngrozitor. Era ca şi cum ar fi fost torturată. Ori asta, ori se sfârşea lumea!

Unchiul Sam a sosit pentru a verifica ce se întâmpla.

"Este Alfred, dar nu-ţi face griji. Mă descurc eu", a spus E-Z.

În curând, Lia şi Samantha au venit să investigheze. Lia a convins-o pe Samantha să se culce la loc.

Lia a rămas, pentru a-l ajuta pe E-Z să-l consoleze pe Alfred. Care s-a dus imediat la fereastră, a deschis-o cu ciocul şi a zburat afară în noapte.

Deasupra lor, E-Z şi Lia ascultau cum picioarele palmate ale lui Alfred plesneau pe acoperiş.

"Ce mai aşteptaţi voi doi!", a strigat el. "Trebuie să plecăm - ACUM!"

Lia a ieşit pe fereastră şi a stat tremurând pe pervaz. A aşteptat până când E-Z a reuşit să se urce în scaunul cu rotile şi să-l manevreze în poziţia de plutire.

"Aşteaptă, cred că unicornul este în sfârşit pe drum", a spus Alfred. "De aceea mă aflu aici sus. Ca să văd dacă vine".

Micuţa Dorrit a aterizat, şi-a băgat nasul sub Lia şi a aruncat-o pe spate.

Au zburat, cu Alfred în frunte.

"Încetineşte!" a strigat E-Z. Alfred l-a ignorat. A continuat, luând altitudine şi viteză. Aripile de scaun ale lui E-Z au început să bată, la fel ca şi aripile de înger. Trebuia să lucreze rapid pentru a-l ţine pe Alfred în vizor.

Lia a tremurat. "Aş fi vrut să am un pulover cu mine".

"Strânge-te la gâtul meu", a spus Micuţa Dorrit. "O să-ţi ţin eu de cald". E-Z a accelerat ritmul, apropiindu-se, apoi şi-a dat seama că Alfred încetinea. Sau cel puţin aşa credea el. În schimb, a văzut o privelişte care nu avea să i se şteargă niciodată din minte. Alfred era îngheţat în aer, cu aripile şi picioarele întinse. Ca şi cum ar fi fost modelat ca un X.

Apoi, întregul său corp a început să tremure, ceea ce s-a amplificat până la un tremur. Părea că este electrocutat. Iar faţa lui, cu expresia de durere insuportabilă de pe ea, le-a adus o lacrimă în ochi prietenilor săi.

"Ce se întâmplă cu el?" a întrebat Lia. "Nu mă mai pot uita la el. Pur şi simplu nu mai pot", a plâns ea.

"E ca şi cum ar fi şocat. Cine ar face aşa ceva?" Pe măsură ce o spunea, ştia. Numai Eriel putea fi atât de crudă. Eriel îi chema. Folosind această tehnică de electrocutare pentru a-i face să-l urmeze pe prietenul lor Alfred. Numai că, dacă nu ar fi supravieţuit şocurilor? În timp ce spunea asta, un pumn de pene ale lui Alfred s-a deconectat de la corpul său şi a plutit în aer. Nu mai tremura şi a început să zboare. Peste umăr a spus: "Haideţi, ţineţi pasul înainte să mă lovească din nou".

"Eşti bine?" a întrebat Lia.

"A fost al treilea şi de fiecare dată e mai rău. Trebuie să ajungem acolo unde vor ei să ajungem şi repede. Nu ştiu dacă mai pot trăi încă unul - nu mai rău decât ultimul. A fost un dezastru".

Au zburat mai departe, discutând în timp ce mergeau.

"Îmi pare rău că i-am trezit pe toţi", a spus Alfred, acum că şocurile încetaseră.

"Nu a fost vina ta." a spus E-Z. "Sunt destul de sigur că știu a cui este vina - și când îl vom vedea, o să-i dau cu tifla."

"Ce vrei să spui?" a întrebat Lia, ghemuindu-se la gâtul Micuței Dorrit. Era atât de întuneric și de frig; nu se putea opri din tremurat.

Alfred a spus: "Am fost chemați trimițând șocuri electrice în tot corpul meu. Era ca și cum penele mele ar fi luat foc din interior spre exterior. Atât de nepoliticos. Atât de nepoliticoasă și, pentru o clipă, am crezut că mă aflu din nou în întrepătrundere."

Întregul său corp de lebădă tremura gândindu-se la asta. "O să-i dau celui care a făcut-o ceea ce merită când o să-l văd și eu!"

Alfred a continuat să zboare în pas cu ceilalți. "În prealabil, Ariel mi-a șoptit la ureche ca să mă trezească. Apoi discutam împreună un plan. Făcea asta chiar și atunci când mă aflam în cumpănă. Întotdeauna a fost blândă și bună cu mine. Această invocare a fost diferită."

"Pare a fi opera lui Eriel", a recunoscut E-Z. "Nu are prea mult tact și poate fi puțin melodramatic și destul de insensibil. Ca să nu mai spun că are un simț al umorului bolnav."

"Puțin melodramatic, nici măcar nu zgârie suprafața", a spus Alfred.

"Va trebui să ne spui mai multe despre acest între timp cândva. Numele sună drăguț, dar am impresia că este un oximoron", a spus E-Z.

"Nu-mi place să vorbesc despre asta", a răspuns Alfred.

"Abia aștept să o cunosc pe această persoană Eriel. NU." a mărturisit Lia. "E ca și cum ai aștepta cu nerăbdare să-l întâlnești pe Voldemort. Reputația lui îl precede."

"Ah, un fan Harry Potter, atunci?". a spus Alfred.

"Categoric", a recunoscut Lia.

Stelele de pe cerul de deasupra trimiteau căldură imaginară. Cu toate acestea, au tremurat pe nepregătite în aerul nopții.

"Mai avem puțin până acolo?" a întrebat E-Z.

"Nu știu sigur", a spus Alfred. "Șocul nu a spus unde am fost chemați, iar eu nu pot sesiza nicio vibrație în aer. Singurul lucru care va indica faptul că nu facem ceea ce se așteaptă de la noi, este un alt șoc. Din păcate."

"Nu vrem să se întâmple asta. Să accelerăm ritmul."

"Se pare că ne apropiem totuși." Alfred s-a oprit în aer; aripile complet extinse. "O, nu!", a șoptit el, așteptând ca noul șoc să lovească. A așteptat și a așteptat, dar nu s-a întâmplat nimic. "Cred că suntem aproape..."

Corpul lebedei nu doar că se scutura și tremura de data aceasta. Trupul lui Alfred s-a rostogolit din nou și din nou. Ca și cum ar fi făcut salturi în aer.

Pene pierdute zburau în jurul lui, dansând în vânt în timp ce lebăda intra în cădere liberă.

E-Z a zburat pe sub lebăda trompetistă și l-a prins. "Alfred? Alfred?" Biata lebădă leșinase. "Eriel! Tu! Vultur mare și păros!" a strigat E-Z, ridicând pumnul spre cer. "Nu trebuie să-l omori pe Alfred. Spune-ne unde te afli și vom fi acolo, dar numai dacă ești de acord să încetezi cu încărcăturile electrice. E o barbarie. E o lebădă, din milă. Lasă-l în pace."

"Ce-a spus", a răspuns Lia, cu palmele deschise spre cer.

Pentru o secundă, au plutit, încă pe loc.

Apoi, un șoc a lovit scaunul cu rotile. Apoi l-a lovit pe unicornul Dorrit. Și toată lumea a intrat în cădere liberă.

Râsul lui Eriel a umplut aerul din jurul lor. Lumea era Sensurround-ul lui, iar el își bătea joc de Cei Trei așa cum nimeni altcineva nu putea. Sau ar fi făcut-o.

CAPITOLUL 15

A CESTEA AU CONTINUAT SĂ scadă pentru o perioadă destul de lungă de timp. Niciunul dintre ei nu-şi putea controla puterile sau atributele speciale.

Se aşteptau pe jumătate ca trupurile lor să fie împrăştiate pe trotuarul de jos. Pavajul se ridica pentru a-i întâmpina.

Dintr-o dată, coborârea a luat sfârşit. Era ca şi cum erau cu toţii ataşaţi de un păpuşar invizibil.

După câteva secunde, mişcarea a reînceput, dar de data aceasta a fost blândă.

Ghidându-i, până când au putut fi lăsaţi în siguranţă la picioarele arhanghelilor Eriel, Ariel şi Haniel.

"Aţi avut o călătorie plăcută?" a întrebat Eriel. A izbucnit în râs. Însoţitorii lui priveau fără să râdă sau să vorbească.

Alfred, acum treaz, a zburat şi a aterizat, urmat de Micul Dorrit, unicornul care o purta pe Lia.

Unicornul s-a înclinat în faţa celorlalţi oaspeţi, apoi s-a retras în partea îndepărtată a camerei.

Eriel, cel mai înalt dintre ceilalţi trei, stătea în picioare cu mâinile în şolduri, asigurându-se că nu exista nici o îndoială cu privire la cine era la conducere.

Ariel, în schimb, era ca o zână.

Haniel era statuară, radiind de frumuseţe.

Eriel a făcut un pas înainte, ridicându-se de la sol astfel încât să se afle deasupra lor. A urlat: "V-a luat destul de mult timp să ajungeți aici! În viitor, când vă voi porunci prezența, veți fi aici cu chiu cu vai!" Haniel a zburat mai aproape de Alfred. L-a atins pe frunte. Apoi s-a întors spre E-Z și a făcut același lucru. Ea a zâmbit. "Mă bucur să vă cunosc pe amândoi." S-a întors spre Lia. Lia și-a deschis palma și cei doi au făcut un schimb de atingeri cu degetele în palmă deschisă. Lia s-a aruncat în brațele lui Haniel. Haniel și-a înfășurat aripile în jurul ei, observând înfățișarea noii fete de zece ani.

Ariel a zburat aproape de E-Z. I-a făcut cu ochiul și i-a zâmbit Liei. A zburat spre Alfred și l-a ușurat de durere.

"Gata cu agitația!" a poruncit Eriel cu vocea lui tunătoare atât de tare încât E-Z s-a temut că va ridica acoperișul.

"Stai puțin", a spus Alfred, mergând cu zgomotul picioarelor sale palmate care se băteau pe podeaua de beton. "Aproape că am fost electrocutat și aș vrea să-mi cer scuze."

Eriel și-a deschis larg aripile, mai larg, cât de larg puteau să ajungă. A plutit deasupra lui Alfred, care a tremurat, dar s-a ținut pe loc. Ochii lor s-au blocat.

E-Z a simțit că Alfred, lebăda trompetistă, era fie foarte curajos, fie foarte prost. Oricum ar fi, avea nevoie de ajutor.

E-Z s-a rostogolit în față și și-a poziționat scaunul între ei. "Ce-i făcut, e făcut." I s-a adresat lui Alfred: "Stai jos." Alfred a făcut-o. Apoi către Eriel: "Știu că ești un bătăuș și că ceea ce i-ai făcut prietenului nostru a fost de neiertat și crud. E miezul nopții, așa că treci la subiect - spune-ne de ce ne aflăm aici? Care este marea urgență?".

Eriel a aterizat, iar aripile i s-au pliat în spatele corpului. A răcnit: "Încercările mele de a da personal de tine, protejatul meu, au rămas fără răspuns. Indiferent ce am făcut, sforăitul tău te-a împiedicat să te trezești.

Am trimis-o pe Haniel după Lia, dar nu a reuşit să o trezească fără să o deranjeze pe mama ei care dormea lângă ea. Prin urmare, l-am chemat pe Alfred care, de asemenea, nu a răspuns o bună bucată de timp. Mentorul său a încercat să se apropie de el, în modul ei obişnuit - dar şoaptele ei nu au fost suficient de puternice pentru a-l trezi."

"Mi-am făcut griji pentru tine", a spus Ariel.

"Îmi pare rău", a spus Alfred. "Patul lui E-Z este minunat de confortabil, iar el sforăie destul de tare. Trecuse mult timp de când nu mai dormisem într-un pat adevărat."

"LINIŞTE!" a ţipat Eriel.

Alfred a făcut un pas înapoi, în timp ce E-Z şi-a mutat scaunul mult mai aproape de creatură.

Eriel şi-a coborât vocea. "Haniel a crezut că ai murit, lebădă. Şi, prin urmare, eu, am folosit această ocazie pentru a evalua cea mai nouă tehnologie a noastră."

"Nu mai fusese efectuată pe oameni până acum", a recunoscut Haniel.

"Ne-am gândit că ar fi mai bine să încercăm pe cineva care nu era om - Alfred, tu te-ai potrivit şi a funcţionat de minune. Este adevărat că toţi aţi întârziat la sosire, dar aţi ajuns aici. Aşa cum se spune, mai bine mai târziu decât niciodată."

"M-aţi folosit ca pe un cobai?" a spus Alfred, legănându-şi gâtul înainte şi înapoi cu ciocul larg deschis şi avansând pe podea.

E-Z şi-a poziţionat din nou scaunul cu rotile între ei. "Stai jos", i-a spus lui Alfred.

Eriel, Haniel şi Ariel au format un semicerc în jurul trioului.

"Ai dreptate, E-Z. Ceea ce este făcut este făcut. Mai bine au încercat-o pe mine, decât pe voi doi. Acum treceţi la treabă", a cerut Alfred.

"Da, Eriel", a spus E-Z, "întreb din nou, de ce suntem aici?".

"În primul rând", a răcnit arhanghelul, "planul era ca voi trei să formați un fel de trio".

"Ne-am dat deja seama de asta", a spus Lia. Își ținea palmele deschise pentru a putea cuprinde întreaga priveliște a celor trei arhangheli în același timp. De asemenea, se uita din când în când în jurul camerei pentru a observa împrejurimile lor. Părea familiară, cu pereți de metal ca și cea în care îl întâlnise prima dată pe E-Z. Doar că mult mai spațioasă.

E-Z s-a uitat în jur și a privit-o pe Lia. Se gândea la același lucru. Cu cât se uita mai mult la pereți, cu atât mai mult păreau să se închidă în jurul lui. Se simțea rece și claustrofob, chiar dacă spațiul era imens. Și-ar fi dorit ca scaunul său cu rotile să aibă un buton ca în unele mașini, unde scaunul putea fi încălzit.

"Liniște!" a strigat Eriel. Din moment ce toți tăceau, părea deplasat. Bineînțeles, nu luaseră în considerare faptul că el le putea citi și gândurile.

Alfred a râs.

Eriel a închis distanța dintre ei, iar Alfred a dat înapoi. Eriel a închis din nou distanța. Și tot așa, mai departe, până când Alfred s-a dat cu spatele la perete. Alfred și-a luat zborul. Eriel l-a ridicat cu picioarele sale ca niște gheare. L-a ținut deasupra celorlalți.

"Eriel, te rog", a spus Ariel. "Alfred este un suflet bun."

Eriel l-a pus jos, apoi și-a ridicat pumnii. Din ei au zburat fulgere și au ricoșat în tavanul metalic al containerului. Toți, cu excepția lui Eriel, s-au jucat de-a dodgem cu încărcăturile electrice zburătoare. Eriel a privit. A râs. Până când s-a săturat de distracție.

Încrederea celor Trei a fost pusă la încercare.

Eriel a prins fulgerele rămase. A făcut un mare spectacol din asta, în timp ce le punea în buzunare.

"Acum", a spus el cu un zâmbet șiret. "O nouă încercare vine spre voi. Astăzi. Unul dintre voi va muri."

E-Z a zbughit-o în scaunul său. Alfred a ţipat un "Hoo-hoo!" involuntar, iar Lia a scos un ţipăt de fetiţă.

Eriel a continuat, ignorând reacţiile lor. "Sunteţi aici pentru a alege. Care dintre voi va muri astăzi? După ce veţi alege, vă voi explica consecinţele pe care le veţi suporta din cauza respectivei morţi." Eriel a zburat la câţiva metri distanţă, iar ceilalţi doi îngeri se aflau lângă el, câte unul de fiecare parte.

Mai întâi, Ariel a descris moartea lui Alfred:

"Nu vă pot spune despre niciun detaliu pentru acest proces. Tot ce pot să-ţi spun este că, Alfred, dacă vei muri astăzi, nu-ţi vei îndeplini înţelegerea contractuală. Prin urmare, nu-ţi vei mai vedea familia, nici acum, nici niciodată. Moartea ta, însă, va fi frumoasă. Pentru că, la fel ca în viaţă, moartea unei lebede este întotdeauna frumoasă. Maiestuoasă. Pentru că atunci când o lebădă moare, ea devine un înger. Transformarea ta ar fi un nou început pentru tine. Scopul tău ar fi pentru îmbunătăţirea oamenilor şi a animalelor deopotrivă. Ţi se va da un nou nume şi un nou scop. Ai fi cu adevărat apreciat din toate punctele de vedere. Iar sufletul tău s-ar întoarce la locul său de odihnă veşnică."

Lacrimile curgeau pe obrajii de lebădă trompetistă ai lui Alfred. Ariel l-a consolat înfăşurându-şi aripile în jurul aripilor lui.

În al doilea rând, Haniel a povestit despre moartea Liei:

"Copila, care în curând va deveni femeie, ca şi Ariel, nu-ţi pot spune nicio informaţie despre sarcina care te aşteaptă. Tot ce pot să-ţi spun, dragă Cecelia, cunoscută şi sub numele de Lia, este că dacă ai fi murit astăzi, atunci nu vei mai fi. Sub nicio formă. Moartea ta va fi doar atât, o moarte. Ultima. Va fi aşa cum ar fi fost când a explodat becul, ai fi murit. Biata ta viaţă s-ar fi terminat atunci. Şi totuşi, eşti aici acum şi ai multe de oferit lumii. Nici măcar nu ai zgâriat suprafaţa puterilor pe care le ai la dispoziţie. Cu toate acestea, dacă aţi muri astăzi, aceste puteri ar rămâne nefolosite. Ați intra în pământ, din țărână în țărână. O simplă amintire pentru cei care te-au cunoscut și te-au iubit. Dar și sufletul tău s-ar întoarce la locul său de odihnă veșnică."

Lia și-a închis mâinile pentru a-și stăpâni lacrimile care îi cădeau din ele. Îi cădeau și din ochi. Ochii ei vechi. Trupul ei se cutremura atunci când plângea. Era prea copleșită de emoție ca să mai poată vorbi.

Micuța Dorrit s-a apropiat și a împins-o pe umăr pe fetiță. Haniel a încercat și ea să o consoleze, sărutând-o pe frunte.

Apoi, Eriel a început să spună povestea lui E-Z:

"E-Z, ai realizat multe lucruri de când părinții tăi au murit. Ți s-au dat încercări. Uneori, sarcini adesea insurmontabile pentru un om. Cu toate acestea, ai reușit să le depășești. Ai salvat vieți. Nu m-ai dezamăgit. Cu toate acestea, simțim." A ezitat, uitându-se dintr-o parte în alta. "Simt mai ales că v-ați zădărnicit puterile. Uneori chiar le-ați negat. Ați profitat de timpul pe care vi l-am acordat pentru a face lumea mai bună și l-ați irosit."

E-Z a deschis gura pentru a vorbi.

"Liniște!" a strigat Eriel. "Nu încerca să te justifici. Te-am privit jucând baseball și pierzând timpul cu prietenii de parcă ai fi avut tot timpul din lume pentru a-ți îndeplini sarcinile. Ei bine, timpul a expirat. Dacă mori astăzi, încercările tale vor fi incomplete."

E-Z avea o idee bună despre ce urma să urmeze, dar trebuia să aștepte ca Eriel să o spună. Să rostească cuvintele pentru ca totul să fie adevărat.

După cum presupunea, Eriel nu terminase încă. "Lăsându-ne cu încercări incomplete pentru care viața ta a fost salvată. Asta da, ar fi de neiertat. Dacă ai muri astăzi, ți-ai pierde aripile. Asta pentru început. Acele încercări care nu ți-au fost date încă - nu vor fi niciodată. Pentru că tu erai singurul care putea duce la bun sfârșit sarcinile. Singura noastră speranță.

"De aceea, cei pe care i-ai fi salvat nu ar fi fost salvați de nimeni, în niciun moment. Ei vor muri din cauza ta. Toți cei pe care i-ai salvat în timpul încercărilor tale ar muri.

"Ar fi ca și cum nu ai fi existat niciodată. Moartea lor ar fi definitivă. Complet. Niciunul dintre ei nu ar avea posibilitatea unei vieți de apoi. Nici măcar să-i trimiți la mijloc și între nu ar fi o opțiune. Moartea voastră atunci E-Z ar face ravagii și ar aduce haos în lume. Ca în ziua în care ne-am duelat. Îți amintești cum era lumea în acea zi? Așa ar fi pământul - în fiecare zi." Eriel s-a întors cu spatele. L-au privit cum își întindea aripile, ca și cum se pregătea să plece.

Cu toții au rămas tăcuți. Contemplându-și soarta.

După un timp, Eriel a rupt tăcerea. "Ariel, Haniel și cu mine vă vom lăsa pentru moment. Puteți vorbi între voi și decide. Dar să vă grăbiți. Nu avem toată ziua la dispoziție."

Trioul de arhangheli a dispărut prin tavan.

CAPITOLUL 16

DUPĂ CE ARHANGHELII AU plecat, Cei Trei au fost prea uimiţi ca să mai spună ceva. Până când E-Z a rupt tăcerea.

"Nu are sens pentru mine, ca ei să ne aducă pe toţi aici împreună. Ca ei să-l tortureze pe Alfred. Să ne aducă aici. Apoi să ne spună că unul dintre noi trebuie să moară. Şi noi trebuie să alegem care dintre ei. Este barbar - chiar şi pentru Eriel."

Lia se plimba cu pumnii strânşi. Era prea furioasă ca să vorbească şi nu-i păsa dacă se lovea de ceva. De fapt, când o făcea, dădea cu piciorul.

Alfred a intervenit. "Cred că dacă cineva trebuie să moară, acela ar trebui să fiu eu. Puterile mele sunt extrem de limitate. Mai mult ca sigur aş fi transformat în supă de lebede, având în vedere complexitatea probelor. Ca şi în cazul ultimei încercări. Ştiu că m-ai ajutat E-Z. A fost drăguţ din partea ta, dar ştiam că sunt o povară."

E-Z a încercat să mă întrerupă, dar Alfred a continuat. "Ca să nu mai spun că aş putea să stau în cale. Să pun pe unul dintre voi în pericol. Am trăit o viaţă tristă şi singuratică de când familia mea mi-a fost luată de lângă mine. Într-o zi, singurătatea este copleşitoare. Faptul că sunt membru al Celor Trei m-a ajutat, dar...

"Chiar şi ca o lebădă, mă puteam gândi la ei. Să-mi amintesc de ei, să-i iubesc. Doar ştiind că au murit împreună şi că sunt undeva împreună îmi dă pace. Chiar dacă nu sunt cu ei, Dar voi fi astăzi, dacă eu sunt cel care va muri. Sunt dispus să-mi asum acest risc. În plus, când voi pleca, nimeni de pe pământ nu-mi va simţi lipsa."

"Nouă ne va fi dor de tine!" a spus Lia.

"Bineînţeles că ne va fi dor de tine!" a fost de acord E-Z, în timp ce traversa etajul, observând o masă care înainte se confunda cu peretele. S-a apropiat de ea, pe care a descoperit un teanc de hârtii pe care le-a răsfoit.

"Apreciez sentimentul", a spus Alfred. "Hei, ce faci, E-Z? De unde a apărut masa aia?".

Lia a întins ambele mâini în faţa ei, astfel încât să-i poată vedea simultan pe E-Z şi pe Alfred.

E-Z a continuat să răsfoiască paginile. În curând, acestea zburau prin toată camera. Se învârteau în aer ca şi cum ar fi fost prinşi în ochiul unei tornade.

Cei Trei s-au grupat împreună şi au privit vânzoleala de hârtie. Apoi, dintr-o dată, au căzut pe trotuar.

Lia a apucat una dintre ele şi a citit-o în timp ce E-Z şi Alfred priveau.

"Ce este asta?", a exclamat ea. "Scrie numele noastre. Ne spune poveştile. Poveştile noastre. Ale morţii noastre."

"Spune că suntem deja morţi!" a spus E-Z citind una dintre hârtiile pe care le luase.

"Oh", a spus Lia, cu o lacrimă curgându-i pe obraz. "Scrie, de asemenea, că mama mea este moartă, la fel ca şi unchiul vostru Sam."

E-Z a clătinat din cap. "Nu poate fi adevărat. Nu este adevărat. Se joacă cu noi." S-a uitat în jur. Ceva în cameră se schimbase. Pereţii. Erau acum roşii. "Am intrat într-o altă dimensiune sau ceva de genul ăsta? Uită-te la pereţi? Suntem în altă parte, unde viitorul este deja trecut?"

Alfred a mai luat una dintre paginile căzute. În ea se vorbea despre moartea soţiei sale, a copiilor săi şi despre propria sa moarte. Şi totuşi, când se privea, când se simţea pe sine, era viu, cu pene: o lebădă trompetistă. "Vreau să ies", a spus el.

Lia a zâmbit. "Vrei să spui, din camera asta sau din viaţa asta? Şi eu vreau să ies, adică din acest container metalic înfiorător, dar nu vreau să mor. Să văd lumea prin palmele mâinilor mele este ciudat şi mişto în acelaşi timp. Să poţi citi gândurile, e la fel de mişto. Dar când am oprit timpul, a fost grozav. Imaginaţi-vă că aţi putea invoca această putere, de exemplu dacă cineva ar fi în pericol sau dacă ar fi un dezastru. Imaginează-ţi câte vieţi ar putea fi salvate? Iar acum am zece ani şi cine ştie ce alte puteri îmi mai sunt rezervate."

"Ca un zeu", a spus E-Z. "Ştiu cum te-ai simţit Lia. Aşa m-am simţit şi eu, când am salvat prima fetiţă, când i-am salvat pe ceilalţi şi când te-am salvat pe tine."

Cei trei au reformat un cerc şi şi-au unit mâinile în timp ce recitau cuvintele: "Noi avem puterea. Nimeni nu moare astăzi. Indiferent ce spun ei." S-au întors şi s-au învârtit în jurul lor, cântând noua lor mantră. Până când au fost gata să îi cheme din nou pe arhangheli.

CAPITOLUL 17

E RIEL A SOSIT PRIMUL, cu sprâncenele ridicate şi buza răsucită în dispreţ. Apoi au sosit Ariel şi Haniel. Cei doi au rămas în spatele lui, la umbra aripilor sale enorme. Eriel şi-a încrucişat braţele, în timp ce ceilalţi doi arhangheli s-au apropiat. Au plutit de o parte şi de alta a umerilor săi.

"Ne-am hotărât", a spus E-Z. "Nimeni nu va muri astăzi."

Râsul lui Eriel a răsunat în jurul incintei metalice. S-a ridicat în aer, apoi şi-a încrucişat braţele peste piept. Ariel şi Haniel au rămas tăcuţi, în timp ce râsul lui Eriel a crescut în ton, suficient de înalt încât să-i doară urechile lui Alfred.

Alfred a leşinat, dar şi-a revenit repede. Lia şi E-Z l-au ajutat să se ridice. L-au ţinut în picioare până când Micuţa Dorrit a zburat deasupra. Câteva clipe mai târziu, Alfred stătea deasupra lor pe unicorn. Era faţă în faţă cu Eriel.

"Mulţumesc, amice", a spus Alfred.

"Mă bucur că am fost de ajutor", a spus Micuţa Dorrit.

"Ajunge!" a strigat Eriel, mutându-se mai sus deasupra lor. Intimidându-i cu mărimea lui, cu morbiditatea lui, cu vocea lui tunătoare. "Credeţi că puteţi schimba ceea ce va fi? Eu v-am spus ce trebuie să se întâmple şi nu aveţi altă alegere decât să mă ascultaţi. Nu a fost un sondaj. Şi nici o democraţie. A fost o certitudine. Căci este scris..."

Apoi a observat că podeaua era acoperită de hârtii. A zburat în jos şi a luat una. Apoi s-a ridicat, astfel încât să se afle faţă în faţă cu Alfred. În mâna lui ţinea povestea lui Alfred.

"Văd că ai citit viitorul. Acum ştii adevărul, că trăieşti într-un univers paralel. Ceea ce se întâmplă aici, se răsfrânge în toate celelalte universuri. În locurile în care există atât viitorul, cât şi trecutul."

Lia şi-a lăsat mâna dreaptă şi a ridicat-o pe cea stângă. Braţele ei nu erau puternice, pentru că încă se obişnuiseră ca ea să fie nevoită să le ţină în sus.

Eriel a zburat prin cameră până la o canapea roşie pe care s-a aşezat. Ceilalţi îngeri i s-au alăturat, câte unul pe fiecare dintre braţe. Eriel s-a aşezat confortabil, cu aripile nici complet înăuntru, nici complet afară.

După ce s-a făcut comod, a continuat. "Într-una dintre lumi, toţi trei sunteţi deja morţi. Aţi citit adevărul. În această lume, mai există încă speranţă. Speranţa există, datorită nouă, adică mie, lui Ariel, Haniel şi Ophaniel. Noi v-am ales pe voi trei, oamenii, să colaboraţi cu noi. V-am dat obiective şi v-am ajutat unde şi când am putut. Cât timp suntem cu voi, doar noi vă permitem să continuaţi să existaţi. Doar noi vă dăm un scop vieţii voastre. Refuzaţi să urmaţi calea pe care am ales-o pentru voi, şi nici voi nu veţi mai exista aici, în această lume. Vei fi şters, aşa cum nu ai fost şi nu vei fi niciodată."

E-Z şi-a strâns pumnii, iar scaunul său a tresărit în faţă. "În document, în documentul despre cealaltă viaţă a mea, scria că şi Unchiul Sam era mort. El nu a fost în accidentul cu părinţii mei. El nu face parte din acest târg. L-ai ucis, Eriel, ca să mă ţii aici?".

Fără să aştepte un răspuns, Lia a intervenit. "În documentul meu scrie că mama mea este moartă. Cum poate fi adevărat? Te rog, spune-mi că nu e adevărat!"

Alfred, care acum se simțea mai bine, a sărit de pe spinarea Micuței Dorrit. S-a apropiat mai aproape de canapea și a ajuns din nou față în față cu Eriel.

E-Z îl privea cu mândrie pe prietenul său Alfred, lebăda trompetistă neînfricată.

"Și în documente, rugăciunile mele sunt ascultate. Sunt deja mort. Am murit alături de familia mea, așa cum ar fi trebuit să fie. Aș fi preferat să fiu lăsat mort. Să fi murit cu ei, în loc să mă reîncarnez în lebădă trompetistă. Asta după ce Haniel m-a salvat de la întrepătrundere".

Eriel l-a alungat pe Alfred. "Ah, da, între cele două și între cele două. Uitasem că ai fost trimis acolo. Nu ți-a plăcut prea mult, nu-i așa?"

Alfred și-a mișcat gâtul și a făcut o grimasă cu ciocul. Și-a arătat dinții mici și zimțați de parcă ar fi vrut să o muște pe Eriel.

"Stai jos", a spus E-Z în timp ce se rostogolea până la canapea.

Alfred și-a închis ciocul. Lia s-a apropiat mai mult. Acum Cei Trei stăteau împreună în fața lui Eriel. Așteptau ca arhanghelul să spună ceva, orice. Pentru prima dată fără cuvinte.

E-Z a profitat de ocazie pentru a lua situația în mână.

"În ziare, scria că unchiul Sam murise în accidentul în care am fost împreună cu mama, tata și cu mine. El nu era în mașină cu noi, pentru ca acest lucru să se fi întâmplat, ar fi trebuit să fie plantat în vehicul cu noi. În ce scop? Explicați-ne, așa-ziși arhangheli. De ce ați schimba istoria în funcție de scopurile voastre? Apropo, unde este Dumnezeu în toate acestea? Vreau să vorbesc cu El."

"Și eu vreau!" a exclamat Lia.

"Și eu!" a intervenit și Alfred.

Eriel și-a încrucișat picioarele și și-a întins aripile. Și-a pus mâna pe bărbie și a răspuns: "Dumnezeu nu are nimic de-a face cu noi sau cu voi - nu mai are." A căscat, de parcă această sarcină îl plictisea.

"Dacă ţi-aş spune că în acest moment casa ta este în flăcări? Dacă ţi-aş spune că nici unchiul Sam, nici mama ta, Samantha, nici Lia nu vor mai trăi să vadă o altă zi?".

"Nenorocitule!" a exclamat E-Z.

"La fel!" a spus Lia.

"Haideţi," a mustrat Eriel. "Suntem cu toţii prieteni aici. Prieteni, nu-i aşa? Casa voastră ar putea lua foc, orice s-ar putea întâmpla cât timp suntem aici, în acest loc, suspendate în timp. Cu cât întârzii mai mult să alegi, cu atât mai mult haos creezi în lume." S-a ridicat în picioare şi şi-a întins aripile, făcându-i pe cei trei să facă câţiva paşi înapoi.

El a continuat: "E-Z ţi-ai risca viaţa pentru unchiul tău Sam, corect?". El a dat din cap. "Bineînţeles că ai face-o. Şi Lia, ţi-ai risca viaţa pentru a salva viaţa mamei tale, da?". Lia a dat din cap.

"Şi Alfred, dragă lebădă trompetistă. Prietenul meu cu pene de pană. Pe care dintre cei doi l-ai salva. Dacă ai putea salva doar unul dintre ei?" Eriel a zâmbit, mândru de rimele pe care le făcuse.

"I-aş salva pe amândoi", a spus Alfred. "Mi-aş risca viaţa sau aş muri încercând".

"Ai o dorinţă ciudată de moarte, prietenul meu cu pene".

Alfred a pornit în trombă spre Eriel.

"Y-o-u a-r-e n-o-t m-y f-r-i-e-n-d! Nu te mai juca cu noi. Tu ne-ai adus împreună. De ce? Ca să ne tachinezi. Pentru a face o fetiţă să plângă. Nu eşti decât un, decât un mare bătăuş."

"Da", a spus Lia. "Nu ne mai teroriza."

"Ceea ce au spus", a adăugat E-Z.

Eriel, acum furios, s-a transformat din negru în roşu în negru în roşu. A zburat prin cameră şi şi-a trântit pumnii pe masă.

"Vreți să aflați adevărul? Nu poți face față adevărului!" El a zâmbit.

"O mică paranteză, îmi place interpretarea lui Jack Nicholson în "A Few Good Men"."

Era un lucru asupra căruia atât Eriel, cât și E-Z erau de acord. Interpretarea lui Nicholson în acel film a fost impecabilă.

"Încetează cu melodramatismul și spune-ne ce vrei de la noi."

"Am spus deja", a spus Eriel. "V-am spus că unul dintre voi trebuie să moară astăzi. V-am spus să alegeți care dintre ei. Este scris, unul dintre voi trebuie să moară. Voi trebuie să alegeți. Acum."

Alfred a făcut un pas înainte, cu gâtul de lebădă întins. "Atunci voi fi eu."

Alfred a îngenuncheat, cu trupul tremurând. Și-a coborât capul, de parcă se aștepta ca arhanghelul să i-l taie.

În schimb, toți cei trei arhangheli au aplaudat. S-au zbenguit prin cameră. Țipând ca și cum ar fi fost clovni angajați care se jucau la o petrecere de ziua copiilor.

După câteva minute de nebunie totală, arhanghelii s-au oprit.

"S-a făcut", a spus Eriel.

Și apoi au dispărut.

CAPITOLUL 18

C U E-Z ÎN SCAUNUL său cu rotile, Lia pe Little Dorrit şi lebăda Alfred încă Cei Trei, în timp ce zburau pe cer. Au continuat să înainteze câţiva kilometri, până când sub ei au observat un pod metalic uriaş.

Un tânăr se clătina pe cornişă dând toate semnele că urmează să sară.

E-Z şi-a scos telefonul şi s-a pregătit să sune la 911, în timp ce Alfred, fără ezitare, a zburat până la bărbat. Şi-a pus telefonul deoparte şi el şi Lia l-au urmat.

Alfred a plutit în apropierea bărbatului, neputând să vorbească şi să fie înţeles de acesta, tot ce a putut spune a fost: "Hoo-hoo!".

"Pleacă de lângă mine!", a strigat bărbatul, făcându-i semn bietului Alfred, care încerca doar să ajute, să se îndepărteze.

Bărbatul s-a apropiat de margine, dându-şi jos pantofii şi privindu-i cum cad în râul de sub el. A privit cum apa îi depăşea, trăgând pantofii sub apă cu gura ei flămândă. Vrând să vadă mai mult, şi-a scos tricoul - pe care scria, în mod ironic, "Sfârşit", în partea din faţă.

Tânărul a privit cum tricoul său preferat se legăna şi dansa pe drumul său în jos. În timp ce apa îl înghiţea, bărbatul a început să cânte:

"Mă duc în jurul murei.

Tufa de mure, tufa de mure.

Mă învârt în jurul tufei de mure,

Toate într-o dimineaţă însorită."

Alfred l-a auzit cântând. Cunoștea rima. A așteptat ca bărbatul să mai cânte un vers. De fapt, voia ca el să cânte mai mult. Dar îi era teamă să nu-l deranjeze. Omul nu ar fi înțeles, chiar dacă ar fi încercat să vorbească cu el.

În acest moment, E-Z aștepta un semn de la Alfred. În cele din urmă, a primit unul - Alfred le-a spus lui și Liei să nu se apropie mai mult.

Alfred și-ar fi dorit ca tânărul să-l înțeleagă. Dacă se apropia mai mult, ar fi putut să-l prindă? S-a apropiat mai mult, extinzându-și aripile la maxim.

Tânărul l-a văzut. "Lebăda", a spus el. Apoi a sărit.

Lebăda trompetă era mai mare decât lebăda obișnuită. Dar nu suficient de mare pentru a prinde un bărbat în toată firea. A încercat totuși, pentru a-și amortiza căderea. Și-a pus viața în pericol pentru a-l salva. Dar indiferent ce a făcut, omul tot a căzut ca un balon de plumb. În gura flămândă a râului.

Alfred, fără să se gândească la el însuși, a plonjat după el. Nimeni nu știa cum intenționa să-l scoată pe om. Unii spun că gândul e cel care contează. În acest caz, Alfred a fost tras la fund de greutatea omului.

În acest moment, E-Z plutea deasupra apei, căutând ca fie bărbatul, fie Alfred să iasă la suprafață pentru a-i putea ajuta. Nici Lia, nici Micuța Dorrit nu știau să înoate. Iar E-Z nu putea să intre în apă pentru ei cu sau fără scaunul său.

Exasperat, a zburat spre mal, căutând orice semn de viață. În sfârșit, a văzut, ceva care se legăna pe malul celălalt. S-a repezit, l-a cărat pe om până acolo unde aștepta Lia și, după ce a tușit, s-a dus să caute vreun semn de la lebăda Alfred.

Apoi l-a văzut. Jumătate în apă și jumătate afară din apă. Plutind în urma valurilor.

"Alfred!", a strigat el, în timp ce a ridicat capul lebedei, observând imediat că avea gâtul rupt. Alfred, lebăda trompetistă, prietenul său nu mai era. Fapta lui Eriel fusese făcută.

Lia, care urmărea fiecare mișcare a lui E-Z, a văzut gâtul lui Alfred și a strigat "Nooooooo!".

E-Z a ridicat trupul fără viață al lebedei pe scaunul său cu rotile și l-a ținut. A început și el să plângă.

În spatele lor, bărbatul pe care Alfred l-a salvat a strigat, "Nu sunt mort! Sunt eu, Alfred".

CAPITOLUL 19

P AUZĂ PE PĂMÂNT.

Păsările s-au oprit în plin zbor. La fel şi avioanele. Şi alte obiecte zburătoare, cum ar fi baloanele şi dronele. Gloanţele s-au oprit din tragere după ce au ieşit din cameră. Apa a încetat să mai curgă peste Cascada Niagara. Gândacii nu au mai bâzâit. Aerul s-a oprit.

A apărut Ophaniel, alături de Eriel, Ariel şi Haniel. Cu mâinile în şolduri şi cu bărbia împinsă în faţă, era mai mult decât evident că era supărată.

În loc să vorbească, s-a întors în direcţia lui E-Z.

Acesta era încremenit, cu gura larg deschisă. Ultimul său cuvânt rostit fusese: "NOOOOOOOOOOOOOOOOOOOOOO!".

Acum o observa pe Lia. Fata avea o lacrimă îngheţată pe obraz. Îi cursese din ochiul ei vechi.

Acum se întoarse la E-Z. El căra un cadavru. Corpul unei lebede moarte.

Acum, la Alfred, care nu mai era o lebădă. Luase forma unui om. Un om înecat.

Chiar omul care urma să-l înlocuiască în Cei Trei.

"Acum, ce e în neregulă cu imaginea asta?" a întrebat Ophaniel, conducătorul lunii stelelor.

Nimeni nu a îndrăznit să vorbească.

"Eriel, tu eşti la conducere aici. În primul rând, ai dat peste cap testul de legătură cu E-Z şi Sam, făcându-te, scuză-mi expresia - bătut din parc.

"Acum, din cauza prostiei tale, lebăda Alfred a preluat un corp uman. Corpul persoanei care, după cum ţi-am spus, ar trebui să fie un membru al Celor Trei.

"Ştii cu ce ne confruntăm. Înţelegi ce ne rezervă viitorul dacă nu punem lucrurile în ordine. Tu ştii!"

Eriel s-a înclinat la picioarele lui Ophaniel, apoi s-a ridicat de la pământ înainte de a vorbi. "Am rostit cuvintele, s-a făcut."

"Da, ai rostit cuvintele şi apoi nu ai reuşit să te asiguri că sarcina a fost îndeplinită, imbecilule!"

A plutit lângă noul Alfred. "Îmi pare rău, dar acest lucru complică lucrurile, chiar şi pentru noi. Chiar şi cu puterile noastre, să-l scoatem din acest corp uman şi să-l readucem în forma lui de lebădă nu va fi la fel de uşor. S-ar putea să fim nevoiţi să-l trimitem înapoi la întrepătrundere! Şi nu merită asta. De fapt,"

Ariel a zburat până lângă Ophaniel şi a întrebat: "Pot să vorbesc?"

"Poţi, dacă ai vreo idee despre Alfred care ne-ar putea ajuta să ieşim din această încurcătură."

"Îl cunosc pe Alfred, mai bine decât oricine de aici. A fost de acord să fie el, să se sacrifice. Ar face-o din nou, fără nicio ezitare - chiar dacă nu ar avea nimic de câştigat. Este un sacrificiu uriaş pentru orice fiinţă vie, să îşi dea viaţa pentru a salva pe altcineva. De asemenea, ar trebui să se ia în considerare cât de mult a fost făcut să sufere Alfred, atât în existenţa sa umană, cât şi ca lebădă. Este un suflet excepţional şi ar trebui să i se acorde o a doua şansă, şi o a treia, şi mai multe!"

Eriel a luat-o în derâdere: "Ar trebui să dispară, să se întoarcă la întrepătrundere pentru eternitate. Nu este demn de..."

"Nu ți-am dat voie să mă întrerupi!" Ophaniel a țipat. Ca să-l împiedice să întrerupă pe viitor, ea i-a închis buzele cu nasturi.

"Este adevărat ceea ce spui, Ariel", a spus Ophaniel. "Alfred colaborează bine atât cu Lia, cât și cu E-Z. Ar trebui să-i dăm o a doua șansă în acest nou corp. El nu a fost menit să fie în întrepătrundere. A depins de Hadz și Reiki. I-am fi alungat imediat în mină după asta. În schimb, le-am dat o nouă șansă cu E-Z.

"Totuși, Eriel i-a trimis în mine. Deci, totul e bine când se termină cu bine. Poate că, Alfred merită o nouă șansă. Să vedem ce se întâmplă, cum spun oamenii, să jucăm după ureche. Dacă merge bine. Dacă nu, acest corp poate fi reciclat, deoarece spiritul a părăsit deja clădirea."

"Mulțumesc", a spus Ariel, făcând o plecăciune joasă în fața lui Ophaniel. "Vă mulțumesc foarte mult. O să fiu cu ochii pe situație. Nu-l voi lăsa pe Alfred să vă dezamăgească."

Ophaniel a dat din cap, s-a ridicat și a rostit cuvintele:

REÎNCEPEȚI PE PĂMÂNT.

Timpul a început să curgă și lumea a revenit la cum era înainte.

Ophaniel a dispărut primul, ceilalți trei au așteptat câteva secunde înainte de a-l urma.

CAPITOLUL 20

"**N**U SE POATE!" A exclamat E-Z, apropiindu-se cu roata de noul Alfred. "Alfred, tu eşti? Chiar poţi fi tu?"

Lia nu a fost nevoie să întrebe, pentru că ştia deja. A alergat la Alfred şi şi-a aruncat braţele în jurul lui.

Alfred a spus, cu accentul său englezesc: "Eriel trebuie să fi făcut un switch-a-roo".

Alfred, care purta doar o pereche de blugi, a tremurat. "Deşi sunt îngheţat de frig, cu siguranţă mă simt bine să fiu din nou într-un corp." Şi-a flexat muşchii şi a alergat pe loc pentru a se încălzi. Apoi a făcut câteva roţi de carusel pe gazon, în timp ce E-Z şi Lia stăteau şi se uitau cu gura căscată.

"Ce mai mare fanfaron!" a spus Micuţa Dorrit.

Alfred, care tocmai o observase, s-a apropiat şi şi-a trecut mâna pe blana ei. O simţea atât de moale şi caldă, încât s-a ghemuit în ea.

"Este o întorsătură destul de ciudată a evenimentelor", a spus E-Z, apropiindu-se. "Nu prea ştiu ce să înţeleg din asta."

"Nici eu nu ştiu", a spus Alfred, "dar putem discuta despre asta în timp ce mâncăm? Mor de foame, iar un cheeseburger încărcat cu ketchup şi ceapă, cu o porţie uriaşă de cartofi prăjiţi, sigur ar fi pe placul meu."

"Stai puţin", a spus E-Z. "Dacă tu eşti tipul ăsta, tipul ăsta al cărui nume nici măcar nu-l ştim - atunci ce se întâmplă dacă te recunoaşte cineva?"

Alfred s-a aplecat şi şi-a atins degetele de la picioare. Şi-a simţit pielea de pe faţă. Părul său. "Vom trece peste acest pod când vom ajunge la el." A zâmbit, a ridicat capul în direcţia cerului şi a spus: "Mulţumesc, Eriel, oriunde ai fi."

Un avion deasupra capetelor lor a scris pe cer cuvintele:

Încă o dată spre breşă, dragi prieteni.

"Este o frază destul de ciudată pentru a scrie pe cer", a observat Lia. "Ştie vreunul dintre voi ce înseamnă?".

E-Z a clătinat din cap: "Pot să caut pe Google". Şi-a scos telefonul.

"Nu e nevoie", a spus Alfred. "Este din Shakespeare, atribuită regelui Henry. La propriu înseamnă: "Să mai încercăm o dată". Cred că a fost spus în timpul unei bătălii. Deci, presupun că acesta este un mesaj de la Ariel al meu, anunţându-mă că mi s-a dat o nouă şansă." Lacrimile i-au curs în ochi.

E-Z era suspicios în legătură cu această schimbare de evenimente. Era fericit că Alfred era încă alături de ei, dar se întreba cu ce preţ. "Sunt îngrijorat", a recunoscut E-Z.

Lia a spus că şi ea era.

"Ah, nu-ţi face griji. Dacă Ariel mi-a trimis acest mesaj, înseamnă că este de partea noastră. În plus, bărbatul în al cărui corp mă aflu - nu-l mai dorea. Am încercat să-l salvez, dar a sărit oricum. Poate că e destinul, ca eu să te ajut cu încercările tale E-Z. Orice ar fi, o voi accepta. Voi da tot ce am mai bun. Asta după ce voi îmbrăca o cămaşă şi nişte pantofi."

"Mă întreb care sunt puterile tale acum, Alfred. Adică, dacă le mai ai, sau dacă ai alte puteri. Sau niciuna. De când eşti din nou om", a întrebat Lia.

Alfred şi-a scărpinat capul blond. "Uh, nu ştiu. Singurul lucru care are nevoie de un leac pe aici este fostul meu corp de lebădă. Nu vreau să-mi asum riscul ca, dacă îl vindec, să ajung din nou în el."

"Destul de corect", a spus Lia. "Dar nu putem să-ți lăsăm vechiul corp de lebădă acolo, nu-i așa? Trebuie să-l îngropăm."

În timp ce priveau corpul fără viață, acesta a dispărut în aer.

"Ei bine, asta rezolvă problema", a spus E-Z.

"Simt că trebuie să spun câteva cuvinte, pentru trecerea în neființă a vechiului meu trup. Se supără cineva?"

Atât E-Z, cât și Lia și-au plecat capetele.

Alfred a recitat un fragment din poemul lui Lord Alfred Tennyson, intitulat: "Ce este?

Lebăda muribundă:

Câmpia era plină de iarbă, sălbatică și goală,

largă, sălbatică și deschisă la aer,

Care se ridicase peste tot

Un acoperiș de un gri sinistru.

Cu o voce interioară râul curgea,

În josul lui plutea o lebădă muribundă,

Și cu voce tare se plângea.

Aici Alfred Hoo-Hoo'd și Hoo-Hoo'd până când lacrimile au umplut toți ochii lor în timp ce poemul continua:

Era miezul zilei.

Mereu vântul obosit continua,

Și lua vârfurile de trestie pe măsură ce mergea.

Au stat împreună într-un moment de tăcere.

Apoi Lia a spus: - Acum hai să vă punem niște haine proaspete și uscate, apoi mergem cu toții la un local de burgeri. Și mie mi-e foame și sete".

E-Z a clătinat din cap. "Niște mâncare ar fi bine, dar încă sunt suspicios în privința lui Eriel. Ceva aici nu se leagă."

"O să ne dăm seama - după ce mâncăm! Condu-mă în raiul cheeseburgerilor."

Au început să se deplaseze de-a lungul promenadei de la malul mării. Au continuat să meargă o vreme. Înainte de a-şi da seama că se pierduseră.

"Sunt un navigator excelent", a spus Micuţa Dorrit, unicornul, în timp ce a coborât în zbor pentru a-i saluta. "Urcaţi-vă la bord, Alfred şi Lia. E-Z puteţi să mă urmaţi."

Alfred şi-a băgat mâna în buzunarul blugilor şi a scos un portofel. Înăuntru a găsit câteva bancnote şi identificarea corpului în care locuia acum. Numele tânărului era David, James Parker, în vârstă de douăzeci şi patru de ani. A ridicat un permis de conducere.

"Frumoasă fotografie", a spus Lia.

"Da, sunt destul de chipeş".

"Oh, frate", a spus E-Z, împingând mai departe.

Sus, sus, în aer au zburat pasagerii Micului Dorrit. E-Z i-a urmat până când a ştiut unde se afla. S-a hotărât să ceară ca scaunului său cu rotile să i se adauge un GPS. Păcat că nu se gândiseră la asta când l-au modificat.

Coborârea a fost urmată de o scurtă incursiune într-un magazin second-hand. Alfred purta acum un tricou nou, blugi, adidaşi şi şosete. A urmat o scurtă coadă înainte de a începe să comande mâncare.

Micuţa Dorrit s-a făcut nevăzută, în timp ce trioul se înfrupta din mâncarea lor. Tuturor le era foarte foame.

Alfred scotea sunete de răcnet, prea multe pentru a le descrie în detaliu. După ce au terminat de mâncat, au depus gunoiul în coşurile de gunoi corespunzătoare. Şi au plecat spre casă.

Când aproape ajunseseră, Alfred l-a strigat pe E-Z: "Trebuie să vorbim!".

"Nu putem aştepta până aterizaţi?" a întrebat micuţa Dorrit. "După ce termin aici, am locuri, unde să merg, oameni de văzut."

"Ce nepoliticos", a spus E-Z. "Dă-i drumul, Alfred sau David sau cum te cheamă acum."

"Despre asta voiam să vorbesc cu tine", a spus Alfred. "Cum ai de gând să le explici transformarea mea unchiului Sam și Samanthei? Uh, Unchiule Sam și Samantha, aș vrea să vi-l prezint pe Alfred, lebăda trompetistă. Numele lui este acum David James Parker. Mulțumită corpului în care a intrat și în care locuiește în prezent. Deoarece tânărul care a fost proprietarul anterior al corpului s-a sinucis. Pe podul de pe strada Jones."

"Oh, Doamne", a spus E-Z. "Este sută la sută adevărul așa cum îl știm noi, dar nu putem să le spunem adevărul."

"Mama mea ar leșina dacă am spune asta. De ce nu le spunem că Alfred lebăda a zburat spre sud? Pentru o vreme mai însorită. Sau că și-a găsit o pereche? Apoi îl putem prezenta pe Alfred ca D.J., care sună mult mai prietenos decât David James."

"Ești un geniu", a spus E-Z. "Deși, din moment ce prietenul meu se numește PJ, lucrurile ar putea deveni puțin confuze cu un DJ și PJ. Ce părere ai, Alfred? Ai vreo preferință?"

"Nu-mi place DJ. Sună mult prea comun. Aș prefera să mă numesc Parker. Majordomul Parker a fost unul dintre personajele mele preferate din Thunderbirds."

"Parker să fie atunci", a terminat E-Z de spus în timp ce Lia a scos un țipăt și Alfred a leșinat - casa lor dispăruse. Arsă până la temelii.

CAPITOLUL 21

"**O**H, NU!" A STRIGAT E-Z în timp ce alerga spre rămăşiţele în flăcări. "Trebuie să-i găsesc pe unchiul Sam şi pe Samantha. Trebuie neapărat."

Scaunul lui plutea deasupra rămăşiţelor; era totul negru carbonizat. O mizerie de distrugere nedesluşită, fără niciun semn de viaţă umană. Articole sporadice erau îmbibate cu apă. Semnale intermitente de fum se ridicau ici şi colo dintre brazii stinşi.

E-Z şi-a ridicat pumnii în aer. "Vino încoace Eriel, gargantule..."

"Prostănac zburător!" Parker a terminat insulta.

Lia a încercat să-i calmeze pe toţi.

"De ce a trebuit să faci asta? De ce? De ce?" a strigat E-Z.

Lia a căzut la pământ. Şi-a sprijinit capul pe genunchiul lui E-Z, iar Parker a îmbrăţişat-o chiar în momentul în care o maşină s-a oprit în spatele lor.

Două uşi s-au deschis în zbor: Sam şi Samantha.

Au alergat şi s-au agăţat unul de altul; de parcă nu se aşteptau să se mai vadă vreodată. Toată lumea a vărsat o lacrimă sau două, înainte de a se despărţi. Când şi-au dat seama că în îmbrăţişarea de grup se afla şi un bărbat pe care nu-l cunoşteau.

Străinul era un bărbat înalt, care nu ar fi avut nicio problemă în a obţine un loc în echipa Raptors. Era îmbrăcat din cap până în picioare într-un costum negru închis cu dungi, cu pantofi asortaţi.

Nasturii de la jachetă descheiați dezvăluiau un costum negru cu o țesătură lucioasă, probabil mătase. Ochii săi negri ca jetul și șuvițele purtate de vânt contrastau cu tenul său de iederă. Semăna cu o încrucișare între un antreprenor de pompe funebre și un magician.

I-a întins mâna: "Bună, sunt tipul de la asigurări al lui Sam."

Unchiul Sam a explicat că el și Samantha ieșiseră să ia ceva de mâncare. Văzând expresia lui E-Z, el a justificat acest lucru: "Nu reușise să doarmă din cauza decalajului orar". Samantha și Sam au făcut un schimb de priviri și au dat din cap. "Samantha și cu mine..."

"Oh, mamă!"

a spus E-Z, "Samantha și unchiul Sam stând într-un copac - k-i-s-s-i-n-g."

"Oprește-te", a spus Parker. "Îi faci de râs".

Toate privirile erau îndreptate spre tipul de la asigurări. Numele lui era Reginald Oxworthy. Era la telefon. Strigând. "Ce vrei să spui că nu se califică?"

"Oh, nu!" a spus Sam.

"Este clientul nostru de ani de zile, mai întâi când locuia în alt stat și de atunci s-a mutat aici. Este acoperit, sunt sigur de asta." A fost o pauză. "Ei bine, mai uită-te o dată!" Și-a închis telefonul. "Îmi pare rău pentru toate astea".

Sam s-a apropiat și toți ceilalți l-au urmat. "Care este mai exact problema?"

"Oh, nici o problemă ca să zic așa."

"Mie mi s-a părut cu siguranță o problemă", a spus Samantha. Ceilalți au dat din cap.

Oxworthy și-a curățat gâtul. "Le-am spus să vă verifice din nou polița. Dă-mi un," i-a sunat telefonul. "O secundă", a spus el, îndepărtându-se de ei. L-au urmat ca un grup de fotbaliști înghesuiți, ascultând fiecare cuvânt pe care îl spunea. "Uh, da. Aşa e. Au confirmat atunci. Nicio problemă, se mai întâmplă."

A schiţat un zâmbet în direcţia lui Sam, apoi i-a arătat degetul mare în sus. S-a îndepărtat de anturaj şi şi-a continuat conversaţia.

Stăteau grupaţi, privind la ceea ce mai rămăsese din casa lor. O casă în care E-Z trăise toată viaţa lui. Ce se va întâmpla acum? Va trebui să reconstruiască pe această locaţie? O casă nouă, fără istorie sau semnificaţie. O casă nouă care nu va fi niciodată un cămin pentru el. Niciodată nu va fi un loc unde fantomele părinţilor săi, dacă fantomele ar exista, ar putea să-l viziteze.

Oxworthy s-a îndreptat spre ei. "Ei bine, acum. Îmi cer scuze pentru întârziere. Dar rezervările voastre la hotel au fost confirmate. Putem să plecăm. Să vă instalăm, oricând sunteţi gata."

"Mulţumesc", a spus Sam. "Aveţi vreo idee încă, care a fost cauza incendiului?".

"După o investigaţie preliminară, sunt nouăzeci la sută siguri că explozia a fost cauzată de o scurgere de gaz. Dar nu vă faceţi griji în privinţa asta acum. Poliţa ta de asigurare acoperă toate costurile pentru şederea la hotel. V-am rezervat trei camere. Asta ar trebui să fie suficient, nu-i aşa?"

"Ar trebui să fie bine", a spus Sam. "Mulţumesc, Reg."

"Poliţa ta acoperă şi cheltuielile, pentru obiecte de schimb, lucruri de primă necesitate, mâncare. Nu va trebui să plăteşti niciun cent la hotel. Orice cumpărături, trimiteţi-mi chitanţele. Faceţi copii, păstraţi originalele. Voi avea grijă să vă fie rambursate."

Sam şi Oxworthy şi-au strâns mâinile.

"Are cineva nevoie de un lift până la hotel?" a întrebat Oxworthy, iar Lia şi Samantha s-au urcat pe bancheta din spate a Mercedesului său negru.

E-Z şi Parker s-au urcat în maşina unchiului Sam.

"Nu cred că am fost prezentaţi", a spus unchiul Sam, întinzându-i mâna lui Parker, care se afla pe bancheta din spate.

"Mă bucur să te cunosc", a spus Parker.

"Oh, şi tu eşti britanic", a spus Unchiul Sam. "Apropo, unde este Alfred?".

E-Z a clătinat din cap. "Îţi voi explica mâine dimineaţă. Iar tu poţi continua ceea ce voiai să ne spui, despre tine şi Samantha."

"Destul de corect", a spus Sam, uitându-se în oglinda retrovizoare pentru a vedea că Parker dormea adânc. A pornit maşina şi a plecat în viteză.

"Am avut cu toţii o zi destul de plină de evenimente", a spus E-Z.

"Mie îmi spui."

Îmi pare rău, Eriel, că am dat vina pe tine pentru asta, s-a gândit E-Z. Deşi o bănuială din adâncul minţii sale sugera că juriul încă nu se pronunţase în această privinţă.

CAPITOLUL 22

O DATĂ AJUNȘI LA HOTEL, toți s-au cazat în camerele lor, urmând să se întâlnească mai târziu, la ora 18.00, pentru a lua cina. Unchiul Sam avea o cameră numai pentru el, dar între camera lui și cea a nepotului său exista o ușă alăturată. Parker stătea și el în camera lui E-Z, în timp ce Lia și mama ei împărțeau o cameră la câteva uși mai jos.

După ce s-au instalat, Lia și Samantha s-au hotărât să facă cumpărături de strictul necesar. Prioritatea numărul unu erau hainele noi, deoarece tot ce aduseseră cu ele se pierduse în incendiu.

"Cum rămâne cu pașapoartele noastre?" a întrebat Lia.

"Bine că le țin mereu la mine în poșetă".

"Uf!" Cele două au intrat într-un magazin de designer și au început imediat să probeze cele mai noi modele nord-americane.

"Ar trebui să fie foarte distractiv, deoarece compania de asigurări plătește totul!" a exclamat Samantha prin perete către fiica ei aflată în vestiarul alăturat.

"Nimic nu ne place mai mult decât o sesiune de cumpărături!" a spus Lia. "Cu siguranță îmi iau asta, și asta și asta și asta".

Î NAPOI LA HOTEL, PARKER sforăia în pat. E-Z se plimba în sus şi în jos prin cameră gândindu-se la computerul pierdut. Bine că nu ajunsese prea departe cu romanul său Tattoo Angel, dar ceea ce îl preocupa cel mai mult erau lucrurile părinţilor săi. Nu-i venea să creadă că toate - dispăruseră. Nu-l ajuta faptul că nu se mai uitase la ele de foarte mult timp. Dar de ce se învinovăţea? Cei de la asigurări au spus că cauza a fost o scurgere de gaz. Au spus că sunt siguri în proporţie de 90 la sută. De ce continua să simtă că era numai vina lui, pentru că ar fi putut să o oprească, să-l oprească pe Eriel când a avut ocazia.

Sam şi-a băgat capul în cameră. "Voi doi sunteţi decenţi?"

Parker s-a întins.

"Da, suntem decenţi. Intraţi."

"Mă duc la magazine să iau nişte lucruri esenţiale. Voi doi vreţi să-mi daţi o listă cu ce vă trebuie sau vreţi să veniţi cu mine?".

"Dacă e vorba de mâncare, contează pe mine!" a spus Alfred.

"Întotdeauna ţi-e foame!"

"Ce pot să spun, de ceva vreme mă hrănesc doar cu iarbă."

E-Z a prins privirea lui Sam şi s-a prefăcut că fumează o ţigară imaginară.

Unchiul Sam a luat-o în derâdere, întrebându-se cum de ştia nepotul său, la treisprezece ani, de astfel de lucruri. Ca să schimbe subiectul, şi-au încuiat camerele şi s-au îndreptat spre hol.

"Unde mergem mai exact?" a întrebat E-Z.

"Aşa este, nu mergem prea des la cumpărături în oraş. Există un mall fantastic, la care vreau să merg de când m-am mutat aici. Nu este departe, aşa că m-am gândit că am putea discuta pe drum".

"Poţi să ne spui ce s-a întâmplat?" a întrebat Parker.

"Da, cum de tu şi Samantha v-aţi cuplat atât de repede?". a întrebat E-Z.

"Hmmm", a spus Sam.

"Mă refeream la incendiu", a spus Parker, aruncându-i lui E-Z o privire încruntată peste umăr.

Au ajuns la magazin. Parker şi Sam au intrat pe uşile rotative, în timp ce E-Z a folosit butonul de deschidere a uşii pentru a intra.

Odată ajuns înăuntru, Parker s-a aplecat pentru a-şi reface pantofii. E-Z a scos o jachetă elegantă din denim de pe umeraş şi a probat-o. S-a rotit în faţa unei oglinzi pentru a verifica dacă i se potrivea. "Arată destul de bine".

Sam a venit să evalueze situaţia: "De acord, se potriveşte precis. Se pare că a fost făcută pentru tine."

"Ce părere ai, Alfred?"

Sam a făcut o dublă impresie. Parker a spus: "Vrei să nu-mi mai spui Alfred! Cine era acest Alfred, oricum?".

"Uh, îmi pare rău, e vorba de accentul britanic. Şi el avea unul. Alfred a fost, ei bine, un prieten de-al nostru."

Sam s-a întors să se uite la haine. Umplea un coş cu lenjerie intimă şi articole de toaletă.

"Ce părere ai, Parker?"

A traversat podeaua pentru a se uita mai atent. "Se potriveşte bine. Cred că ar trebui să o iei. Dar va fi păcat când ţi se vor rupe aripile şi se va strica."

Sam a trecut pe lângă el şi E-Z a aruncat jacheta în coşul lui. "Cred că ar trebui să vă luaţi şi nişte lucruri necesare, cum ar fi chiloţii. Dacă nu cumva intenţionaţi să mergeţi în comun."

"Eww!" a exclamat E-Z.

"Oh, sunt familiarizat cu această expresie. Originea ei, sunt destul de sigur că este în Marea Britanie."

"Înţeleg de ce nepotul meu îţi tot spune Alfred. Este genul de lucru pe care l-ar fi spus el."

E-Z l-a privit pe Parker pentru o secundă. Apoi l-a urmat pe unchiul său în drum spre casă unde s-a oprit, a probat o pălărie şi a aruncat-o în coş.

"Acum, unde a ajuns Parker?", a întrebat el. Sam a continuat să se uite la ace de cravată în timp ce E-Z a scanat magazinul în căutarea prietenului său dispărut.

Parker stătea nemişcat în mijlocul culoarului patru, cu braţul drept în sus, iar cel stâng în jos. Expresia de pe faţa lui era inconfundabil de zombi.

"Oh, nu!" a spus E-Z în timp ce se învârtea pe roată. "Uh, Parker", a şoptit el. "Ce s-a întâmplat? Ar fi bine să ai grijă sau cineva te va confunda cu un manechin."

Parker a rămas nemişcat.

"Revino-ţi", a spus E-Z, lovindu-l pe Parker cu scaunul. Corpul lui Parker, s-a înclinat, apoi s-a răsturnat. E-Z l-a apucat la timp, ţinându-l în picioare de spatele cămăşii. A încercat să-şi îndrepte prietenul, ca să nu mai arate atât de ţeapăn şi ca un manechin, dar nu a fost o sarcină uşoară.

Unchiul Sam s-a repezit să-l ajute. "Ce s-a întâmplat cu Parker?"

"Nu ştiu. Trebuie să-l scoatem de aici."

"Se droghează? Are o expresie ciudată pe faţă, de parcă ar fi văzut o fantomă sau ceva de genul ăsta."

"Nu, nu se droghează, în afară de puțină iarbă din când în când. Și nu există fantome - ca să nu mai spun că e ziuă. Poate îl pot transporta pe scaunul meu? Trebuie să-l scoatem de aici înainte ca cineva să observe și să sune la poliție.

"De acord. Nu știu ce motiv ar da poliției dacă ar chema poliția. În magazinul nostru este un tip care imită un manechin! Vino repede."

"Amuzant", a spus E-Z. "Tu du-te și verifică și eu rămân aici. Hai să ne gândim cum îl putem scoate de aici fără să atragem prea multă atenție."

Unchiul Sam s-a dus să plătească, în timp ce E-Z a rămas cu Parker.

Clienții care veneau pe culoar, aveau probleme în a intra și a le ocoli.

E-Z și-a rotit scaunul la stânga, apoi la dreapta, pentru a se adapta cumpărătorilor.

În cele din urmă, când au fost mai mulți clienți deodată, l-a împins pe Parker împotriva unui perete. Cel puțin el era la o parte din drum. Apoi s-a așezat în așteptarea lui Sam.

"Am ajuns aici!" a strigat E-Z când l-a zărit.

"De ce e cu fața la perete? Și ce faci tu aici?".

"Erau o mulțime de clienți, iar noi eram în drum. Te-ai gândit cum putem să-l scoatem de aici?".

"Da, mă duc să iau una din acele platforme", a spus Sam.

"De ce nu iei un cărucior?" a întrebat E-Z. "Mai puțin vizibil".

"Nu am putea niciodată să-l urcăm într-un cărucior. Doar dacă nu vrei să-ți rupi aripile, să-l ridici și să-l lași în el."

"Trebuie să mă gândesc." După câteva minute, și-a dat seama că cea mai bună idee era să ia o platformă. "Da, ia o platformă și te pot ajuta să-l pui în ea. După ce ieșim din magazin, îl pot duce cu avionul înapoi la hotel. Singura problemă va fi, când voi ajunge acolo, ce să fac cu el atunci."

"Ne vom gândi la asta după ce ieşim din magazin." Sam s-a dus să ia un cărucior. În schimb, s-a întors cu o platformă. S-a dovedit a fi o opţiune mai bună. L-au urcat cu uşurinţă pe Parker pe el şi s-au întors la hotel. "Hai să ne întoarcem pe jos, încet şi sigur", a spus E-Z. "Până la urmă, nu trebuie să zbor. O s-o luăm uşor, urcăm în camera noastră, îl punem pe patul lui".

"Apoi voi returna platforma, a trebuit să promit că o voi returna personal."

"Sună ca un plan. Oops."

Un grup de cumpărători ocupau cea mai mare parte a trotuarului. S-au oprit, pentru a-i lăsa să treacă, apoi şi-au continuat din nou drumul şi în curând s-au întors la hotel.

Odată ajunşi înăuntru, platforma nu încăpea în liftul normal, aşa că au fost nevoiţi să folosească liftul de serviciu. A fost nevoie de ceva convingere, adică de mituirea portarului. Odată ce banii au fost schimbaţi, acesta i-a ajutat chiar să scoată platforma din lift. S-a oferit, de asemenea, să o returneze la magazin când au terminat. O ofertă pc care Sam a refuzat-o politicos.

Acum, în afara camerei lui E-Z şi Parker, liftul s-a deschis şi au ieşit Lia şi mama ei. Fiecare dintre ele căra numeroase genţi când i-au observat pe băieţi şi platforma.

"Oh, nu! Ce s-a întâmplat?! a întrebat Lia.

"Nu ştiu", a spus E-Z. "A luat o curbă ciudată".

"Să-l ducem înăuntru", a spus Sam.

După ce şi-au pus jos bagajele, fetele i-au ajutat pe E-Z şi Sam să-l pună pe Parker pe pat.

"Poate că e sub o vrajă?" a sugerat Lia.

"Este un salt destul de ciudat din partea ta", a spus Samantha. "Te-ai uitat la prea multe reluări din "Charmed"."

Lia a râs. "Da, a fost unul dintre preferatele mele. Mă refer la versiunea anterioară, cea cu fata din "Who's the Boss"."

"E bine de ştiut că te uiţi şi tu la canalul oldies din Olanda", a spus E-Z. Apoi s-a apropiat mai mult de Parker. "Stai puţin. Mai respiră?"

Au urmărit ridicarea şi coborârea pieptului lui Parker. Nu s-a întâmplat.

"Verifică dacă are bătăi de inimă - sau puls", a sugerat Samantha.

"Există o bătaie a inimii", a spus Sam. "Şi respiră, dar este sporadic".

Samantha s-a aplecat şi a pipăit fruntea lui Parker. "Vai, Doamne, arde de febră!".

"Aduceţi nişte gheaţă!" a strigat Sam, apoi, urmându-şi propriul ordin, a fugit pe coridor cu găleata cu gheaţă în spate.

"N-ar trebui să chemăm un doctor?". a întrebat Samantha.

CAPITOLUL 23

"**S**UNT DE ACORD CU mama. Trebuie să chemăm o ambulanţă, sau poate că la hotel este un doctor cazat aici", a spus Lia.

E-Z a făcut o grimasă, transmiţându-i mesajul Liei - trebuie să scăpăm de Unchiul Sam şi de mama ta.

Sam s-a întors, cu o găleată plină de gheaţă. "Trebuie să-l băgăm în cadă". El şi Samantha au început să-l ridice pe Parker.

"Aşteaptă!" a spus Lia. "Uh, Sam şi mama, de ce nu vă duceţi voi doi să aduceţi multă, multă gheaţă? Adică, trebuie să umplem cada înainte de a-l băga în ea, nu?".

"Uh, cred că încearcă să scape de noi", a spus Sam.

"Îmi pare rău", a spus E-Z. "Poţi să ne laşi câteva minute să încercăm să ne dăm seama de această situaţie cu Parker?"

Samantha şi Sam au dat din cap, apoi au ieşit din cameră.

E-Z a recitat cuvintele magice care au chemat-o pe Eriel:

Roch-Ah-Or, A, Ra-Du, EE, El.

Cu toate acestea, arhanghelul nu a apărut. Faptul că era ignorat îl enerva la culme pe E-Z, acum că ştia că era monitorizat constant de Eriel.

Lia a încercat să-l sune pe Haniel, dar nu a primit niciun răspuns.

E-Z şi Lia nu ştiau ce să facă atunci când inima lui Parker şi-a încetinit bătăile şi aproape s-a oprit complet.

Fără să fie chemată sau cu fanfară, Ariel a sosit. A zburat direct spre Parker. Şi-a aşezat mâinile pe fruntea lui. Au privit cum picăturile de lacrimi cădeau din ochii ei şi aterizau pe obrajii lui. Ea a cântat, cântând un cântec blând, şi a aşteptat. Când el nu s-a mişcat sau nu şi-a recăpătat cunoştinţa, ea s-a întors să plece. Dar înainte de a pleca, ea s-a plâns: "S-a dus." Şi câteva secunde mai târziu, la fel a fost şi ea.

Chiar dacă se aflau la etajul 45 şi chiar dacă Alfred/Parker era mort. Din nou. E-Z l-a ridicat de pe pat şi l-a dus la fereastră. S-a uitat înapoi la Lia peste umăr.

Ea plângea în timp ce el şi Parker cădeau.

Căzând, căzând, căzând. Până când aripile scaunului cu rotile al lui E-Z au ieşit la iveală. Au zburat, el şi Alfred, el şi Parker. Erau amândoi la fel. Doi la preţ de unul.

Devenise delirant, în timp ce se ridica din ce în ce mai sus. Părţile metalice ale scaunului său deveneau din ce în ce mai fierbinţi.

Se temea că se vor autocombustiona.

Trebuia să îndrepte lucrurile. Pur şi simplu trebuia să o facă.

Trebuia să o găsească pe Eriel.

Scaunul cu rotile a început să se convulsioneze, făcându-i pe E-Z şi Alfred/Parker să cadă.

Au aterizat fără scaun în siloz, unde E-Z s-a agăţat de trupul fără viaţă al prietenului său.

Nu a durat mult până când a sosit Eriel şi, suspendat în aer în faţa lor, a strigat: "V-am spus că se va întâmpla. V-am spus şi el a fost de acord. Afacerea a fost făcută".

E-Z ştia că acest lucru este adevărat, şi totuşi. "Atunci de ce i-ai dat speranţă şi de ce acel citat din Shakespeare despre faptul că i-ai dat o a doua şansă?"

Eriel s-a uitat la trupul flasc pe care îl ţinea E-Z. "Asta nu a fost opera mea."

"Atunci cu cine trebuie să vorbesc?" a întrebat E-Z. "Adu-l la mine. Lui Dumnezeu, sau oricui este la conducere. Cer să îl văd!"

CAPITOLUL 24

E RIEL A PUFNIT, APOI a dispărut.

E-Z și Alfred/Parker au rămas. Numele Parker nu reprezenta nimic și pe nimeni pentru el. Alfred era prietenul lui și acum că dispăruse, avea să-și amintească de el ca Alfred și numai Alfred.

Așteptând ceva și nimic în același timp. E-Z a legănat forma prietenului său mort, dorindu-i să revină din nou la viață.

"Doriți o băutură?", a întrebat vocea din perete.

"Aș vrea ca prietenul meu să fie din nou în viață. Poți să-l aduci din nou la viață? Poți să mă ajuți să îl salvez?".

"Vă rog să rămâneți așezat".

PFFT.

Mirosul liniștitor de lavandă a umplut aerul. A plutit în derivă, într-o stare onirică în care retrăia o amintire, o amintire care se schimbase și se schimbase pentru a se potrivi cu situația sa actuală.

Acolo erau mama și tatăl lui E-Z, vii și sănătoși, dar mai tineri. Se întorceau de la spital cu o mașină pe care nu o mai văzuse niciodată. Tatăl său, Martin s-a grăbit să iasă de pe scaunul șoferului, pentru a o ajuta pe mama sa, Laurel, să iasă din mașină.

Împreună, au ajuns pe bancheta din spate și au scos un scaun pentru copii. S-au uitat cu dragoste la bebelușul din el, care dormea adânc.

"Este ca fratele lui mai mare", a spus Martin.

"Da, E-Z adormea întotdeauna în mașină", a spus Laurel.

"Vino înăuntru", a răcnit Martin.

"Şi fă cunoştinţă cu fratele tău mai mare", a spus Laurel, în timp ce bebeluşul a deschis ochii pentru scurt timp, apoi a adormit din nou.

E-Z care se uitase pe fereastră, cu unchiul Sam lângă el. Dorind să iasă afară şi să-şi întâmpine noul frăţior sau surioară.

"Aşteaptă să intre înăuntru", a spus unchiul Sam.

"Bine", a spus E-Z, în vârstă de şapte ani, cu faţa lipită de fereastră, legănată în cele două mâini.

Uşa de la intrare s-a deschis: "Am ajuns acasă!", a strigat mama lui, Laurel.

E-Z a alergat la uşa din faţă, unde mama şi tatăl său l-au îmbrăţişat. S-au ghemuit pentru a-l prezenta pe cel mai nou membru al familiei Dickens.

"Este atât de mic", a spus E-Z.

"Este un el", a spus tatăl său.

"Oh."

"Vrei să-l ţii în braţe?", a întrebat mama lui.

"Bine", a spus E-Z, ţinându-şi braţele pentru ca mama lui să-l poată aşeza pe frăţiorul său în ea. "Totuşi, nu vreau să-l trezesc. S-ar supăra?"

"Nu, nu se va trezi", a spus Laurel.

"Dacă o face, este pentru că vrea să-şi cunoască fratele mai mare".

"Are un nume?" a întrebat E-Z, luându-l pe nou-născut în braţe şi legănându-i capul.

"Nu încă, aţi vrea să-i daţi un nume?", a întrebat mama lui. "Bine, îl ţine de gât, aşa... foarte bine. De unde ai ştiut să faci asta? Eşti un frate mai mare atât de bun".

"Bună treabă, amice", a spus tatăl său.

E-Z a privit în jos, la faţa cygnetului, şi a spus: "Mie îmi pare că arată ca un Alfred".

Lacrimile s-au rostogolit pe obrajii lui E-Z în timp ce cele două lumi se ciocneau. Într-una dintre ele își ținea în brațe frățiorul numit Alfred. În cealaltă, a legănat trupul mort al lui Alfred în siloz.

"Timpul de așteptare este acum de șapte minute", a spus vocea din perete.

"Șapte minute", a repetat E-Z.

S-a gândit la Alfred, la puterile sale. La cum putea vindeca alte forme de viață, inclusiv oameni. Se întreba dacă Alfred, îl vindecase pe tânăr. Făcuse el însuși schimbarea? Ar fi fost posibil așa ceva?

"Alfred", a spus E-Z. "Alfred, mă auzi?" A scuturat corpul prietenului său. "Alfred!", a spus, iar și iar, sperând că prietenul său îl putea auzi cumva.

În timp ce ceasul de pe perete număra invers, Ariel a apărut. "Nu poți să tratezi corpul, într-un asemenea mod. Este o rușine." Și-a întins aripile și s-a dus să ridice trupul neînsuflețit al lui Alfred din brațele lui E-Z, cu intenția de a-l lua.

"Nu!" a spus E-Z. "Nu-l vei avea."

Ariel și-a scuturat aripile, apoi degetul arătător spre E-Z.

"Alfred a părăsit clădirea, tu ții în mână pielea, costumul care l-a ținut. Alfred este acolo unde trebuie să fie acum. Lasă-i corpul să plece."

E-Z s-a așezat în picioare. Dacă Alfred era undeva cu familia lui, dacă asta era adevărat, atunci da, putea să-l lase să plece. Până atunci, el se ținea tare.

"Unde se află el mai exact? Este cu familia lui?"

Ariel a zburat aproape, remarcabil de aproape, aproape așezându-se pe nasul lui E-Z. "Asta nu pot să spun."

"Atunci nu-l las să plece."

"Bine", a spus Ariel. A pufnit și a dispărut.

Deasupra lui, în siloz au apărut două figuri: un bărbat şi o femeie. S-au îndreptat spre el şi au plutit în jos. Din ce în ce mai aproape.

El şi-a frecat ochii. Visase din nou? Erau mama şi tatăl său. Martin şi Laurel. Îngeri, venind să-l întâmpine. Şi-a scuturat capul. Nu puteau fi ei. Nu puteau fi. Îi visase pe ei - pe ei aducând acasă un frăţior. Acum erau aici, cu el în siloz. Clar ca lumina zilei - dar oare încă mai dormea? Visează?

"E-Z", a spus mama lui. "Această persoană, prietenul tău Alfred, este mort. Trebuie să-l laşi să plece şi să-ţi continui munca. Trebuie să finalizezi probele şi timpul trece. Nu mai ai timp."

Tatăl lui E-Z, Martin, a spus: "Este singura cale prin care putem fi din nou împreună cu toţii".

"Dar l-au minţit", a spus E-Z. "I-au spus că va fi cu familia lui. Nu poate fi cu familia lui acum, nu în felul ăsta. De unde ştiu eu că nu mă mint, în legătură cu faptul că vor fi cu tine? De unde ştiu că nu eşti o manipulare a lui Eriel pentru a mă face să fac ce vrea el?"

"Cine este Eriel?", a întrebat mama lui.

"Nu-l cunoaştem pe Eriel", a spus tatăl său.

Acest lucru nu avea niciun sens. Acesta era locul lui Eriel. Nu conta dacă îl cunoşteau sau nu, el era responsabil pentru că se aflau acolo. El ştia cum să tragă de coarda sensibilă a lui E-Z. Ştia cum să-l facă să facă ceea ce voia el să facă.

Ce voia mai exact? Şi de ce se folosea de părinţii lui pentru a o obţine? A fost neruşinat. În aer, deasupra lui, părinţii lui pluteau, pornind şi oprind zâmbetele ca şi cum ar fi fost nişte marionete. Atunci a ştiut cu siguranţă că cele două fantome, sau orice ar fi fost ele, nu erau părinţii lui până la urmă. Erau produsul imaginaţiei lui, sau poate al lui Eriel. Ceea ce nu-şi putea da seama era de ce. De ce fusese manipulat cu atâta cruzime şi neruşinare?

"Trezeşte-te E-Z!"

Era din nou în patul lui. În casa lui.

S-a rostogolit şi a adormit din nou... şi a aterizat înapoi în siloz - din nou.

CAPITOLUL 25

REI CHESTII ASEMĂNĂTOARE UNOR silozuri pluteau în jurul camerei ca şi cum ar fi jucat un joc de "Follow the Leader".

Nu erau silozuri. Erau locuri de odihnă veşnică autentice, numite "Soul Catchers".

De fiecare dată când o fiinţă vie pierea, cu condiţia ca trupul în care trăia să se fi născut cu un suflet, va trăi într-o zi. Prinzătoarele de suflete erau multe, prea numeroase pentru a fi numărate. Numărul lor era mult mai mare decât putem înţelege noi, oamenii. Mai mult de un googolplex, care este cel mai mare număr cunoscut.

Când a sosit E-Z, ca şi înainte, a fost depus în prinzătorul de suflete care îl aştepta.

Alfred a sosit următorul, încă mort, corpul său a fost plasat în captatorul său de suflete.

Lia a sosit ultima, încă adormită, în captatorul ei de suflete.

Nu a durat mult până când E-Z a început să se simtă claustrofob.

"Doriţi o băutură?", a întrebat vocea din perete.

"Nu, mulţumesc", a spus el, bătându-şi degetele pe braţul scaunului cu rotile, când a apărut un înger. Un înger nou, unul pe care nu-l mai văzuse până atunci.

Acest înger era o femeie. Era îmbrăcată într-o rochie neagră şi o şapcă vaporoasă - de parcă ar fi participat la o ceremonie de absolvire. Pe faţa ei cu aspect sever, avea o pereche de ochelari. Asemănători cu cei pe care îi purta Marilyn Monroe pe afişul de la cafenea. Diferenţa era că aceste rame pulsau cu un lichid roşu care semăna cu sângele. "E-Z", a spus ea, cu o voce tremurând de puternică. Vocea ei a reverberat. "Bine ai revenit la Captorul tău de suflete".

"Soul Catcher?", a spus el. "Aşa se numeşte chestia asta? Mie mi se pare că seamănă mai degrabă cu un siloz. Deci, ce este un "Soul Catcher"?".

"Este un loc de odihnă veşnică pentru suflete", a spus ea, de parcă ar fi răspuns la aceeaşi întrebare de un milion de ori înainte.

"Dar asta nu este pentru atunci când oamenii sunt morţi? Eu nu sunt mort." El spera cu siguranţă că nu era mort!

"Aşteaptă!", a strigat ea.

Din nou, ea zguduia pereţii când vorbea. Şi dinţii îi vibrau şi ei. Atât de mult încât preferinţa lui era să fie afară, în zăpadă, apoi să fie nevoit să o audă rostind încă un cuvânt.

"Nu ţi-am spus că e timpul pentru întrebări şi răspunsuri. După cum văd eu, v-aţi încheiat cu succes majoritatea încercărilor. Cu toate că Alfred a asistat la proba numărul doi. După cum ştiţi, asistenţa nesancţionată nu este permisă."

E-Z a deschis gura pentru a-l apăra pe Alfred, dar a închis-o din nou. Nu voia să rişte ca ea să ridice din nou vocea. Cu siguranţă ar fi vrut să dea mai tare căldura acolo. Dar, din nou, era un loc pentru suflete. Poate că sufletele preferau să fie depozitate la rece.

TICK-TOCK.

O pătură era acum aşezată în jurul umerilor lui.

"Mulţumesc."

"Ai dreptate, când vei muri, sufletul tău se va odihni aici. Sau s-ar fi odihnit aici, dacă te-am fi lăsat să mori. Dar noi te-am ţinut în viaţă. Am avut motive întemeiate să facem asta. Totuşi, lucrurile s-au schimbat. Nu a mai funcţionat. Prin urmare, am dori să anulăm înţelegerea noastră iniţială."

"Cum adică să-l reziliem? Aveţi tupeu! Să încerci să anulezi o înţelegere, ce e doar pentru că sunt un copil? Există legi împotriva muncii copiilor. În plus, am făcut tot ce mi s-a cerut. Sigur, a trebuit să învăţ totul din mers. Dar la bine şi la rău am făcut-o. Mi-am respectat partea mea de înţelegere, iar tu ar trebui să ţi-o respecţi pe a ta!"

"Oh, da, ai făcut tot ce ţi s-a cerut. Asta e problema - îţi lipseşte iniţiativa."

"Lipsa de iniţiativă!" a exclamat E-Z, în timp ce-şi izbea pumnii de braţele scaunului cu rotile. "Înţelegerea a fost că tu îmi trimiţi încercări şi eu mă gândesc cum să le cuceresc. Am salvat vieţi. Nu poţi schimba regulile la jumătatea jocului."

"Adevărat, asta a fost înţelegerea iniţială. Apoi, lucrurile au mers prost cu Hadz şi Reiki - au uitat să şteargă minţile - pentru început, iar Eriel a trebuit să se implice."

"Mi-a trimis încercări, le-am completat. L-am învins chiar şi într-un duel."

"Da, aşa este. Îl rugasem să evalueze legăturile dintre tine şi unchiul tău Sam."

"Să ne evalueze?"

"Da. Un arhanghel nu este menit să CREE încercări pentru un înger în formare. Din cauza, ei bine, a lipsei tale de iniţiativă, Eriel a trebuit să se implice mai mult decât ar fi trebuit."

"Stai puţin! Deci, vrei să spui că trebuia să mă duc să îmi găsesc singur încercările? De ce nu m-a pus nimeni la curent cu aceste cerinţe?"

"Am sperat că îţi vei da seama singur. Au existat indicii. Indicii despre imaginea de ansamblu. Puncte comune. Am sperat că dacă ai avut cu cine să discuți despre încercări. Încercările pe care le-ai terminat deja. Că veți găsi problema. Să ajungeți la aceeași concluzie. Să ne ajutați. Poate chiar să o învingeți, fără să vă dăm noi cu lingurița. Ți-am dat toate oportunitățile, dar nu ai făcut-o. Așa că vom merge pe altă cale".

"Puncte comune? S-ar putea să știu la ce vă referiți."

"Dacă îți dai seama și iei opțiunea de supererou... Ar funcționa. Atâta timp cât totul ar fi foarte clar. Aveai imaginea completă. Să cunoști riscurile."

"Deci, vom fi în continuare o echipă? De ce nu-mi spui pe litere? Să-mi ușurezi lucrurile?"

"În trecut, chiar dacă tovarășii tăi au primit puteri, pe care tu nu le aveai - nu le-ai folosit. În schimb, voi trei ați stat degeaba - pierzând timpul - așteptând ca totul să se întâmple.

Nu ți s-a părut ciudat când a apărut Eriel în parcul de distracții? El ridica profilurile celor Trei. Asta nu e treaba unui arhanghel. Este treaba ta."

A clătinat din cap. "Nu am fost sută la sută sigur că era Eriel, până când s-a identificat la sfârșit. Înainte de asta aveam bănuielile mele. Cine altcineva s-ar fi îmbrăcat ca Abraham Lincoln?

"În plus, am crezut că nimeni nu trebuia să știe. Până în acel moment, credeam că procesele erau secrete. Mi-a fost teamă să nu încalc înțelegerea cu tine. Ophaniel a spus că dacă aș fi spus cuiva, aș fi pierdut șansa de a-mi revedea părinții. Am urmat regulile stabilite pentru mine. Nu cred că înțelegi conceptul de fair-play."

"Acesta nu este un joc. Arhanghelii pot face tot ce vrem să facem!", a exclamat ea, apropiindu-se mai mult de locul unde stătea E-Z. Și-a împins bărbia în față. "Am hotărât că ești mai potrivit pentru jocul supereroilor decât pentru cel al îngerilor. Atunci ai fost ajutat în departamentul de

PR. Pentru a vă încuraja să vă găsiți proprii oameni care să vă ajute. Dumnezeu știe că pământul este plin de ei. Cum le spunea Shakespeare, cei care mieună și vomită în brațele infirmierei lor."

"Nu am citit niciun Shakespeare, dar sunt rudă cu Charles Dickens. Nu că ar fi relevant. Dar, bine, deci, tu vrei să continui, ca supererou cu Alfred, dacă trăiește și cu Lia lângă mine. Putem obține cu ușurință mult sprijin și publicitate din partea presei.

"Sunt încă devotată ție. Dacă ne vei da frâu liber, de ce, cerul va fi limita. Cunoaștem o mulțime de copii la școală și în industria sportivă. Putem înființa o linie telefonică pentru supereroi și un site web. Putem folosi rețelele de socializare pentru a intra în contact cu oameni din toată lumea. Oamenii vor sta la coadă pentru ca noi să-i ajutăm. Va fi un joc cu totul nou".

"Ah, în sfârșit vorbește de inițiativă... dar dragul meu băiat este mult prea puțin și prea târziu. Așa cum am mai spus, vrem să scăpăm de obligațiile față de tine. Nu mai ești legat de noi. Nu mai ai o datorie de plătit."

"Dar..."

"Toți trei ați dovedit că sunteți implicați în asta doar pentru voi înșivă. Când îngerii au sugerat prima dată că ne puteți ajuta, că ne puteți reprezenta aici pe pământ - aveam un plan. Cu Alfred, a fost la fel. Apoi, a apărut Lia. De atunci, am avut ceva succes cu voi doi. Am inclus-o și pe ea în trio... dar acum ați devenit depășite."

"Noi salvăm oameni, ajutăm oameni."

"Nu-mi spuneți asta. Dacă ți-aș oferi șansa de a fi cu părinții tăi astăzi, aici și acum. Ai arunca prosopul. Ai pleca fără să-ți pese sau să te gândești la viețile pe care le-ai fi putut salva dacă încercările ar fi continuat.

"La fel și cu Alfred, mă aștept - asta dacă va supraviețui. Ar pleca pe un câmp de margarete cu familia sa fără să clipească. Și apropo de ochi, dacă Lia și-ar fi recăpătat vederea - ar fi plecat și ea.

"După o analiză atentă, ne-am dat seama că niciunul dintre voi nu este angajat în altceva decât în voi înșivă, prin urmare, am trecut la planul B."

"Stați puțin. Hai să definim munca". A căutat-o pe Google și s-a bucurat să constate că avea patru bare. "Conform unui dicționar online: a efectua o muncă sau a îndeplini îndatoriri în mod regulat în schimbul unui salariu sau al unei retribuții. Am lucrat pentru tine, fără plată. În afară de o promisiune de compensație. Am avut o înțelegere verbală.

"Nu sunt sigur de detaliile înțelegerii pe care au avut-o Alfred sau Lia, dar pun pariu că îngerii lor le-au oferit stimulente similare. Eu mi-am respectat partea mea de înțelegere, iar tu ar trebui să ți-o respecți pe a ta. Am treisprezece ani și," a căutat pe Google. "Da, după cum mă gândeam, conform Departamentului Muncii din SUA, paisprezece ani este vârsta minimă de muncă."

Ea a râs și și-a reajustat ochelarii. El a observat că avea sânge pe mâini. Și le-a șters pe haina ei neagră. "Legile timpurii nu se aplică îngerilor sau arhanghelilor. Este naiv din partea ta să crezi că ar fi totuși." A făcut o pauză. "Suntem pregătiți să vă oferim două opțiuni. Opțiunea numărul unu: Vei rămâne aici, în Captorul de Suflete, pentru tot restul vieții tale."

"Ce?"

Însăși temelia Închizătorului său de suflete s-a cutremurat. Ideea de a fi îngropat de viu în interiorul acestui container metalic îl îmbolnăvea.

"Viața pe care o vei trăi, pentru că zilele tale de respirație vie vor fi petrecute așa cum au promis acei arhangheli imbecili. Cu părinții tăi. Adică îți vei retrăi viața alături de părinții tăi, din ziua în care te-ai născut și până în momentul exact în care viața lor a expirat. Tu nu vei fi niciodată într-un scaun cu rotile, iar ei nu vor muri niciodată." A făcut o pauză.

"Acum, puteţi vorbi."

"Vrei să spui că îmi voi retrăi viaţa alături de părinţii mei, fiecare zi pe care am avut-o împreună, pentru eternitate, iar şi iar?"

"Da."

"Care este opţiunea numărul doi?"

"Nu poţi ghici?", a întrebat ea cu un zâmbet cu dinţi.

Zâmbetul ei era atât de nesincer încât el a trebuit să se uite în altă parte.

El a aşteptat.

"Opţiunea doi ar însemna să te întorci să îţi trăieşti viaţa cu unchiul Sam." Ea a ezitat, apropiindu-se mai mult, aşa că E-Z. Îi era deja frig, iar acum ea îl făcea şi mai rece cu fiecare bătaie de aripi. S-a acoperit cu pătura. Ea a continuat. "După cum probabil ai intuit deja, nu vei fi şi nici nu vei fi vreodată reunit cu părinţii tăi cu niciuna dintre cele două opţiuni. Am recrea trecutul. Ar fi ca şi cum ai trăi într-o piesă de teatru sau într-un serial de televiziune."

"Ce! Nu asta am fost de acord!" a exclamat E-Z. "Vrei să spui că Hadz. Reiki, Eriel şi Ophaniel m-au minţit?".

"Minţit este un cuvânt puternic, dar da. Uită-te la împrejurimile tale. Sufletele sunt depozitate în compartimente individuale. Un compartiment este pregătit în avans pentru fiecare suflet."

"Deci, vrei să spui că părinţii mei se află fiecare într-unul din aceste compartimente?"

"Da, sufletele lor sunt."

"Şi apoi ce se întâmplă cu ei?"

"De ce, ei plutesc în ceruri."

"Asta e trist. Întotdeauna am crezut că părinţii mei vor fi împreună, undeva. Ştiu că ăsta a fost singurul lucru care i-a oferit lui Alfred un fel de alinare. Că soţia şi copiii lui sunt împreună undeva. Nimănui nu-i place să se gândească la faptul că persoana iubită moare singură. Cu atât mai puțin să-și petreacă veșnicia într-un container metalic, plutind în derivă dintr-un loc în altul."

"Sentimentalismul uman. Sufletele există pur și simplu. Nu trăiesc și nu respiră, nu mănâncă și nici nu simt prea cald sau prea frig. Oamenii nu înțeleg acest concept."

A luat-o în derâdere.

"Nu vreau să vă insult specia. Dar atunci când un corp expiră, ceea ce rămâne, sufletul, este un concept greu de înțeles. Creierele umane sunt pur și simplu prea mici pentru a înțelege complexitatea universului. De aici și crearea doctrinelor religioase. Scris în termeni simpli. Ușor de învățat și de urmat fără nicio dovadă."

"Din moment ce sufletele sunt mai valoroase decât oamenii ca mine, cum aș putea să-mi trăiesc restul vieții într-unul din aceste containere?"

"Am făcut ajustări, ca acum și înainte. Nu ai avut nicio problemă să exiști aici când te-am adus, nu-i așa?"

"În afară de claustrofobie", a spus el. "Și momentele în care trebuiau să mă calmeze cu acel spray de lavandă".

"Ah, da. Reapariția claustrofobiei va depinde, bineînțeles, de opțiunea pe care o veți alege. Dacă alegi opțiunea numărul unu, mediul te va susține din toate punctele de vedere până când sufletul tău va fi pregătit. Apoi, forma ta pământească poate fi eliminată. Oamenii se adaptează, iar tu te vei obișnui cu asta. În plus, vei fi alături de părinții tăi, retrăind amintiri. Așa va trece timpul. Acum, spune ce alegi!"

"Stai, cum rămâne cu aripile mele și cu cele ale scaunului meu? Ce se va întâmpla cu ele?" A ezitat: "Dar puterile lui Alfred și ale Liei? Dacă alegem opțiunea numărul unu, ne vom întoarce la cum am fi fost? Adică înainte ca tu și ceilalți arhangheli să vă implicați în viețile noastre?".

"Bineînţeles, nu vă vom smulge aripile, dragul meu băiat, şi nici nu vă vom îndepărta puterile pe care vreunul dintre voi le-aţi primit deja. Suntem arhangheli, nu sadici."

"E bine de ştiut, aşa că, putem continua să fim supereroi".

"Puteţi, dar va trebui să vă creaţi propria publicitate - pentru că atunci când noi suntem afară - suntem afară pentru totdeauna."

"Vă rugăm să rămâneţi jos", a spus vocea din perete, deşi E-Z nu prea avea de ales în această privinţă.

Arhanghelul nu a spus nimic. În schimb, şi-a distras atenţia curăţându-şi ochelarii, apoi punându-i la loc.

"Încă un lucru", a întrebat E-Z, "referitor la Alfred".

"Continuă, dar grăbeşte-te. Un alt concept pe care oamenii nu-l înţeleg, este că timpul există în tot universul. Am alte locuri în care trebuie să fiu şi alţi arhangheli pe care trebuie să-i văd."

"În regulă, mă voi ocupa de asta. Alfred se află acum într-un alt corp uman. Dacă sufletul rămâne cu corpul, atunci, sunt două suflete acolo? Este oare prinzătorul de suflete în aşteptarea a două suflete?".

Îngerul i-a întors spatele. Şi-a curăţat gâtul înainte de a vorbi: "Eu, noi, speram să nu pui această întrebare. Eşti mai deştept decât am anticipat." Ea a închis ochii şi a dat din cap: "Mhmmm." Ochii ei au rămas închişi. E-Z s-a uitat să vadă dacă purta dopuri pentru urechi, deoarece părea să asculte pe cineva. Sau poate că-şi imagina asta. Ea a dat din cap. "De acord", a spus ea.

"Mai este cineva aici cu noi?", a întrebat el.

O nouă voce a răsunat din jurul lui. De ce aveau toţi arhanghelii voci atât de puternice?

"Eu sunt Raziel, Păstrătorul Secretelor. E-Z Dickens trebuie să asculţi de cuvintele mele. Pentru că odată ce au fost rostite, nu ţi le vei mai aminti. Şi nici că am fost aici. Prinzătorii de suflete şi scopurile lor nu te privesc. Ți-ai depășit limitele și nu vom tolera asta! Ți-am oferit cu generozitate două opțiuni. Hotărăște-te ACUM, sau prietenul meu învățat va lua decizia în locul tău."

E-Z a început să vorbească, dar apoi mintea lui s-a golit. Despre ce vorbeau ei?

Arhanghelul a închis din nou ochii, a rostit cuvintele: "Mulțumesc", iar vocea lui Raziel nu a mai vorbit.

Era ca şi cum timpul ar fi sărit înapoi. "Te aştepţi să mă decid pe loc, fără să-mi dai timp de gândire? Fără să vorbesc cu unchiul meu Sam sau cu prietenii mei? Apropo, cum rămâne cu Alfred, căruia i s-a spus că se va reuni cu familia sa? Şi Lia, i s-a spus că îşi va recăpăta vederea."

"Din moment ce Alfred nu mai este, decizia ta - dacă va supravieţui sau nu pe pământ - va fi decizia lui. Opţiunea lui numărul unu va fi aceeaşi cu a ta. Ar vrea să-şi retrăiască viaţa alături de familia sa în mod repetat? Din moment ce a plecat, s-ar putea să aibă deja vise plăcute despre ei. Dar, din nou, nu se ştie niciodată ce trucuri poate juca mintea. S-ar putea să se afle într-o buclă de coşmaruri şi numai tu îl poţi salva pe el şi familia lui făcând alegerea potrivită pentru el."

"Vrei să spui că nu va ieşi niciodată din asta? Cu siguranţă?"

"Asta nu pot spune. Tot ce ştiu este că prinzătorul de suflete nu este pregătit să-i colecteze sufletul... încă."

"Şi Lia?"

"Ochii ei umani au dispărut în această viaţă, la fel ca şi picioarele tale. Ea îşi poate retrăi zilele în care a văzut, dar poate prefera ca tu să alegi şi pentru ea. La urma urmei, nu a avut timp să crească şi să se maturizeze aşa cum ar face-o un copil normal. A pierdut deja trei ani din viaţă, iar acest episod de îmbătrânire nu ştim sigur dacă este o întâmplare singulară sau dacă se va repeta."

"Vrei să spui că nici tu nu știi ce se va întâmpla cu ea?"

"Nu, nu știm. În plus, încă doarme."

"Nu pot să decid asta, pentru toți trei, pe o limită de timp. Este o decizie importantă și am nevoie de timp."

"Atunci îl vei avea." Un ceas a apărut, numărând din șaizeci de minute. "Timpul tău începe acum. Dă-mi răspunsul tău înainte ca acesta să ajungă la zero. Altfel, tot ceea ce am discutat va fi invalidat. Și vă veți regăsi înapoi la hotel cu cadavrul prietenului dumneavoastră." Aripile ei au bătut și s-a ridicat din ce în ce mai sus.

"Așteaptă, înainte de a pleca", a strigat el.

"Ce mai e acum?"

"Mai sunt și alții, adică alți copii ca noi?".

"Mi-a făcut plăcere să te cunosc", a spus ea.

"Sentimentul nu este cu siguranță reciproc", a răspuns el.

CAPITOLUL 26

P E MĂSURĂ CE MINUTELE se scurgeau, E-Z a revăzut tot ceea ce tocmai i se spusese. Şi-ar fi dorit ca silozul să fie suficient de lat pentru a se putea mişca mai mult. Cel puţin stătea confortabil în scaunul său cu rotile. Împreună erau ca un duo dinamic.

"Doriţi ceva de mâncare?", a întrebat vocea din perete.

"Sigur că da", a spus el. "Un măr, nişte popcorn - cu aromă de brânză ar fi bine şi o sticlă de apă".

"Vine imediat", a spus vocea, în timp ce o masă metalică se împingea printr-o fantă în perete pe care el nu o observase până atunci. S-a oprit în faţa lui. Din fantă a ieşit un cârlig, purtând mai întâi sticla de apă. Apoi un al doilea cârlig care purta un pahar. A urmat un al treilea cârlig cu un măr. Înainte de a-l aşeza, cârligul l-a lustruit cu un prosop. Apoi a ieşit un al patrulea cârlig, purtând un bol de popcorn.

"Mulţumesc", a spus el, în timp ce cele patru cârlige apucate au făcut cu mâna şi au dispărut înapoi în perete.

"Cu plăcere."

"Uh, există vreo şansă să-mi aduceţi computerul? A fost distrus în incendiu. Mi-ar plăcea cu siguranţă să pot face o listă a lucrurilor pentru a lua această decizie."

"Sigur că da. Lasă-mă un minut sau două."

În timp ce termina mărul şi contempla floricelele de porumb, dintr-o altă fantă de pe peretele opus a apărut laptopul său. Cârligul îl ţinea sus, așteptând ca E-Z să mute celelalte obiecte pentru a-l găzdui. Când acesta nu a făcut-o, din cealaltă parte au apărut cârlige. Unul a luat miezul de măr și a dispărut înapoi în perete. Un altul a turnat apa rămasă în pahar. Apoi a luat sticla goală înapoi prin fanta din perete. Deoarece voia să păstreze floricelele de porumb și paharul cu apă, le-a scos de pe masă. Cârligul și-a așezat laptopul, apoi s-a întors prin fanta din perete.

E-Z credea că cârligele erau niște accesorii mișto. Le-ar putea comercializa cu ușurință unui mare lanț suedez.

Acum că toate cârligele dispăruseră, a ridicat capacul laptopului și a dat click pe el. Mai întâi, și-a verificat fișierul Tattoo Angel, totul era încă acolo! Era atât de fericit; ar fi plâns dacă ceasul nu ar fi trecut timpul.

"Mulțumesc foarte mult", a spus el, înghesuindu-și în gură un pumn de popcorn cu brânză. Și apoi a început să tasteze. A decis să se gândească la el însuși în al treilea rând. Mai întâi, să scrie argumentele pro și contra despre Alfred. De la bun început știa că pe Alfred nu l-ar deranja să-și retrăiască trecutul cu familia lui în mod repetat. Ar fi optat imediat pentru această variantă.

"Totuși, lui E-Z i se părea că nu era o opțiune pe care familia lui ar fi vrut să o ia. Din moment ce ar fi retrăit ceea ce a fost deja, nu ar fi mers mai departe. În viață, ești menit să mergi înainte. Să continui să înveți și să te dezvolți.

Cu cât se gândea mai mult la asta, cu atât mai mult își dădea seama că ar fi ca și cum ți-ai revedea povestea vieții. Imaginează-ți viața ta douăzeci și patru-șapte pe o buclă permanentă. Fără să știi niciodată când se va termina. Sau dacă se va sfârși vreodată. Asta s-ar putea transforma într-un alt fel de iad. Unul la care nu suporta să se gândească.

Cu excepția faptului că, dacă ar fi știut cu siguranță că Alfred ar fi fost mereu în comă. La care arhanghelul făcuse aluzie. Atunci, pentru el, a face această alegere i-ar alunga orice coșmaruri sau vise rele. Alfred va fi cu familia lui, pentru totdeauna. Chiar dacă nu era ceva real... ar putea fi suficient. Ar alege-o?

S-a uitat la ceas, mai erau cincizeci de minute. A început să se gândească la cazul Liei. Visul ei de a deveni o balerină celebră fusese întrerupt. Ar fi vrut ea să retrăiască copilăria, știind că acel vis nu se va împlini niciodată? Pentru ea, ar merita să își asume o șansă pentru viitor. Ochii din palmă o făceau specială, unică... și era simpatică. Ar putea fi chiar cea mai recentă versiune a unei femei minune, dacă ar fi capabilă să-și valorifice toate puterile.

"E-Z?" a spus Lia. "Te aud cum te gândești, dar unde ești?".

O, nu! Acum că era trează, el trebuia să-i explice totul, iar asta ar fi luat timp și timpul se scurgea. Trebuia să o facă, repede. "Ascultă Lia", a început el, "am o poveste lungă să-ți spun, te rog să nu mă oprești până când povestea nu este completă. Nu mai avem timp." A explicat totul, i-a luat zece minute. Alte zece minute au trecut. Au mai rămas patruzeci de minute.

"Bine, E-Z, tu te gândești la tine, iar eu mă voi gândi la mine. Să ne luăm cinci minute, apoi vorbim din nou. Timpul începe acum".

"Bun plan."

Cinci minute mai târziu, iar ceasul arăta treizeci și cinci de minute rămase. E-Z a întrebat-o pe Lia dacă s-a hotărât.

"Am decis", a spus ea. "Dar tu?"

"Și eu", a spus el. "Tu prima, în cinci minute sau mai puțin, dacă poți".

"Se reduce la o decizie destul de ușoară pentru mine, E-Z. Nu vreau să rămân în chestia asta și să-mi trăiesc viața aici. Când Mă va aduce aici Vânătorul de Suflete, când voi fi mort. E în regulă. Dar nu vreau să fiu constrâns cu forța în acest spațiu. Nu când aș putea fi afară, simțind căldura soarelui, ascultând păsările, cu vântul în păr. Ca să nu mai spun că aș putea petrece timp cu mama mea, cu unchiul Sam și, sper, cu tine.

Viaţa e prea scurtă pentru a o irosi, iar mie îmi plac noii mei ochi, în cea mai mare parte a timpului." Ea a râs.

"Sunt de acord şi, dacă aş fi în locul tău, aş face la fel."

"Mulţumesc, E-Z. Cât timp a mai rămas acum?"

"Încă douăzeci şi cinci de minute", a confirmat el. "Acum, iată ce gândesc eu în speranţa că va dura mai puţin de cinci minute. Nu mă deranjează să stau aici, nu e cu mult diferit decât să fiu afară. Am învăţat că într-un scaun cu rotile nu e sfârşitul lumii. De fapt, m-am obişnuit cu el. Pot să fac lucruri pe care le făceam înainte, cum ar fi să joc baseball, şi nu sunt total naşpa la asta. La naiba, se joacă chiar şi la Jocurile Paralimpice.

"Părinţii mei nu ar fi vrut ca eu să îmi irosesc viaţa trăind în trecut. Şi nici unchiul Sam nu ar vrea. Nu sunt dispus să renunţ la tot, doar pentru că arhanghelii ăia tembeli au făcut câteva promisiuni necuviincioase. Aşa că, sunt de acord cu tine. Vom scăpa naibii de chestiile astea cu prinderea sufletelor. Ne vom trăi vieţile până când vom termina de trăit. Şi apoi poate să vină să ne prindă. Ani mai târziu, după ce, sperăm, vom fi contribuit la omenire şi vom fi dus o viaţă bună. Am putea găsi şi alţii ca noi. Am putea înfiinţa o linie telefonică a supereroilor şi să lucrăm împreună peste tot în lume. Ne-am putea folosi puterile pentru a face lumea un loc mai bun. Am putea să ne trăim viaţa la maxim; să creăm vieţi inspirate de care să fim mândri, iar familiile noastre să fie la fel."

"Bravo!" a exclamat Lia. "Dar mai sunt şi alţii, ca noi?".

"Am întrebat-o pe îngerul care mi-a explicat totul, dar nu mi-a răspuns. Asta mă face să cred că există." A aruncat o privire la ceas. "Mai sunt doar douăzeci şi unu de minute".

"Cum rămâne cu Alfred? Se va trezi vreodată?"

"Îngerul a spus că nu ştie, doar prinzătorul de suflete ştie... dar a spus că s-ar putea să aibă coşmaruri. Dacă există o şansă, e într-un iad, atunci mai bine îl lăsăm să plece. Opțiunea numărul unu, ca el să retrăiască viața cu familia sa în buclă, este cea mai bună pentru el?"

"Nu sunt de acord. Nici unul dintre noi nu știe cu siguranță, când va veni prinzătorul de suflete după noi. Alfred nu ar vrea să se prăpădească aici pentru că ar putea fi găsit de vise rele. Nu acolo unde există o șansă, el ar putea ajuta pe cineva sau inspira pe cineva. Am venit aici împreună și ar trebui să plecăm de aici împreună. După părerea mea, asta e tot."

Paisprezece minute și ticăie.

Ea abordase problema lui Alfred într-un mod unic. Avea dreptate? Ar fi vrut Alfred, într-adevăr, să renunțe la familia sa în acest scenariu pentru un viitor necunoscut? Oare nu existăm cu toții într-o lume necunoscută? Schimbând cursurile, ferindu-ne și plonjând. Deschizând ferestre, închizând uși. Lăsându-ne emoțiile să ne ducă pe căi greșite și apoi înapoi. Totul se rezumă la a trăi. Da, Lia avea dreptate. Era o afacere încheiată.

Opt minute rămăseseră pe ceas.

"Cred că ai dreptate, Lia. Este totul pentru unul și unul pentru toți", a spus E-Z. "Arhanghelul mi-a spus că trebuie să spun cuvintele înainte ca timpul să se termine. Apoi ne vom regăsi cu toții înapoi la hotel... ca și cum acest interludiu cu Soul Catcher nu s-ar fi întâmplat niciodată."

"Totuși, crezi că ne vom mai aminti despre prinzătorii de suflete? Este un lucru important pentru noi să învățăm din această experiență. Chiar dacă nu am împărtășit-o. Țineți cont de faptul că aruncă în aer tot ceea ce știm despre rai și viața de apoi."

Au mai rămas cinci minute.

"Așa este, dar hai să discutăm despre asta pe partea cealaltă." Și-a strâns pumnii în timp ce ceasul a ajuns la patru minute. "Ne-am hotărât!", a strigat el. "Scoateți-ne pe toți trei din astea, din aceste captatoare de suflete - ACUM!"

Pereţii silozului lui E-Z au început să tremure. "Eşti bine, Lia?", a strigat el. Ea nu a răspuns. Pământul de sub picioarele lui părea să se zdruncine şi să vibreze. Apoi a început să se rotească, mai întâi în sensul acelor de ceasornic, apoi în sens invers, apoi în sensul acelor de ceasornic. Înăuntru i s-a răsucit stomacul. A scuipat floricele de porumb cu brânză şi a mestecat bucăţi de măr roşu peste tot.

Erau singurele suveniruri pe care le-ar fi avut de la el prinzătorul de suflete. Să sperăm că pentru o perioadă îngrozitor de lungă.

Mulțumesc!

Dragi cititori,

Vă mulțumim că ați citit prima și a doua carte din seria E-Z Dickens. Sper că v-a plăcut adăugarea acestor noi personaje și că sunteți nerăbdători să aflați ce se va întâmpla în continuare.

A treia și a patra carte vor apărea în curând!

Mulțumesc încă o dată cititorilor mei beta, cititorilor de corectură și editorilor. Sfaturile și încurajările voastre m-au ținut pe drumul cel bun în acest proiect, iar contribuția voastră a fost/este întotdeauna apreciată.

Mulțumesc, de asemenea, familiei și prietenilor pentru că au fost mereu alături de mine.

Și, ca întotdeauna, lectură plăcută!

Cathy

Despre autor

Cathy McGough trăiește și scrie în Ontario, Canada.

împreună cu soțul, fiul, cele două pisici și un câine.

Dacă doriți să îi trimiteți un e-mail lui Cathy, o puteți găsi aici:

cathy@cathymcgough.com

Cathy adoră să primească vești de la cititorii ei.

Scris de:

FICȚIUNE

YA

E-Z DICKENS SUPER-EROU CARTEA A TREIA: CAMERA ROȘIE

E-Z DICKENS SUPER-EROU CARTEA A PATRA: PE GHEAȚĂ

NON-FICTION

103 idei de strângere de fonduri pentru părinții voluntari cu școli și echipe (locul 3 BEST REFERENCE 2016 METAMORPH PUBLISHING)

+ Cărți pentru copii

Milton Keynes UK
Ingram Content Group UK Ltd.
UKHW020901110624
443837UK00013B/392